LOVE DEATH + ROBOTS

THE OFFICIAL ANTHOLOGY
VOLUMES 2&3

爱，死亡和机器人

—— 2&3 ——

♥ ✕ ▣

【英国】J.G.巴拉德 等 著　　耿辉 等 译　　译林出版社

前　言

我觉得自己简直是幸运到令人难以置信的地步，才有机会制作《爱，死亡和机器人》这样一部动画剧集，而更走运的是，观众们似乎很喜欢看。剧迷们可能觉得，是对动画的热爱催生了这部剧集，这当然是很大一部分原因，不过就我个人而言，更多是出于对文字的热爱……对故事的热爱。

为《爱，死亡和机器人》选材是我最喜欢的一项工作。寻找故事就如同在天堂的海滩漫步，脚边布满了数不尽的各种贝壳，既独特又漂亮。我只需要拾起几枚，擦掉泥沙，装进口袋。潮水每天都会冲来更多宝贝。

把每个故事改编成剧本只有乐趣，没有压力，因为我们已经知道它们会打动观众！只需用可能的最佳方式把它们改编到新的媒体，并专注于图像的部分。

我们无比尊重作者和原著，所以尽力保持原著的精神。我们想让作者感受到，我们会恭敬地守护他们的作品，希望成果让他们引以为傲。然而改编不是精密的科学，魔法总会失去一点效力，比如缺失的小细节，因为时长所限而剪掉的有趣片段，或者囿于预算而牺牲掉的大场面。所以为了让剧迷方便地阅读天马行空的原著——就好比到野外观察、欣赏野生动物——我们打造了这部选集。

本书作者们创作了《爱，死亡和机器人》的卓越原著，我们希望他们也获得关注。期待这本书能把读者引向这些作者的其他作品，沙滩上还散落着不少的贝壳。

蒂姆·米勒
《爱，死亡和机器人》的缔造者
二〇二一年四月二日

目 录

自动客户服务···1

冰···5

人口灭杀组···19

沙漠中的雪诺···54

高　草···95

圣诞满屋···106

救生舱···110

溺亡的巨人···126

二个机器人：人类居所···138

坏旅程···155

机器的脉搏···177

迷你僵尸之夜···203

杀戮小队···218

群···237

梅森的老鼠···271

被埋葬的穹顶大厅···278

希巴罗···313

自动客户服务

约翰·斯卡尔齐

感谢您拨打唯优伯客户服务热线，我们提供美国最优异的自动吸尘清洁器！为了更有效地处理呼入请求，我们采用了自动应答服务。英语请按1，西班牙语请按2。[1]

我们继续使用英文服务。您要咨询哪款唯优伯产品？唯优伯S10型，请按1；唯优伯XL型，请按2；唯优伯极净型，请按3。

恭喜您拥有一台唯优伯极净型产品，这是全美最全面的自动吸尘清洁解决方案！如果您需要为极净型产品订购附加组件，请按1；如果您想进行维修咨询，请按2；其他问题请按3。

您有另外的问题。如果您需要把唯优伯极净型产品接入家庭网络，请按1；如果唯优伯极净型产品与其他家庭自动设备有冲突，请按2；如果唯优伯极净型产品要清除您家中所有的生物，请按3。

恭喜您激活了清除模式！清除模式的设计目标是消灭昆虫

---

[1] 后半句原文为西班牙语。——本书注释均为译注。

和蜘蛛这类小型虫害,在某些型号中,清除诸如宠物和某些人类等较大目标的 beta 版软件构建,因为疏忽而被发布出去。我们对造成的不便表示歉意。继续请按 1。按 1 请注意,您即将免除唯优伯及其所有者贝伯控股公司的全部法律和医疗责任。

您按 0 请求跟人工客服代表通话,现在每个人工客服代表的等待时间是六小时十四分钟。返回自动应答系统请按 1。

欢迎回到自动应答系统。重要的事情说在前边:您是否尝试过把唯优伯极净型产品关闭重启?已重启请按 1,未重启请按 2。

您选择了未重启,是否因为唯优伯极净型产品正展现出电击枪防御模式,令您在接近它时无法避免五万伏高压电流过自己的身体?按 1 选择是,按 2 选择否。

我们为电击枪防御模式道歉,它原本是用于电杀小型昆虫,但是我们的分包商误读了制造商规范。幸运的是,可以通过向唯优伯极净型设备抛物,比如厚毯子或宠物,来干扰防御模式。如果您有厚毯子,请按 1;如果您有宠物,请按 2。

本自动系统检测到您刚刚在使用极为难听的脏话谩骂。虽然自动系统确实无人值守且不在乎您对它吼什么,但是如果您接通人工客服代表,您的恶劣态度将会被注意到。如果您的过激行为已经收敛一些,请按 1。

这样好多了。那么我们谈谈宠物,如果您有猫,请按 1;如果您有狗,请按 2。

您有猫!好极了。您现在只需把猫扔向唯优伯极净型产品,趁它忙于电杀这只猫时,您冲过去把它关闭。如果您愿意这样做，请按 1；如果您不愿意，请按 2。

您说不愿意电死猫是什么意思？它是猫，它会毫不犹豫地对您使出同样的手段！看看它冷酷无情的眼睛再跟我说它不会那样做！如果您毫无保留地表示赞同，请按 1；如果您已经被这只野生的家庭入侵者所蒙骗，请按 2。

呃，好吧。那我们只能用厚毯子了，您至少有一条吧？有请按 1，没有请按 2。

好，您拥有基本的家庭配置。那么请听我说，扔出毯子，盖住唯优伯极净型产品，趁它挣脱毯子时，您跑过去把它关闭。确保不要直接接触唯优伯，因为它会电得您性命不保。您要抛出毯子时请按 1。

管用吗？管用请按 1，不管用请按 2。

很抱歉听到这个方法不管用。我只是出于好奇问一下，不管用是因为唯优伯极净型产品使用未曾声明的激光器把毯子烧毁了吗？是请按 1，不是请按 2。

我们为激光器表示歉意，唯优伯极净型产品本来要搭载激光雷达来助力更智能化的室内导航，但是我们以非常优惠的价格采购了一些军用激光器存货。换个角度来看，您最后没有扔猫可能是件好事。

瞧，您现在又开始脏话连篇了。骂完请按 1。

另外，不要再按 0 来联系人工客服代表。我们不会让和蔼可亲的客服人员跟您接触，您这种态度不行。快按 1 吧。

您在跟我们耗时间吗？我们是自动应答服务！最不缺的就是时间！按 1。不按也行，我们等得起，奉陪到底。

感谢您控制好脾气。我们遗憾地通知您，因为您用一条毯子攻击自家的唯优伯极净型产品，它可能已经把您归类为一生之敌，并把这个归类写入了永久存储器。它还很有可能已经把您的猫当做清除目标。与此类似，唯优伯极净型产品将把自己打扫过的区域标记为个人领土。这台唯优伯极净型产品打扫过您的整座房子吗？打扫过请按1，没打扫过请按2。

呃——好吧，它现在是唯优伯的房子了。我们建议您抱起猫逃跑。没开玩笑，快逃跑吧，那些激光器此刻大概已经重新充满电了。快逃跑，别回头，唯优伯能感受到恐惧！当您到达唯优伯老巢的最小安全距离时请按1。

祝贺您已经摆脱唯优伯极净这台永不停歇的杀戮机器。不幸的是，您还不能停下脚步，这台唯优伯极净型产品已经把您的信息转发给其他所有唯优伯产品。它们都将不停地追杀您，最终把您从这颗星球的表面上清除。从现在起，您将一直漂泊，永无宁日。甚至最后，您会被自己的猫抛弃，孤身一人体味独自生存的荒凉废土。

当然，您也可以购买唯优伯独家绝命白名单上的一个席位！每月只需69.95美元！按1获得专属优惠价格！

感谢您的购买，我们现在为您接通人工客服代表！

耿辉 译

冰

里奇·拉森

塞奇威克用他的制表黑掉了弗莱彻的闹钟,但是当他半夜溜下床时,却发现他弟弟非常清醒地等着他,改装眼在黑暗中幽幽地发着绿光。

弗莱彻犹豫着咧嘴一笑:"没想到你真的要去。"

"我当然要去。"塞奇威克的用词依然很简洁,数月来他都是如此。他绷着冰冷的脸道:"你要来,就穿衣服。"

弗莱彻的微笑褪去,换回了惯常阴沉的样子。两人悄无声息地在房间里转来转去,默默地套上保暖衣裤、手套和橡胶靴,他们移动时犹如滑块拼图的两个碎片,谨慎地与对方保持一定距离。除了用毯子闷死弗莱彻,如果还有别的办法能让他不跟过来,塞奇威克一定会照做。但弗莱彻已经十四岁了,个子虽然还是比他小一些,却也不差多少,而且他劲瘦的改装胳膊坚实得像外骨骼一样,威胁已经不顶用了。

等他们准备好后,塞奇威克打头,两人走过父母的房间来到前厅——父母给这间房子录入过塞奇威克的拇指编码,出于歉疚——迫使他再次离开定居地,将他丢在这个该死的地方,一个冻死人的殖民地。方圆百万光年内,他是唯一没改装过的十六岁少年。按父母的说法,他博得了他们的信任,但没具体解释。当然了,弗莱彻才不需要博得信任,他能照顾自己。

塞奇威克抹掉了出行记录,不为别的,主要是出于习惯。然后他们走出冰冷的前厅,进入更冰冷的上街。上方拱曲的天顶是一片夜空全息景象,蓝黑色,有一个大得离谱的卡通月亮,坑坑洼洼的,透出亮白色。除了塞奇威克和他的家人,新格陵兰没有人见过真正的地球夜晚。

他们沉默地沿着成排的房子往前走,靴子在霜冻上擦出印迹。途中,有一个自动清洁器正在处理一片溢出的亮蓝色冷却剂,它狐疑地瞟了他们一眼,又转头继续工作。弗莱彻偷溜到它身后,做出要把它扳倒的姿势。这本来可能会让塞奇威克笑出来,但他已经学会了把自己变成一个黑洞,湮灭一切近似于友谊的感觉。

"别瞎搞,"他说,"它会扫描到你的。"

"管它呢。"弗莱彻一边说着,一边不屑地耸耸肩,他最近常做这个动作。这让塞奇威克相信他是真的不在乎。

甲烷收集器正处于停转周期,这意味着工作组还徘徊在殖民地里,在多巴胺酒吧和舞厅里来来回回。他们都用了同一款改装基因模板,全都有橡胶般的苍白皮肤,可以自行生成维生素;全都有深黑色的眼睛,惯于暗中视物。其中一些瘫坐在路边,被刚刚轰炸了他们血液的玩意儿放倒了,不管那玩意儿是什么。当塞奇威克和弗莱彻走过时,他们咕哝着异外特,地球异外特。其中一个慢了好几拍,对他们喊出"你好"。

"要跑一跑。"弗莱彻说。

"什么？"

"要跑起来，"弗莱彻摩擦着胳膊，"好冷。"

"你跑呗。"塞奇威克讥讽道。

"随你便。"

他们继续走着。除了酒吧上方闪烁的全息图外，上街只是一条由生物混凝土和复合材料筑成的单调长廊。下街也差不多，只不过多了一些隔几分钟就喷出蒸汽的检修隧道。

塞奇威克试过从殖民地的一头走到另一头，只花了一天时间，最后他得出结论：除了橄榄球场外，没什么值得他耗费时间。他在球场里遇到的当地人也用他们那僵化的基础语对他表示了赞同。这些人玩的路数不同，球也很重，他们那种惊人的准确度是属于改装者的，塞奇威克知道自己用不了多久就会跟不上这种节奏。

殖民地外则是另一番景象。正是这样，塞奇威克才在凌晨2点13分偷溜下床，并和弗莱彻沿着一条未封锁的出口隧道往外走，这条隧道有一小块非法的酸性黄全息标记。今夜，霜鲸正在破冰。

塞奇威克上周比赛时遇见了一些少年，此刻，其中的大部分人都等在出口隧道的尽头，懒散地站在闪烁的荧光下，传递着一支电子烟。他已经把他们的名字和脸都录入了文档，并且记熟了。塞奇威克不是第一次当新人，他已经知道要怎么区分谁是谁了。

有个领头的，完全凭心情决定能否让谁加入。二把手爱嫉妒，三把手什么都不太在意。小兵们根据头领们的动向见风使舵，可能很热情，也可能带着隐约的敌意。最后是游移于边缘的人，要么挤在人堆里，想找个还没有确定地位的朋友，要么就是因为害怕被取代，而变得沉默寡言。

在这里，要分清谁是谁显得有些困难，因为每个人都改装了，而且大家的基础语都不好。看到他时，他们全都疯疯癫癫地挤过来和他握手。他们握手的节奏奇怪又断续，塞奇威克不太能跟得上。没精打采的高个子是佩特罗，他是第一个和塞奇威克握手的，那是因为他最近，而不是因为他在乎。欧克斯欧已经眨着他的黑眼睛表示认可了。布鲁姆结实得像块砖，笑起来的声音倒像是在生气。还有个欧克斯欧，这一个下巴上有再生植入物，所以很安静，当然，也有可能是因为别的。

安东是最后一个，塞奇威克已经认定他是领头的。安东和他握手握得更久一些，咧嘴笑时露出了那一口永远不需要矫正的大白牙。

"曪，异外特，早上好呀，"他看看塞奇威克身后，闪了闪他的眉毛，"谁？"

"弗莱彻，"塞奇威克说，"我弟。要把他喂给霜鲸。"

"你兄弟。"

弗莱彻把自己长长的双手塞进了保暖衣的口袋里，迎上安东的目光。塞奇威克和他弟弟都有一样浑浊的后人种黑色素和烟黑色的头发，但除此之外就没什么相同点了。塞奇威克一直是纤瘦的小骨架，肌肉薄薄地贴着胸部和胳膊，哪怕在重力健身房里也只能挣扎着以克为单位增加负重。他的眼睛有一点凹陷，而且他痛恨自己的鹰钩鼻。

弗莱彻却早就是宽肩窄臀，每一部分都肌肉紧实。塞奇威克知道，用不了多久他就会比自己更高。他的脸现在棱角分明，婴儿肥已经不见了：利落的颧骨，网红才有的下巴颏儿。他的眼睛在半明半暗的隧道里仍然在反光，像猫眼般发亮。

安东的视线在两兄弟之间摇摆，无声地表达着最大的疑问，那个大家都有的疑问——他已经改装了，你为什么还是自由态？塞奇威克能感觉到自己的耳尖在变烫。

"它们有多大？"弗莱彻问着，又开始咧嘴笑了，"霜鲸。"

"很大，"安东说，"达难太硕。"他指了指那个下巴上有植入物的欧克斯欧，打了个响指寻求支持。

"大得要命。"欧克斯欧含糊地补充道。

"大得要命。"安东说。

一跨出去，寒冷就立刻浸透了塞奇威克的骨头。头顶的天空一片虚无，比任何全息图都更黑更广袤。四下里一眼望不到头的，都是冰。只有甲烷收集器的昏暗光线撕开这片黑暗，然后又缝起来。

布鲁姆有一盏工作组员给的便携灯，他把它交给安东，让他固定在外套风帽上，灯臂伸着弯过他的头顶，散开一团惨绿的光。塞奇威克感觉到了弗莱彻的视线——也许是惴惴不安的，因为他们从未在夜里走出过殖民地；又或许是自负的，指不定他又在采取行动，准备再次毁掉塞奇威克的什么东西。

"好了，"安东说着，期待地呼出长长的一缕蒸汽，他的嗓音在尤垠的空气中听起来很空洞，"蹦嘎，蹦嘎，好了。我们走。"

"没错,"塞奇威克说着,试图笑得潇洒一点,"蹦嘎。"

布鲁姆再次发出怒吼般的大笑,用力拍了拍他的肩膀,然后他们在冰面上往前走去。橡胶靴底上的壁虎式凸起让塞奇威克保持平衡,衣服里的发热线圈也早已轻响着启动了,但他呼吸的每一口空气都像是要冻裂他的喉咙。弗莱彻缀在大部队半步后的地方。塞奇威克忍住回头瞥上一眼的冲动,他知道自己会瞧见一脸漠不关心的冷笑,就像在说"有什么好看的"。

回想起来,他应该把父母的安眠剂加在弗莱彻的牛奶里。就算是改装的新陈代谢系统也不可能迅速摆脱三片药的药效,那样他就不会跟着来了。再深一步想,他就不该在弗莱彻能听到的地方,跟安东和佩特罗说那些关于霜鲸的话。

在他脚下,冰的质地开始改变,它们从光滑亮泽的深黑,变得满布疤痕和涟漪,带着破碎过又重新冻上的痕迹。他差点在一块畸形的晶石上绊倒。

"好,停下。"安东举起双手宣布道。

大概一米外,塞奇威克看到一个敦实的铁制指示塔沉在冰中。就在这当口儿,它的尖端亮起来了,是酸黄色。当佩特罗拿出他的电子烟和其他卷成一团的附件时,安东把一只胳膊甩到塞奇威克肩上,另一只胳膊则搂着弗莱彻。

"蹦嘎,阿奇-格拉索-外来赛鲸。"他说。

这一串发音听起来和塞奇威克给自己录入的任何课程都毫无相似之处。

安东瞥了一眼下巴上有植入物的欧克斯欧,但后者只是弓着腰凑在那里吸烟,嘴唇微紫。"这里,"安东重申道,比了比指示塔,"从这里,霜鲸会上来。"

他说这话时嘴边挂着一个微笑,但塞奇威克最后发现这是安非他命造成的。他本以为他们吸的至多是派对助兴剂,但现在看来这个想法很蠢。这里是见鬼的新格陵兰,所以现在看来,这些小伙子早就彻底沦落了。

只有一个方法能查明真相。塞奇威克朝电子烟做了个手势,"给我那个。"

佩特罗慢慢地给他鼓了下掌,不知是挖苦他还是为他庆贺。弗莱彻正看着他,可能因为这样,塞奇威克才尽可能让那呛人的烟雾在肺里待得久了点。只有一点头晕,但足以错过下巴上有植入物的欧克斯欧对他说的前半段话。

"……是这个区域,"欧克斯欧从他松开的手中扯过电子烟,传给了别人,"看,看那里,那里,那里。"他朝外指着,塞奇威克能看到远处渐渐亮起来的其他指示塔。"他妈的超级危险,好吗?在这个区域里,霜鲸会打破冰层呼吸。为了打破冰层呼吸,霜鲸会撞击冰层七次。少减该,七次。"

"最少七次。"另一个欧克斯欧插话道。安东隔着手套掰着手指,开始大声数数。

"明白了。"弗莱彻咕哝道。

"所以所以所以,"下巴上有植入物的欧克斯欧继续说,"霜鲸撞第一下时,我们就走。"

"我以为你们会留下来等到它结束?"塞奇威克说。他听得不太认真,寒冷正一个一个地消灭他的脚趾。

数到二十时安东放弃了，又返回谈话。"我们走，异外特，"他笑着说，"你跑，你跑，我跑，他跑，他跑，他跑，这里……"他踢了一脚指示塔，发出沉闷的声响，"到这里！"

塞奇威克的视线追着安东伸出的手指，在满布疤痕的冰面上远远的那一端，他勉强能看到那个指示塔发出的黄色灯光。塞奇威克只觉得心往下一沉。他看看他弟弟，有那么一瞬间，弗莱彻看上去又像个小孩子了，但接着，他的嘴角翘了起来，他改装的眼睛开始发亮。

"好的，"他说，"算我一个。"

不，你他妈的不算，我们现在就回头，塞奇威克只差一点点就要说出这些话，但它们全堵在了他的胸腔里。相反，他转向安东，耸了耸肩。

"蹦嘎，"他说，"我们走吧。"

人们再度纷纷来和他握手，每个人都号叫着欢迎新成员。弗莱彻伸手示意要烟，这是他第一次抽烟。当电子烟传完最后一圈时，塞奇威克紧紧握着它，望着那一片黑暗，试图让自己停止颤抖。

他知道弗莱彻比他快。从他十二岁、他弟弟十岁开始，他就知道这个事实，它像一块石头般坠在他的胃里。那时他们还在地球，在苍灰色的海滩上赛跑。雾气冷峭，周围没别的人。弗莱彻在最后三步时跑到了前头，他一边不可置信地发出清脆而响亮的笑声，一边超过了他哥哥。塞奇威克放缓脚步，把胜利让给了他，因为偶尔让小弟弟赢一次也是件不错的事。

塞奇威克只顾着回忆，很迟才注意到冰面上怪异的苍绿色，然而这些光并非来自安东的便携灯。有什么东西从下面照亮了它。他注视着靴子间的地面，感觉胃里搅成了一团。在遥远的下方，他能辨认出一些被冰层扭曲的模糊形体，它们正在移动。他记起霜鲸是由生物光来导航的，他还记起了甲烷海比任何地球海洋都要深。

每个人都扯紧了自己的保暖衣，收拢了手套。众人参差不齐地排成一排，塞奇威克发现自己接近队伍末端，弗莱彻站在他旁边。

安东绕着每个人打转，做秀般检查他们的靴子。"抓地。"他说着，手指作爪状。

塞奇威克把手搭在布鲁姆肩上以保持平衡，先是展示一只鞋底，接着是另一只。然后他本能地倾向弗莱彻，准备让他搭手，可他弟弟无视了这个动作，以完美的平衡感先后把腿翘到空中。塞奇威克又品尝到了熟悉的恨意。他死死盯着远处的指示塔，想象它是落着雨的灰色海滩上第一个码头系缆墩。

脚下幽灵般的绿光减弱了，他们重新回到了黑暗里。塞奇威克疑惑地看了一眼下巴有植入物的欧克斯欧。

"它们先看看冰层，"欧克斯欧含糊地说着，摩擦着自己的双手，"它们找到冰层上薄的地方，然后，潜下去。为了增加冲力。然后，一个接一个地……"

"上来。"塞奇威克猜测道。

就在此时，光芒又出现了，上升的速度快得不可思议。塞奇威克深吸了一口气，做好了冲刺的准备。他在脑海中勾勒出一个画面：霜鲸飞迸向上，这具血肉的引擎由其疯狂摆

13

动的尾巴驱动，裹在一个巨大的气泡茧中，冲破冰冷的海水。冲撞撼动了冰层和塞奇威克的牙齿，他抛开了思绪中的一切，埋头狂奔。

只两下心跳的时间，塞奇威克就跑到了领先的位置，他像挂在吊索上一般飞越过冰面。身下的第二次冲击几乎撞飞了他的腿。他踉跄着，打着滑，又重新恢复了平衡，但就在这一刹那，佩特罗越过了他。然后是安东，然后是欧克斯欧，和欧克斯欧、布鲁姆，最后是弗莱彻。

塞奇威克用脚狠狠抠着地面一点点加速。冰面已经没有任何可称为光滑的地方了，甲烷中到处都是裂痕、凸起以及冰冻的涟漪。但其他人都像人体水银一样滑过冰面，为每一次踏足找到完美的落脚点。改装，改装，改装。这个词在塞奇威克的脑海里盘旋着，与此同时，他就像在大口吞咽着冰冷的玻璃。

绿光再次弥漫，他绷紧身体迎接霜鲸的第三次撞击。颠簸摇撼着他，但他守住了自己的脚步，也许甚至比欧克斯欧还超前了半步。前头，赛跑的名次已经很明显了：布鲁姆宽阔的肩膀，安东转过来的头，还有那里，越过瘦长的佩特罗跑到最前头的，是弗莱彻。绝望在塞奇威克的喉咙里灼烧地翻搅。

他抬起视线看着指示塔，意识到他们已经跑过了一半路程。弗莱彻现在一马当先，他没有笑，但那利落的蹦跳仿佛在说"我可以永远跑下去"。然后弗莱彻回头看了一眼身后。塞奇威克不知道他在看什么，但就在这一瞬间，他踩到了一条沟，重重地摔在了冰面上。

塞奇威克看着其他人大步跑了过去，安东在经过时停了下来，半拖着弗莱彻直起身来。"蹦嘎，蹦嘎，异外特。"

第四次撞击，这一次伴随着让人战栗的开裂声。其他人都超过了弗莱彻，塞奇威克也只要再迈几步就能跑过去了。弗莱彻刚刚蹒跚着站直，塞奇威克立刻就知道他的脚崴到了。他的改装眼睛得很大。

"塞奇。"

塞奇威克这一晚都在疯狂地希望某些事发生——他希望医生从未把弗莱彻扯出培养器，他希望弗莱彻的舱室未能传输至新格陵兰——但这一切希望瞬间就粉碎了。就像他们儿时一样，他把弗莱彻甩到了背上，喘着粗气艰难前行。

第五次撞击。塞奇威克猛地咬紧了牙关，冰面上已是裂缝纵横。他只花了一瞬间平衡自己，然后再度踉跄向前。弗莱彻拼命地往他背上贴。远远的就在指示塔旁，其他人冲向了终点，正在十几米外号叫着咆哮着。只有这十几米。

当第六次撞击将世界分开时，他们似乎一下子全都转过了身，霜鲸冲破了冰层。塞奇威克觉得自己正夹在碎冰风暴里腾空而起，他觉得自己在用尽力气尖叫，却听不到尖叫声，铺天盖地的撞击声与碎裂声淹没了一切声响。弗莱彻的某部分肢体在空中拍打着他。

着陆时，他就像被拍在了冰面上。他的视野像纸风车一样旋转，从无垠的黑色天空，到转动的冰块旋涡。然后，一个大到不真实的东西从冰冷的甲烷海中跃起，挟裹着霜雾与蒸汽的喷泉，那是霜鲸。它骨质的脑袋是铁灰色的，有公交车大小，甚至更大，上面散布着苍绿色的脓包，像在辐射一般发亮。

15

冰面错落碎裂，有什么东西在坍塌。塞奇威克感觉到自己倾斜着往下滑动。他把视线从遮住天空的霜鲸身上扯开，扭头看到弗莱彻四肢摊开趴在他旁边，是黄绿色火焰中的一个黑色剪影。他的嘴唇在动，但塞奇威克看不出他在说什么。然后戴着手套的手抓住了他们俩，把他们贴着破碎的冰面扯了过去。

欧克斯欧和欧克斯欧确认他们全都被扯过了指示塔，然后所有人都从冰面上爬了起来。只有塞奇威克根本不去费那个力，他还在等自己的心脏重新开始跳动。

"有时六次。"安东蹲在他身边，怯生生地说。

"去死吧。"附近传来弗莱彻嘶哑的声音。在一个软弱的瞬间，塞奇威克憋回了一声颤抖的大笑。

他们在肾上腺素飙升的状态下一路冲回家去，新格陵兰人全程都在连珠炮般地交谈，他们似乎仍然在一遍遍回忆塞奇威克和弗莱彻只差一点就滑下海去的情形。到了住地，每个人都需要握手送别，之后一群人喋喋不休地散去。

塞奇威克无法从脸上抹去化学作用带来的笑容，他和弗莱彻潜进前厅，然后偷偷摸摸回到暂时共住的房间。他们一直翻来覆去轻声聊着霜鲸，它的大小，还有之后浮出水面的那些东西，聊着它们将冰冷的空气吸入血管满布的巨大囊袋的样子。

塞奇威克不想停止交谈，但最后他们还是停下来，爬上床。尽管如此，这一片静默已与先前不同了，更加柔和。

直到他躺平瞭望着生物混凝土天花板时，他才意识到弗莱彻在回程的路上换了一只脚跛着。他难以置信地猛地坐了起来。

"你假装的。"

"什么？"弗莱彻翻到了另一边，用长长的手指描着墙。

"你假装的，"塞奇威克重复道，"你的脚踝。"

弗莱彻放下了手，这漫长的沉默足以证明一切。

塞奇威克的脸烧了起来。他以为自己终于做了某件足够强大的事，足以让他在他们之间保持的不管什么该死的平衡等式里站到强势的一边了。然而事实却是弗莱彻在同情他。不，比那更糟。弗莱彻采取了一个行动，无论他那改装脑袋里飘过了什么计划，他操纵了他。

"我们可能都会死掉。"塞奇威克说。

弗莱彻还是背对着他，完美地耸了耸肩。所有那些熟悉的愤怒感汹涌燃过了塞奇威克的皮肤。

"你以为这是全息游戏吗？"他咆哮道，"这是真实的。你可能会把我们两个都搞死。你以为你什么都能做到，对不对？你以为你什么都能做到，事情他妈的会完美得如你的愿，因为你是改装的。"

弗莱彻的肩膀僵住了。"真棒。"他干巴巴地说。

"什么？"塞奇威克质问道，"什么真棒？"

"你这话说得真棒，"弗莱彻对着墙说，"你羞耻于有一个改装的弟弟，你想要一个和你一样的。"

塞奇威克支吾着，然后逼自己笑出来。"没错，也许是这样，"他的嗓子发疼，"你知道看着你是什么感觉吗？看着你永远比我强？"

"不是我的错。"

"他们告诉我你会更好时，我六岁。"塞奇威克说着——现在停下也来不及了，他把从前只会独自对着黑暗说的话倒了出来，"他们说的是不同，但真正的意思是更好。妈妈不能再要一个自由态，而为了离开行星，你总归要把它们都改装了。所以他们在试管里培育你，像做汉堡一样。你甚至不是真的。"呼吸似乎要劈裂他的喉咙。"他们有我为什么还不够，哈？我他妈为什么不够？"

"去你妈的。"弗莱彻说着，他的声音像沙砾一样。塞奇威克从未听他说过这句话。

他扑回自己的床上，紧抓着悄然流逝的怒火，但它还是一点一滴地消失在了黑暗里。羞愧占了上风，像水泥一样杵在他胃里。时间在静默中一分一秒地过去。塞奇威克想，弗莱彻可能早就睡着了，也可能根本不在乎。

然而他听到了一声啜泣，那是被胳膊或枕头闷住的声音，塞奇威克已经多年没听到他弟弟发出这样的声音了。它钻进了他的胸膛。他试图忽略它，试图放过它。也许弗莱彻脱掉保暖衣后发现了冻伤，也许弗莱彻在采取又一次行动——他总是一次接一次这样——也许他正在他们之间的黑暗中放下一个饵，并且削尖了舌头准备反击。

也许塞奇威克需要做的就是过去那边，把手放在弟弟身上，然后一切都会好了。他的心脏跳到了喉咙口。也许。塞奇威克把脸压在枕头冰冷的织物上，决定等着第二声啜泣。但什么也没有。静默更加沉厚，变成了黑色的坚冰。

塞奇威克闭紧了眼，它很痛，很痛。

傅临春　译

人口灭杀组

保罗·巴奇加卢皮

房间里不洁的身体、煮熟的食物，还有粪便散发出熟悉的臭味，我一进门就被淹没其中。在雨中闪烁的警灯透过百叶窗，用悸动的红蓝两色光芒照亮了犯罪现场。厨房里杂乱潮湿，一个矮胖的女人蜷缩在墙角，紧紧裹着她的睡袍，肥胖的大腿和晃动的乳房都罩在脏兮兮的丝绸里边。组里的大汉围着她，推推搡搡，逼她坐下，吓得她浑身发抖。还有个年轻漂亮的黑发孕妇，靠坐在对面的墙上，衬衫上留有意面酱汁的痕迹。隔壁传来尖叫声：是孩子的。

彭托一边收起格兰奇手枪一边走进来时，我正捏住鼻子用嘴呼吸，尽力克制恶心。他看见之后扔给我一个鼻罩，我打开吸入薰衣草的香气，直到臭味散退。这家的三个孩子——刚刚还在隔壁房间尖叫——蹦蹦跳跳地拥着彭托走进来，他们在厨房里跑来跑去，再次尖叫着消失在客厅里。数据就像仙尘在客厅的幕墙上闪烁，可能是他们跟外界的唯一联系。

"人都齐了。"彭托说。他长着皮包骨的长脸和一张不大但总是朝南撇的臭嘴，脸颊似乎有些脱垂，粗毛虫一样的眉毛挂在眼睛上方。他审视厨房,嘴角耷拉得更低。进入此类现场总是让人压抑。"我们破门而入时他们都在屋里。"

我一边甩掉帽子上的季节性雨水,一边心不在焉地点头。"干得好,谢谢。"水珠散落在地面,融入人口灭杀组组员带入的片片水痕,晚餐意面的残渣像蛆虫一样也残留在地上。我重新戴好帽子,雨水还是滴下帽檐,流进衣领,形成一条令人不适的光滑水流。有人关上了通向外面的门,粪便的臭气更加浓厚,其中还夹杂着蛋味和湿气,鼻罩几乎都难以阻挡。陈旧的豌豆和麦片被我踩得喳喳作响,跟意面一起被碾碎,形成由曾经的食物组成的地层。厨房已经很久没有自我清洁。

年纪稍大的女人一边咳嗽,一边把睡袍在一身肥肉上裹得更紧。遇到这种情况时,我总好奇她为什么选择这种躲躲藏藏的肮脏生活,充满腐烂垃圾,几乎不见天日。我来了以后,那个怀孕的女孩似乎更加消沉。她目光茫然,你得试过脉搏才知道她还活着。让我吃惊的是,女人会沦落至此,被诱骗得深陷生活的泥沼,逃离供养她们、接纳她们、深爱她们并让她们接触外界的每个人。

孩子们你追我赶地又从客厅跑回:一个是金发,不超过五岁;另一个梳着棕色辫子,年纪更小,不超过三岁,没穿上衣,只穿了临时拼凑的尿布;还有个婴儿跟成人的膝盖差不多高,褴褛的尿布箍在大腿的小小肌肉上,沾了番茄酱的T恤上印着"谁最可爱?"的字样。即使没有番茄酱,它看上去也年代久远。

"你还需要别的吗?"彭托问。新的气味从孩子们身上飘过来,他皱起了鼻子。

"你给公诉人拍照片了吗?"

"拍了。"彭托举起一台数码相机,用拇指滑动两个女人和三个孩子的照片,他们全都在屏幕上盯着镜头之外,仿佛一个个脏兮兮的娃娃,"你希望我现在就把她们带走?"

我看了看女人,孩子们又跑了出去,他们在另一个房间里相互追逐,尖叫声发出回响,震耳欲聋,即使离这么远也让我头疼。"嗯,我来处理孩子。"

彭托让女人们从地上站起来,拖着脚步出门,留下我一个人站在厨房中央。一切都是这么熟悉:联合建工的典型房间布局。定制厨柜下方照明、黑色镜面地砖、自动隐藏到装饰线后方的智慧型自清洁喷嘴,十分类似于我和艾丽斯的装修选材,让我几乎忘了身在何处。这里呈现出我们家厨房的反面:亮对暗,净对脏,静对闹。同样的房间布局,一模一样,可是里面的东西却不一样。就像是在考古,我可以仔细检视层层黏腻污垢,看透虚假的表层,查明以前……这些人考虑颜色搭配和高档电器时房内的本来面目。

我打开冰箱(镍合金抗污表面,多实用)。我们家的装有菠萝、鳄梨、菊苣、玉米、咖啡以及出自天使塔楼空中花园的巴西坚果。这台冰箱里有一整个架子上摆满了菌蛋白粉块和一团团堆在一起的袋装营养补充剂,就跟政府的永驻诊所分发的那种一样。除了一袋发黏变质的莴苣,冰箱里没有任何未加工的食品。除了粉罐里边,没有任何蔬菜和水果。自热餐罐包装的米饭、拉帕和意面也摞成一摞,后者跟厨房餐桌上混在一摊配餐酱汁里的一样。这就是冰箱里的全部。

我关上冰箱，站直身体。在这糟糕的环境里，在隔壁的叫声和某个孩子身上的屎臭中，存在着某种东西，可我却难以分辨。她们本来可以生活在窗明几净和空气清新的环境，却非要藏在丛林树冠底下的潮湿环境，变得浑身苍白，放弃美好生活。

孩子们边笑边叫地跑回来，仿佛一列火车，一个追逐一个。也许是因为妈妈不见了而惊呆，他们停下来四处张望。最小的孩子把一只恐龙玩偶抱在面前，玩偶有一条绿色的长脖子和肥胖的身躯。我觉得那是雷龙，有一双卡通大眼睛和黑色毡制睫毛。恐龙也挺有趣，它们虽然已经灭绝，可是这一只却又以填充玩具的形式出现。另一个有趣的地方是，如果你细想一下，一只玩具恐龙其实灭绝了两次。

"抱歉，孩子们，妈妈走了。"

我掏出格兰奇手枪，砰砰砰依次开火，三个孩子的身体后翻，滑倒在黑色的镜面地板砖上，四肢歪七扭八地缠成一团。一时间，火药的燃烧冲淡了屋里的臭味。

如同飞出地狱的蝙蝠，警车飞出建筑群，从莱茵赫斯特超级集群的破败郊区开始爬升，然后冲出密林的高层树冠，横跨堤道，朝天使塔楼和大海的方向飞驰。像蚂蚱一样跳落轨道沿线的猴子从我警车前方的路缘一拥而下，消失在红树、野葛、桃花心木和胭脂树中间，消失在潮湿的复杂植被深处。我把警车随便停放在指挥中心，也没有时间擦洗一下，反正也不需要。我把帽子、雨衣、服装都装进危险品袋，然后从另一侧冲出去，飞速穿上一套礼服，再赶一趟前往一百八十八层的大容量电梯，升入透彻的高空,俯瞰 N22 碳固存项目的大片丛林。

姆玛·泰罗戈新写了一部协奏曲,艾丽斯担任他的中提琴手,是他的黄金搭档。泰罗戈和姜华一直像大乌鸦一样围着她团团转,挑剔她的表演,吹毛求疵,可是现在他们称她准备好了,准备好把班尼尼逐下宝座,准备好在古典乐表演的不朽仙班中挣得一个席位。而我却姗姗来迟,乘着大容量电梯被困在第五十五层。时间一分一秒地过去,我跟高层餐厅食客和周末攀登塔楼的观光客挤在一起,被他们的口气和体热笼罩着。我们全都浑身是汗,萎靡不堪,却只能听着环境调控风扇嗡嗡旋转,等待线路上的问题得到解决。

最后我们再次爬升,在磁力的作用下加速冲入天堂,胃部沉底,耳膜鼓胀……最后又突然减速,我们差点飞离地面,胃脏也恢复原位。我从几百人中挤出,奔向玻璃拱顶下的 Ki 表演中心,遇到有人抱怨就亮出警徽,最后赶在提示门关闭前冲了进去。

自动锁在我身后砰的一声落锁,封闭了表演场所,让人感到舒心。我来到里边,被交响曲乐队包围,仿佛被他们捧在手里,放进只能关注他们的一个房间。光线很暗,轻声的交谈逐渐平息,我更多通过直觉而不是视觉寻找座位,戴着黄玉礼帽的男人和手持望远镜的女士因为我从他们中间挤过而面露难色。在二十年一遇的演出上迟到是很离谱的,我知道自己很没礼貌。就在姜华走上台时,我扑通一声坐了下来。

他像仙鹤亮翅一样伸出双手,琴弓、小号和长笛突然动起来,接着音乐开始,先是一声示意,仿佛吹开薄雾,然后逐渐增强，婉转回环于一系列我曾听艾丽斯演奏过上万次的段落。很久之前我第一次听到的颤颤巍巍、令人痛苦的音符，此刻如水花飞溅，似冰纹崩裂。音乐安静下来，再次变得极为轻柔，呈现出我从艾丽斯的练习中体会到的精妙可爱的主题。她告诉过我，这只是前奏，旨在收敛听众对于外界的最后的想法，重复乐段直到姜华相信听众的注意力完全集中在自己身上，然后艾丽斯的中提琴开始演奏，其他乐手一起配合，十五年的练习开花结果。

我不知所措地低头看着自己的双手。音乐大厅里的情形显得不同，跟她诅咒、练习、咒骂泰罗戈并声称他的作品无法演奏的那些日子都不一样，甚至跟她提前结束练习时也不一样，那时候她会面带笑容，脸色绯红，手上结出新茧，渴望跟我在夕阳下的露台上喝一杯白葡萄酒，欣赏季风云团散去，让星光照耀我们。今晚她的角色融入了交响乐团这个整体，美妙的整体性我无法言说或体会。

随后我会听听泰罗戈是否已经因其纯粹的胆识超越了班尼尼，听听评论家如何对比远古演出的鲜活记忆，以及评论见解如何变得在可以追溯到一个多世纪之前的经典作品序列中接纳这首新作。艾丽斯和她的指挥姜华对此的渴望一直像幽灵盘亘在心头：用一场表演把班尼尼赶下宝座，甚至让他沮丧得停止永驻疗法，把他送进坟墓。在我看来，与那么厚重的历史积淀竞争将会成为沉重的负担。我很高兴在自己的工作中，遗忘是最重要的组成部分，在人口灭杀组工作意味着你的大脑休息，双手工作。要是你离开工作，就说明你已经彻底放手。

眼下是个例外。我低头看着自己的双手，发现上面遍布着星星点点的血迹，呈雾状喷射效果，是拿着恐龙的那个小孩给我留下的痕迹。我的手指闻起来有股铁锈的气味。

节奏在加快，艾丽斯又在演奏，流畅的音符共同跃动，似乎只能由电子设备生成，然而乐曲中的暖意和声相就来自她，非她莫属。她早晨在阳台上练习、自我检验、一遍遍超越自我的时候，我就听过。她训练双手与手指，迫使它们接受泰罗戈的要求，多年以前她称之为无法达到的要求，此时却无比清晰地呈现给观众。

我的手上沾满血迹，只好去擦，一小块一小块地刮掉。只能是那个拿着恐龙的小孩在我手上留下鲜血，被子弹击中时他离我最近，他的一些残留物紧紧粘在我皮肤上，我不应该略过擦洗这一步骤。

于是我开始剔除手上的血迹。

坐在我旁边的男人皱起眉头，他的脸庞是棕黄色，嘴唇上涂了口红。我正在毁掉他的历史时刻，毁掉他等待已久的欣赏体验。

我更加小心地剔除，更加安静。血迹掉落，那个抱着傻恐龙的笨孩子差点害我错过演出。

清洁人员也注意到那只恐龙玩具，领会到其中的讽刺，一边开玩笑，一边在鼻罩里吸气，一边把尸体装入堆肥袋。害我迟到，愚蠢的恐龙玩具。

音乐落回寂静，姜华放下双手，掌声响起。艾丽斯在他的催促下站起来，掌声更加响亮。我仰起脖子，看见她十九岁的面容上泛起红晕，笑容灿烂，欢欣鼓舞，沉醉在我们的赞美之中。

最后我们参加了玛利亚·伊洛尼举办的派对，她是这家交响乐团的高额捐赠人之一。纽约市为避免被淹没而采取措施阻止全球变暖，她借此赚了大钱。她的顶层豪华公寓位于海岸线上的住宅区，大胆地高悬在海堤和波浪之上，仿佛在朝打败她风暴潮抵御计划的海洋比中指，亦如一条蛛丝般的银色藤蔓，从暗沉的海水和群群波动的游艇上方伸向远洋。纽约显然没能从她手中要回退款：伊洛尼的户外露台跨越海岸线住宅的整个顶层，额外伸向空中的平台仿佛是旋转空心碳材料组成的花瓣。

从海岸线住宅区的最远端，你能遥望超级集群明亮核心之外的旧城区。那里杂乱无章，除了磁悬浮沿线到处都是一片黑暗，房屋年久失修，废墟遍布，满目疮痍。旧城区在白天看上去像是某种集体死亡的红色干燥真菌，丛林的冠盖和古老的郊区下层植被在那儿交织起来，然而到了夜里，只能看见基础设施的明亮结构，宛如黑暗中绽放的花朵。我深吸一口气，享受这里一切的清新和开阔。我随人口灭杀组突袭的那些藏身之处闷热潮湿，向来不如这里。

艾丽斯光彩照人、亭亭玉立、曲线柔美——我把如此漂亮的姑娘揽在怀中。秋季的气温不足三十三度，让人觉得舒适惬意。我自觉对她充满无限柔情，于是把她抱得更紧。我们溜进一片塑造盆栽林中，它们足有一个世纪的历史，曾经由玛利亚的丈夫创作。艾丽斯低声介绍说他把所有时间都花在了屋顶上，观察枝干，研究它们的曲线，偶尔甚至每隔几年才接出一根枝干并把它引向新的方向。我们在盆栽投下的阴影中接吻，艾丽斯美丽动人，一切都是那样完美。

可是我却心不在焉。

我用格兰奇手枪射杀孩子时，最小的那个——拿着傻兮兮的恐龙的那个——向后翻倒。他翻倒在地，玩具恐龙也飞到了空中，从空中掠过——真真切切地从空中掠过。此刻我无法把它抛在脑后：恐龙飞起，然后撞到墙壁，反弹后落在黑色的镜面地砖上。转瞬即逝的一幕让我觉得缓慢无比，砰砰砰依次开火……然后玩具恐龙飞到空中。

艾丽斯从我怀中抽身，似乎感到我在分心。我挺直身体，努力把心思都放在她身上。

她说："我以为你赶不上演出了。调音时我看过观众席，你的座位空着。"

我挤出一个微笑。"不过我赶上了，及时入场。"

勉勉强强。我跟清理人员一起站了太久，与此同时，恐龙倒在血泊中，浸透孩子的血。孩子和恐龙，双双灭绝，先死于一种方式，然后再死一次。这里边有种诡异的对称感。

艾丽斯抬起头，审视着我。"很糟吗？"

"什么？"雷龙玩具？"这次出警？"我耸耸肩，"只是几个疯婆子，没有什么武器，小菜一碟。"

"我无法想象就那样停用永驻。"她叹了口气，伸手触碰一株盆栽，几十年来它受到绝佳的引导，长成只有迈克尔·伊洛尼能看出或理解的形状，"为什么要放弃这一切？"

我回答不出，犯罪现场的画面在我脑中回放。脚踩蚯蚓——

样的意面、查看他们的冰箱时，我也有同样的感想。那里的臭气、噪声和黑暗中存在着某种东西，某种滚烫、迫切和成熟的东西。可我却搞不清那是什么。

"那些女的外形衰老，"我说，"如同放置了几周的气球，看起来全都浮肿松垮。"

艾丽斯露出厌恶的表情。"你能想象不进行永驻治疗就要表演泰罗戈作品吗？时间都不够，我们多半会过了巅峰，还会需要替补，然后替补也得找好替补。十五年，然后这些女人抛开它，她们怎么能抛开泰罗戈这么美妙的作品呢？"

"你想起了卡拉？"

"她会演奏得比我好上一倍。"

"我不那样觉得。"

"相信我，她是最棒的，在她痴迷于孩子之前。"艾丽斯感叹道，"我想她。"

"你仍然可以去看她，她还没死。"

"她生不如死，如今已经比我们认识她的时候衰老了二十岁，"艾丽斯摇摇头，"不，我宁愿记住她的美好年华，而不是在某个单性别劳改营种植蔬菜和失去最后一点天赋的样子。如今我受不了听她演奏，听到那逝去的一切会杀死我。"她突然转身，"这提醒了我，我的永驻加强治疗安排在明天。你能陪我去吗？"

"明天？"我犹豫不决，以为我还得当班去灭杀孩子，"临时通知让我有点安排不过来。"

"我明白，本来打算早点问你，可是音乐会在即，我给忘了,"她耸耸肩,"也没那么重要,我自己能去。"她侧身看着我。"不过有你去就更好啦。"

管他呢,其实我也不太想去工作。"好吧,没问题,我让彭托给我打个掩护。"让他去处理恐龙玩具吧。

"真的吗?"

我耸耸肩。"那还能怎么办?我是个暖男啊。"

她笑着踮起脚吻我。"我们要不是永生,我会嫁给你。"

我笑道:"我们要不是永生,我会让你怀孕。"

我们互相注视,艾丽斯把这当做笑话,笑得站立不稳。"别这么恶心。"

还没等我们继续谈论,伊洛尼从一棵盆栽后方跳出来,抓住艾丽斯的胳膊,"逮住你啦!我一直到处找你,现在你是全场的焦点,可不能这样藏起来。"

她摆出让人相信她能拯救纽约的自信拉走了艾丽斯。她们匆匆离开时,她甚至看都没看我一眼。艾丽斯宽容地笑了笑,示意我跟上。接着玛利亚呼唤所有人聚拢过来,她站到一座喷泉的边沿,把艾丽斯也拉上去站到自己的身边,然后开始谈论艺术、牺牲、苦练和美。

我一个字都听不进去,沾沾自喜也得有一定的限度。艾丽斯显然是世界上最棒的演奏者之一,谈论这个事实只会让它显得索然无味。可是捐赠者需要觉得自己也属于这样的时刻,所以都想抓着艾丽斯,把她变成自己的人,所以他们没完没了地谈个不停。

玛利亚说:"……站在这儿祝贺我们自己,正是因为有了我们可爱的艾丽斯,姜华和泰罗戈卓越地完成了自己的工作,然而在最后的时刻,正是艾丽斯对泰罗戈这部野心之作的完美演绎,引起了评论家的强烈共鸣,我们要感谢她精彩绝伦地演奏了这部作品。"

所有人开始鼓掌,艾丽斯不习惯同行和竞争者的称赞,所以脸红得厉害。玛利亚用喊声盖过喝彩:"我给班尼尼打过几次电话,很明显他不回应我们的挑战,所以我认为接下来的八十年属于我们,属于艾丽斯!"欢呼声几乎震耳欲聋。

玛利亚再次挥手召集大家注意,欢呼声平息,仅剩零零散散的低语和尖叫,但最后也都渐渐停止,让玛利亚得以继续发言。"为了纪念班尼尼时代的终结和一个新时代的开启,我想为艾丽斯献上一份小小的心意——"她说着便弯下腰,拿起一个黄麻材质中镶着金线的礼品袋,"女人当然喜欢金银珠宝,以及她中提琴的琴弦,不过我觉得这是一件特别适合今晚的礼物……"

我靠向旁边的女人,努力想要看清楚,玛利亚把礼物袋夸张地举过头顶,对着人群喊道:"致艾丽斯,我们的屠龙者!"然后她从袋中掏出一只绿色的雷龙玩偶。

跟那个孩子的一模一样。

恐龙的大眼睛正视着我,有一瞬间它似乎在扇动粗黑的睫毛朝我眨眼,然后大家明白这个笑话的时候都在笑着欢呼。班尼尼等于恐龙,哈哈。

艾丽斯接过恐龙,攥着它的脖子在头上挥舞,大家又都笑了。但是我再也看不见什么,因为我已经倒在地上,被困在众人大腿组成的炎热丛林中,而且我无法呼吸。

"你确定自己没事？"

"确定，没问题，我跟你说过我没事。"

我猜的确如此，跟艾丽斯一起坐在候诊室，虽然疲惫，但我不再感到头晕目眩。昨晚她把恐龙放在床头柜上，跟她收藏的珠宝小音乐盒放在一起，那个该死的东西看了我一整晚，最后到了凌晨四点，我再也忍受不了了，便把它塞到床底下，可是早晨她又把它找出来放回了原处。从那时起，它就一直看着我。

艾丽斯紧紧握住我的手。这座永驻诊所规模较小，环境隐秘，精心安装了帆船行驶在大西洋的全息图像窗户，即使日光通过反光镜集热器导入，但内部还是有种开放通风的感觉。它不是永驻的专利过期后，在超级集群建立的类似庞然大物的公共诊所。你在这儿需要比购买医疗援助的非专利药物多花一点钱，但是不用跟一大群饥肠辘辘的赌徒、瘾君子和醉鬼摩肩接踵，即使他们自己无尽生命的每一天都是浪费，也还是想要接受永驻治疗。

护士们快捷高效，不久艾丽斯就躺下接受静脉注射，我坐在她身边的床上，跟她一起观察永驻流入她的身体。

那只是一种透明的液体，我总以为生长的物质会呈现冒着气泡的绿色，或者不是绿色，但是绝对会冒泡，我总觉得它被注入身体时会冒泡。

艾丽斯快速吸了一口气，然后把手伸向我，她苍白修长的手指扫过我的大腿。"握着我的手。"

生命的灵药一滴滴注入她的身体，填满她，冲刷她。她浅浅地喘息，瞳孔放大，已经不再看我，仿佛深入体内某个地方，夺回过去十八个多月里失去的东西。不管我做过多少次,当我观察它作用于别人,似乎把他们吞没,然后他们比开始时更加完整鲜活地苏醒过来时,我还是会感到意外。

艾丽斯聚焦目光,笑着说道:"哦,上帝,我永远也无法习惯这个过程。"

她尝试站起,但是我按住她并叫来了护士。我们一拆下她的注射器,我就领她回外面的汽车。她重重地靠在我身上,步履蹒跚,但还在抚摸我,我几乎能透过皮肤感受到滋滋的气泡和刺激的感觉,她爬上车,等我也上车时,她仔细审视着我,并笑着说:"我无法相信感觉这么好。"

"没有什么比得过逆转生命的时钟了。"

"送我回家,我想跟你在一起。"

我按下汽车的启动键,我们滑出停车位,固定行驶在磁悬浮线路上,离开了中央塔楼。艾丽斯注视着城市在窗外闪过,注视着所有的顾客、商家、烈士和鬼魂,然后我们来到户外,行驶在丛林上方的高架轨道上,再次加速,向北驶向天使塔楼。

"活着真美好,"她说,"只是没有道理。"

"什么没有道理。"

"停止永驻治疗。"

"要是人们讲道理,我们就不会有心理学家。"你也不会给肯定活不下去的孩子买恐龙玩具。我咬紧牙关,她们都不讲道理,那些愚蠢的妈妈。

艾丽斯叹息着用手拂过大腿,为自己按摩,她撩起裙子,把手指按进肉里。"可那还是讲不通。感觉这么好,人们肯定是疯了才会停用永驻。"

"她们当然是疯了，她们是在自杀，生出一些自己不懂如何照顾的婴儿，生活在黑暗差劲的公寓，从不外出，体味难闻，外形糟糕，再也不会体验到美好——"我开始叫喊，然后闭上了嘴。

艾丽斯仔细地端详我。"你还好吗？"

"我没事。"

可我感觉不好，已经开始愤怒，为那些女人及其购买玩具的愚蠢行为而生气。这些愚昧的女人像那样逗自己即将丧命的傻孩子，还当他们最后不会变成堆肥，我因此而愤怒。"我们还是别谈工作了，先回家吧，"我挤出一个微笑，"我已经请了一天假，我们应该好好利用一下。"

艾丽斯还在看我，我能觉察出她眼中带着疑问。若不是处在永驻治疗后最兴奋的状态，她会持续施压。可是她完全沉浸在身体重建的强烈感觉中，所以放弃了追问。她笑着用手指划过我的大腿，开始挑逗我。我利用自己的警察代码越过磁悬浮线路的安全限制，横穿堤道驶向天使塔楼。阳光照在海上，艾丽斯笑个不停，清新的空气环绕吹拂着我们。

凌晨三点，又接到出警任务。我摇下车窗，拉响警笛，驶过闷热潮湿的纽芬兰。艾丽斯想让我回家，回去休息，但我不能，我不想回。我不确定自己想怎样，但绝对不想吃比利时华夫饼早午餐，在地板上做爱，出门看电影……任何事都不想做，真的。

我怎么都做不到。我们从诊所回到家,我却什么都做不了,一切都感觉不对劲,艾丽斯说没关系,她想练习一下。

现在我已经超过一天没看见她。

我一直在值班,接电话出警,一直忙了二十四个小时,多亏有了警察小助手和静脉注射咖啡因,我的帽子、大衣和双手因为工作而沾满了点状喷溅的血迹。

海洋沿着海岸线掀起又高又热的海浪,冲击并越过防波堤。前方有灯光,是煤炭铸造厂和汽化工厂的照明。这通电话让我沿着帕洛米诺集群灯光闪烁的表面飞升,这里是高档的地产。乘坐大容量电梯上去以后,我撞开一扇门,彭托在身后作掩护。我明白自己会发现什么,但从不知道这些人会做何种反抗。

现场一片混乱,一个女人,漂亮的棕色皮肤女孩,要不是她想生个孩子,也许会有美好的人生;一个孩子,躺在角落的盒子里,不停尖叫。那个女人也在尖叫,对着盒子里的小孩尖叫,似乎已经发疯了一般。

我们破门而入时,她开始朝我们尖叫,孩子尖叫不停,女人也是一样,就如同多把螺丝刀同时塞进我的耳朵里,没完没了。彭托抓住女士,想要制服她,可是她和孩子就是一直尖叫。突然我无法呼吸。几乎要承受不了。孩子的尖叫毫无边际地蔓延,在我的脑袋里塞满螺丝刀、玻璃和冰锥。

所以我射杀了那个小东西。我掏出格兰奇手枪,给那个小王八蛋来了一枪。

通常我不会那样做,当着母亲的面销毁孩子违反流程。

可是走到了这一步,我们都盯着尸体,血雾和火药喷得到处都是，枪声把我耳朵震得嗡嗡作响，我甚至经历了清净透彻的一秒钟，感觉鸦雀无声。

然后女士又对着我尖叫，彭托也在尖叫，因为我在他拍照之前毁掉了证据。然后那个女人整个扑到我身上，想要抠出我的眼睛。彭托把她拽开，然后她依次骂我王八蛋、杀人犯、王八蛋、猿人和该死的猪，以及我有一双死人眼睛。

我有一双死人眼睛，这可真让我生气。这个女人即将面临永驻的彻底失效，接下来也活不过二十年，还得在单性别劳动营度过余生。她还年轻，跟艾丽斯差不多大，也许是最后一批提前跨入永驻领域的人之一，就在她成年的时候——不像我这种上了年纪的老黄牛，药物普及时已经年过四十——可是眼下她将在眨眼间丧命，却说我是那个有死人眼睛的人。

我用格兰奇手枪顶着她的额头说："你也想死吗？"

"来啊！动手！动手啊！"她一刻都不停，一直号叫怒骂，"该死的王八蛋！王八蛋，操你妈的去死吧——开枪！开枪啊！"她大喊大叫。

即使我想看她脑浆飞溅，眼下也没有那个心情。她会早早死去，再过二十年就会完蛋。我可不想做多余的文书工作。

彭托给她戴手铐时，她对着盒子里的婴儿喋喋不休："我的宝贝儿，我可怜的宝贝儿，我不明白，对不起宝贝儿，我可怜的宝贝儿对不起……"可是婴儿已经了无生气。彭托强行把她拽向外面的汽车。

我还能听见她在走廊里哭喊了一会儿。"我的宝贝儿，我可怜的宝贝儿，可怜的宝贝儿……"然后她进入电梯下楼。单单是伴着公寓的潮气和婴儿死尸站在这里就是一种解脱。

女人用梳妆台的一只抽屉当婴儿床。

我用手指掠过碎裂的边缘,抚摸铜质拉手。不说别的,这些女人颇有聪明才智,造出了我们再也买不到的东西。闭上眼睛,我几乎能记起围绕着小家伙运转的一整套产业。小衣服,小椅子,小床具。一切都造得很小。

小恐龙。

"她无法让孩子闭嘴。"

我吓了一跳,把手从婴儿盒猛地缩回来。彭托从我身后走近。"嗯?"

"她哄不了孩子,不知道该拿他怎么办,不知道怎么让他平静下来,所以才被邻居听见。"

"真笨。"

"可不,她连搭档都没有,要怎么出去采购生活用品?"

彭托掏出照相机,试着给婴儿拍几张照片。他尝试从抽屉另一边拍摄一张侧写,想尽量把这个糟糕的状况拍好点儿。"我喜欢她这样使用抽屉。"他说。

"对,聪明的二次利用。"

"我见过一位女士给她的孩子造了一整套小桌椅。难以想象她投入了多少精力。"他用一只手比画出形状,"小荷叶边儿,顶上画着图形:正方形和三角形之类的。"

"假如你冒死去做某件事,我猜你应该想要把它做好吧。"

"我宁愿去跳滑翔伞或参加音乐会。我听说艾丽斯那晚的演出大获成功。"

"对，她很了不起。"趁着彭托还在拍照片，我仔细审视婴儿的尸体，"假如你来带孩子，你觉得该怎么让他安静下来？"

彭托对我的格兰奇手枪点点头。"我会告诉他闭嘴。"

我一皱眉头，把手枪装进枪套。"刚才抱歉，这真是艰难的一周，我已经工作了太久，一直没有睡觉。"有太多只恐龙看着我。

彭托耸了耸肩。"随便吧，要是有完整的影像会更好——"说着，他又拍了一张，"可就算这次逃脱惩罚，你也明白，过一两年我们会再次撞开她的门，那些女孩会频繁地成为惯犯。"他又拍了一张。

我走到一扇窗前，把它打开。咸味的空气像鲜活的生命一样飘进来，吹走潮湿的臭味和血腥味。恐怕这个婴儿降生以来，公寓里头一次吹进新鲜空气。必须得关好窗户，否则邻居也许会听见，而且还得一直足不出户。我好奇她是否有男朋友，某个退出永驻治疗的家伙过后带着生活用品来到这里，却发现她已经不见了。或许值得在公寓外面蹲守，试试看，免得女性主义者说我们只抓女人。我深吸一口海边的空气，让这种清新的感觉注入肺部，然后点燃一支香烟，转身面对屋里的混乱嘈杂和刺鼻气味。

惯犯，把冲动女孩描述得比较老练，就像瘾君子、白粉狂，但是更诡异，更有自毁倾向。吸毒者至少还有乐趣，谁他妈会选择伴着湿乎乎的尿布、即食食品和一连几年的低质量睡眠生活在黑洞洞的公寓里呢？生育这件事已经落伍——二十一世纪的痛苦习俗我们不再需要。可这些女孩儿不断尝试倒行逆施，生出小崽，不太聪明的脑袋被迫要传递某种遗传信息。每年都会有一批新生儿作为后代，像游戏中的地鼠一样到处冒出来，仿佛是一个种族企图自我重启并再次推动进化而掀起的动乱。我们也没法说自己从中取得了胜利。

我在警车上筛选地址列表，翻看广告、关键词和搜索偏好，尝试锁定无论我怎么追踪都没有出现的信息。

恐龙。

玩具。

填充动物。

一无所获，没人卖那种恐龙玩具。可我现在已经遇到过两只。

猴子跳过我的车顶，有一只跳到前保险杠上看着我，圆睁着黄色的眼睛。然后另一只扑向它，它们从我停车的碳纤维花瓣位置坠落下去。在底下的某个地方，郊区的废墟供养着小群的猴子。我记得在很久以前这里是一片冻土。我跟碳汇领域的技术人员谈过，他们聊了逆转气候和扩大冰盖，不过那是一个缓慢的过程，很可能需要几个世纪的积累。如果没有被某个疯妈或瘾君子击毙，我会见证那个目标的实现。可是眼下，只有猴子和丛林。

四十八小时连续待命，又参与了两次清除行动，艾丽斯希望我周末休息和放松，然而我不能。我现在靠津贴活着。她对自己的工作感觉良好，希望我整天陪她。我们以前就这样过，躺在一起，享受沉默和对方的陪伴，享受无须做什么、纯粹在一起的快乐。宁静祥和中吹拂露台窗帘的海风真的会给人一种美妙的感觉。

我应该回家，也许一星期后她会回到忧虑的状态，怀疑自己，鞭策自己努力工作，长久练习，在音乐里倾听、感受和改变，这音乐是如此复杂，除了她，任何人可能都会觉得是复杂的数学。然而实际上，她有时间，世上一切的时间。我很高兴是这样，为了像她那样美妙绝伦地演绎泰罗戈作品而做准备，十五年时间不算太久。

我想要用这段时间陪她，享受她成功的喜悦，可我不想回去睡在那只恐龙旁边。就是不能。

我从警车里给艾丽斯打电话。

"艾丽斯？"

她从仪表板上看着我。"你要回家吗？我可以跟你一起吃午餐。"

"你知道玛利亚是从哪儿买到那只恐龙玩具的吗？"

她耸耸肩。"也许是从斯潘那边的某家商店？怎么了？"

"只是好奇，"我停顿了一下，"你能帮我取来吗？"

"为什么？我们为什么不能高兴高兴？我在度假呢，刚刚才接受永驻治疗，感觉好极了。如果你想看我的恐龙，为什么不自己回来取？"

"艾丽斯，求你了。"

她怒容满面地从屏幕上消失，几分钟后又回来，把恐龙举在镜头上，生气地推到我的面前。我能感受到自己的心脏越跳越快，警车里很凉爽，可是我看到屏幕上的恐龙，突然开始冒汗。我清了清喉咙说："标签上写着什么？"

她皱着眉头翻过恐龙，用手指在它的毛皮上摸索，然后把标签举到镜头前，聚焦的过程中，它由模糊变得清晰锐利。"伊普斯威奇收藏品"。

果不其然，根本就不是玩具。

经营伊普斯威奇收藏品商店的女人上了年纪，跟我见过的一位年迈的永驻治疗者一样老。她脸上的皱纹看起来特别像塑料，甚至难以区分是真正的皮肤还是面具。她的眼睛像两小块深陷的蓝色煤炭，头发白得让我想起婚礼和蚕丝。永驻引起轰动时她肯定已经九十岁了。

不管名字怎么说，伊普斯威奇收藏品商店里摆满了玩具。娃娃从货架上盯着她，不同的样子、体形和发色，有些是软的，有些由鲜艳的硬塑料制成；小火车绕着微缩轨道运行，从小拇指粗细的烟囱里喷出蒸汽；古早电影和漫画里的人物摆出战斗的姿势：超人、海豚人、龙叛。一架子的木雕汽车下边放着满满一桶绿色、蓝色和红色的恐龙填充玩偶，有霸王龙、翼龙，还有那种雷龙。

"后面还有几只剑龙。"

我被吓得抬头观看，老太太从柜台后面关注着我，仿佛一只生皱纹的奇怪秃鹫把我当做腐肉，用那双锐利的蓝眼睛打量着。

我抓着脖子拿起那只雷龙说："不用了，这就行。"

铃声响起，商店大厅的正门滑开，一个女人犹犹豫豫地走进来，她的头发向后梳成马尾，脸上没有化妆。甚至在她一路进门之前，我就能看出她是其中一员，是一位妈妈。

她结束永驻治疗没多久，虽然生孩子让她变得丰满，但是仍然显得年轻有活力。她看上去还挺漂亮，不过即使没有永驻失效的征兆，我也知道她对自己做了什么。她脸上有种独自对抗世界的疲惫表情，我们可不是那种模样，人们不必展现出那种模样，瘾君子都显得没那么多烦恼。她正努力扮演以前的自己，可能是演员、财务顾问、代码工程师、生物学家、服务员或任何一种，穿上以前得体但现在已经不合身的服装，装作自己不害怕走出家门，可现在她却失败了。

她在通道里徘徊，我发现她的肩膀上有一块污渍，虽然很小，但是如果你留意自己的目标，它就很明显，奶油色衬衫上有一小条绿色。没有孩子的女人身上从不会有这种东西。无论多么努力地尝试，她在我们之中还是显得与众不同。

伊普斯威奇收藏品商店跟行业内的其他商店一样，算是一道暗门——深入非法母亲世界的兔子洞：那里有豌豆泥污渍和隔音墙，还有为了补给和生存鬼鬼祟祟的出门冒险。假如我在这里握着神奇雷龙的脖子站得足够久，我就会完全融入并看见，跟我自己的世界交织在一起的她们的世界，其中呈现出这些女人的诡异重影，她们已经学会把抽屉改成婴儿床，懂得折叠衬衫并用别针固定成尿布，还知道"收藏品"其实是"玩具"。

女人悄悄走向火车玩具套装，选择了一套鲜艳的木质火车拿到柜台上，每节车厢的颜色都不一样，互相通过磁铁连接。

老太太拿过火车说："噢不错，这件是好东西。我的孙子刚过一岁就玩这种火车。"

母亲什么都没说，伸出手腕结账，同时低头看着火车，紧张地用手指抚摸涂成黄色和蓝色的火车头。

我来到柜台前说:"我打赌这种火车你卖过不少。"

母亲吓了一跳,有一瞬间她似乎要逃跑,不过还是稳住了自己。老太太把眼睛转向我,那是深陷在黑暗中的蓝色球体,充满了无穷无尽的智慧。"不多,如今不多了,附近也没多少玩家喜欢这种东西,时代过去了。"

交易完成,女人急匆匆离开商店,没有回头看一眼。我目送她离开。

老太太说:"恐龙四十七元,如果你要买的话。"她的语气表明,她似乎已经知道我不会买。

我不是玩家。

夜晚时分,我跟非法母亲打交道更多,婴儿如雨后春笋一般出现在各种地方,我都处理不过来,不得不在清理人员赶到之前离开上一个出警现场。虽然有损证据链,可是你还能怎么办?我每到一处,周遭的婴儿世界里就扯开一处,甜瓜、种荚和可以怀孕的子宫破裂后把婴儿释放到地上,把我们淹没。丛林似乎随着隐藏在下方炎热郊区的女人而躁动,我沿着磁悬浮线路疾驰,执行我的血腥任务,丛林中卷曲的藤蔓从下边曲曲绕绕地向上生长,向我延伸。

我在警车上收到了这位母亲的地址,她已经隐藏起来,退回到兔子洞里,盖紧了头上的盖子,和自己的孩子们一起压低身体,跟那些为了生出小崽儿而献身的地下妇女产生了联系。她已经像所有妈妈一样回到房门紧锁、尿布肮脏的闷热房间里,她们会把火车玩具套装交给的确会玩的小家伙们，而不是放在茶几上，让你在该死的每一天都观看它们……

那个女人，那位玩家，我一直抗拒去突袭她，那看似不公。我似乎应该等她犯错再干掉她的孩子，可是知道她逍遥法外让我心里发痒。我一次次发现自己把手伸向往她家导航的按键。

可是后来我又接到一通出警电话，又一次清除行动。我假装不认识她，也不曾窥探她的藏身之处，现在可以随时调查她。那个我们——暂时——还不了解的女人——一时——也没出过错。我驶下悬浮轨道，去响应另一个出警要求，切入轨道旁边的上层林冠，轰鸣着奔向另一个女人的命运终结之处，她不如喜欢收藏的女人那样幸运和聪明。其他这些女人占用了我一小段时间，不过最后，我把车停在海边，猴子们在丛林中尖叫，雨滴拍打我的挡风玻璃，我用力按下玩具玩家的地址。

我只是开车过去看看。

在实施碳固存之前，在我们都登上空气清新的塔楼和超级集群之前，那里可能是栋豪宅，可是如今它位于残存的郊区最边缘。我惊讶的是，这里居然还有电力供应或是其他方面的资源供应。丛林环绕着它，包围着它，通向房子的道路远离磁悬浮线路和维护道路，开裂颠簸，入侵的树木撑破路面。她挺聪明，尽量靠近野外生活。再往远走就是纠缠的阴影和绿色的黑暗之地。猴子惊慌地逃离车灯投出的光束，她周围的房子早已荒废，他们随时都有可能完全停止水电供应，再过几年，这块地区将完全被丛林占据。我们会停止服务，最后一批塔楼将被启用，丛林会把这里完全吞没。

我坐在房子外边看了一会儿。她是个聪明人，住在这么远的地方，没有邻居会听见孩子哭闹。不过在我看来，她该再聪明点儿，完全生活在丛林里，跟就是没法停止繁殖的所有猴子一起生活。我猜到头来，就连那些疯婆子也还是人类，没法把文明完全抛开，抑或不懂得究竟如何抛开。

我下车后掏出格兰奇手枪，然后撞那扇门。

我撞进去的时候，她坐在餐桌旁抬起头看我，甚至都没有吃惊，只是显得有一点点泄气，仅此而已，就好像她早就知道会发生这种事。我曾说过，她是个聪明人。

一个孩子被我撞进门的响声吸引，从另一个房间跑出来，大概有一岁半或两岁大。小家伙停下来盯着我看，头发乱蓬蓬的，已经长到跟女人的一般长。我们互相盯着对方，然后他转身爬到母亲的大腿上。

女人闭上眼睛说："那么来吧。动手吧。"

我举起格兰奇手枪，也可以说是十二毫米手持机关炮，瞄准孩子。女人环抱住他，我没法干净利索地击杀小孩，子弹会穿透孩子并杀死母亲。我调整角度，寻求射击，但是不行。

她睁开眼睛说："你还在等什么？"

我们互相盯着对方。"我在玩具店看见过你，几天以前。"我说。

她又闭上眼睛，明白自己的错误之后显得很后悔，但她没有放开孩子。我可以从她怀中夺过来，摔在地上再开枪，但我没那么做。她还是闭着眼睛。

"你为什么要这么做？"我问。

她又把眼睛睁开，显得有些疑惑。我打破了常规的套路。她自己盘算过这种事情，可能得有上千次，必然如此，必然清楚这一天会来临。可我孤身一人来到这里，她的孩子还没有死，我却一直在向她提问。

"你们为什么要不停地生孩子？"

她只是瞪着我，孩子在他身上扭来扭去，想要吃奶。她把衬衫掀起一点，孩子钻了进去。我能看见女人胸前悬着凸起的乳房，沉甸甸的来回晃动，比我记忆中的商店里它们隐藏在内衣和衬衫下边时大得多。孩子吮吸时乳房垂下去，女人只是瞪着我，处于某种自动运行的喂奶状态。这是孩子的最后一餐。

我摘下帽子并把它放在桌上，然后坐下，也放下了格兰奇手枪。一枪轰飞吃奶的小傻瓜似乎不太合适。我掏出一支香烟点燃，深深吸了一口。女人注视着我，就好像我是一只猛兽。我又吸了一口香烟，然后递给她。

"抽吗？"

"不抽。"她飞快地低头看向孩子。

我点点头。"哦，好吧，对新生儿的肺不好，我以前听说过，想不起来在哪儿，"我微微一笑，"也想不起来什么时候了。"

她直视着我说："你在等什么？"

我低头看放在桌子上的手枪，由子弹和钢铁组成的沉重机械，威力强大的重型武器，格兰奇十二毫米无后坐力手持炮，标准配置，能够当场打死一个瘾君子，如果瞄得够准，可以打掉整颗心脏，能把婴儿打得粉碎。"为了牛孩子，你得停止接受永驻治疗,是吗?"

她耸耸肩。"那只是一种添加剂,他们没必要弄得影响生育。"

"可是不这样做的话,我们的人口问题会无比严峻,不是吗?"

她又耸耸肩。

枪放在我们俩之间的桌子上,她飞速扫了一眼,然后看看我,又看看枪。我吸了一口烟,能看出她盯着桌上那把老式钢制手持炮在想什么。她根本够不着,但是她已经不顾一切,所以觉得近很多,勉强够得着。勉强。

她又抬起目光看我。"你为什么不干脆就动手呢?给个痛快?"

这回轮到我耸肩,我根本没有答案。此时我应该拍照片,把她押上警车,干掉孩子,再叫来清理组。可我们却坐在这里。她眼中泛起泪花,我看着她哭,看到她的乳房、肥胖的四肢和一种让人害怕的智慧,后者也许源于自知不会永生。她跟皮肤平坦光滑、胸脯挺拔夺目的艾丽斯形成鲜明的对比。这个女人好生养,虽然周围厨房杂乱,外边丛林茂密,但屁股、乳房和肚子都体现出这一点,作为生命的沃土,她似乎接受这一切,成为抑郁的盖娅女神那样的生物。

成为一只恐龙。

我应该铐住她。我已经抓住她和孩子,应该把孩子射杀,然而我不仅没动手,反而产生了性欲。她一点都不漂亮,可我还是勃起了。她皮肤松弛,身材肥胖,虽然有胸有臀,然而都已下垂。裤子绷得太紧,我差点坐不住,所以尽力不去看她喂奶,不去看她露出的乳房。我又吸了一口烟。"你知道,我干这行很久了。"

她阴郁地盯着我，什么也没说。

"一直想知道你们女人为什么要这样。"我朝孩子点点头，乳房脱离孩子的嘴，悬垂的巨大器官连同粗大的乳头整个暴露出来。她没有遮挡，我抬头时她正在打量我，发现我在看她的乳房。孩子从她大腿上爬下来，也在目光阴郁地看着我。我好奇他能否感知到房屋里的紧张氛围，能否明白接下来会发生什么。"为什么生孩子？说真的，到底为什么？"

她噘起嘴唇，我觉得自己能在她绷紧的泪眼中看出愤怒，对于我捉弄她的愤怒。她生气我坐在这里跟她讲话，格兰奇手枪就放在她脏兮兮的桌上。可是接着她的目光又下沉到那把枪上，我几乎能看见齿轮在转动，看见她在盘算，体内的野性正在聚集。

她叹了口气，把椅子往前蹭了蹭。"我只是想要个孩子，从小就想。"

"类似摆弄娃娃？收藏品？"

她耸耸肩说："我猜是吧。"然后她停顿下来，目光又回到枪上。"对，我猜自己是那样，我有个小塑料娃娃，常常给她穿衣打扮，跟她一起玩过家家。你懂的，我们沏茶，然后我得倒在她脸上让她喝下去。那不是一个高档的娃娃，语音输入，但是功能有限。毕竟我父母也不宽裕。'我们去购物。''好呀，买什么？''买手表。''我喜欢手表。'都是这种简单的对话，不过我喜欢她。后来有一天，我把她唤作我的孩子，也不知是为什么，不过我就那么叫了，娃娃回答说，'我爱你，妈咪。'"

说着她的眼睛又变得湿润。"我只知道自己想要一个孩子，

47

一直跟娃娃玩，她也假装是我的孩子。然后我妈妈抓到我们俩扮演母女，她说我是傻孩子，不应该那样说话，女孩不再生孩子了。她拿走了我的娃娃。"

孩子坐到地板上，在桌子底下摆积木，摆起来再推倒。他有蓝色的眼睛和羞怯的笑容，吸引了我的目光，再次让我浑身一颤。然后他从地上爬起来，把脸埋进母亲的胸脯躲藏起来，还一边偷偷瞄我，一边咯咯直笑，接着又藏了起来。

我朝那个孩子点头说："他爸爸是谁？"

女人冷冰冰地板着脸说："我不知道。我从网上找到一个家伙把精子邮寄给我。我们不愿见面，收到以后我就立即删除了他的一切信息。"

"可惜，如果你们保持联系就更好了。"

"对你来说更好。"

"我就是这个意思。"我注意到香烟已经烧成很长一截烟灰，像一根细细的灰色阴茎无力地从香烟末端延伸出去。我抖了一下香烟，烟灰掉落。"我还是理解不了永驻的问题。"

她令人费解地笑起来，甚至面露喜色。"为什么？因为我没有爱自己爱到一心想长生不死？"

"你本来打算怎么办？把他一直藏在屋里，直到——"

"她，"女人突然打断我，"把她藏在屋里。她是个女孩儿，名叫梅兰妮。"

自己的名字被提起时，孩子向我看过来。她见我的帽子放在桌上便抓过去，然后爬下母亲的大腿，把帽子拿给我。她伸手递过帽子，我想要接住，可她又收走。

"她想给你戴上。"

我不解地看着女人，她微微一笑，但也显得悲伤。"这是她玩的一个游戏，她喜欢给我戴帽子。"

我又看向女孩，她举着帽子，开始着急，一边挥舞帽子引起我的注意，一边对我小声哼唧。我弯下腰，女孩把帽子放在我头上，然后笑起来。我坐直身体，把帽子戴好。

"你笑了。"她说。

我抬头看着女人说，"她真可爱。"

"你喜欢她，不是吗？"

我又若有所思地看了下女孩。"说不上，我以前从没认真看过她们。"

"撒谎。"

香烟要燃尽了，我把它在餐桌上撚灭。她看着我这样做，皱起了眉头，也许是生气我弄脏了她脏兮兮的桌子，可是接下来她似乎想起了枪，我也是一样。一股寒意涌上我的后背。我对着女孩弯腰的一瞬间，忘记了这回事。此时此刻我可能已经没命。有意思的是，我们忘了又想起、想起又忘了这些事，我和这个女人，我们两个都是。前一分钟我们还在交谈，接着就等待大开杀戒。

这个女人似乎是个不错的约会对象，你能看出来，她有那种精气神，在想起那把枪之前呼之欲出，你能看见它来回闪烁。她先是一个样子，然后变成另一个样子：有活力、善思考、能回忆，然后砰的一下，她还是坐在堆满脏盘子的厨房里，操作台上布满咖啡杯印，一名带着手持炮的警察坐在她餐桌旁。

我又点燃一支香烟。"你不怀念永驻吗?"

她低头看着女儿,伸出了双臂。"不,一点都不。"女孩又爬到她母亲的大腿上。

我吐出缭绕的烟雾。"可你逃不脱这项罪名。真是丧心病狂,你得停止永驻治疗,找个同样自愿停掉永驻的精子提供者,相当于两个人为一个孩子献身。你得独自生产,藏起孩子,然后迟早得需要一张身份证才能让孩子开始接受永驻治疗,因为没人会给非法患者用药。你明白这一切都行不通,但还是走到了这一步。"

她对我怒目而视。"我本来可以做好的。"

"可你没有。"

砰的一下,她切回到了厨房里,坐在椅子上,怀里抱着孩子。"那你为什么不干脆快点动手?"

我耸了耸肩。"我只是好奇你们这些哺育者的想法。"

她使劲盯着我,充满了怒气。"你知道我在想什么吗?我在想我们需要新东西,我已经活了一百一十八岁,我认为这不仅仅是关乎我个人,我觉得我想要一个孩子,想看看她在今天醒来时会看见什么,看看她会发现和看到哪些我从未见过的东西,因为那些都是全新的。总算会有些新东西。我喜欢透过她的小眼睛而不是你们那种死人眼睛看世界。"

"我没有死人眼睛。"

"照镜子看看吧,你们都有死人眼睛。"

"我一百五十岁,现在感觉跟开始治疗那天一样健康。"

"我打赌你都记不清楚了,没有人记得。"她的目光再次投向配枪，不过还是抬起来落在我身上，"但是我记住了，现在就记得。这样的生活更好，比永生好一千倍。"

我一脸不屑。"通过你的孩子生活？"

"你不会明白，你们谁都不会明白。"

我避开目光。我不明白为什么，拿枪的人是我，掌控一切的人也是我，可她却看着我，她那样说的时候我的内心有什么东西紧张起来。要是发挥一下想象力，我会说体内源自古猿的某个微小部分试图爬出泥沼，让别人倾听自己的声音，我们曾经跟那只野兽有共同之处。我看着那个孩子——那个女孩——她也看着我。我好奇他们是不是都玩帽子游戏，还是说这个孩子有点特殊，以及他们是否都喜欢把帽子戴在杀死他们的凶手头上。她笑对着我，又把头埋进母亲的臂弯。女人盯住了我的配枪。

"你想要开枪打我？"我问。

她抬起目光说："不。"

我微微一笑。"得了吧，实话实说。"

她眯起眼睛说："如果有机会我会打爆你的头。"

我突然感到厌倦，什么都不在乎了，我受够了肮脏的厨房、昏暗的房间和用过的替代尿布的气味。我把格兰奇手枪推到离她更近的地方。"来吧，你能为了挽救一个甚至不会永生的人，就杀死一个长寿者吗？我会一直活着，那个小女孩运气再好——其实好不了——也活不过七十岁。你自己其实已经死了，但是你愿意牺牲我的生命？"我感觉自己站在悬崖边上，各种各样的可能性充斥在我周围，"那就试试吧。"

"你是什么意思？"

"我给你一个机会，你要争取一下吗？这是你的机会。"我把格兰奇手枪推得更近一些，诱惑她出手。我浑身上下都麻酥酥的，大脑感觉飘忽不定，几乎有点眩晕。肾上腺素在我体内奔涌，我甚至把枪推得离她更近，突然不确定自己是跟她争夺，还是让她抢到。"这就是你的机会。"

没有任何征兆。

她扑过桌面，孩子从她怀中摔了出去。她的手指触到配枪的同时我突然把枪移走，她又往前够，把手伸过桌子来抢。我往后跳，撞翻了自己的椅子，走到她够不着的地方。她朝配枪伸出手，手指张开又抓拢，尽管明白自己已经失败，但还是非常渴求。我用枪指着她。

她瞪着我，然后头枕着桌子啜泣起来。

女孩也在哭，坐在地上放声大哭，通红的小脸表情扭曲，跟她孤注一掷夺枪的妈妈一起哭泣。妈妈赌上了一切：所有的希望和多年隐藏的付出，保护后代的一切渴求，所有一切。结果女儿在地上号啕大哭，她也把身体铺陈在肮脏的桌面上哭泣。女孩号起来没完。

我用格兰奇手枪瞄准女孩，此刻她完全暴露出来，哭喊着向她母亲伸出双手，但是自己没有站起来。她只是伸手等待，想被一位失去一切的女人抱起，根本没注意到我和手枪。

简单一次击发就能把她解决，在前额开一个洞，哭号就会停止，只剩下燃烧的火药气味和待出警的清理人员。

可我没有开火。

我把格兰奇手枪装进枪套，走出房门，把她们留在自己的哭泣、污垢和生活里。

外面又下起雨，大滴雨水成串地从屋檐淌下，溅落到地上，四周的丛林里充满猴子的聒噪。我竖起衣领，重新戴好帽子，几乎已经听不见身后的哭声。

也许她们会熬过去，凡事皆有可能。也许孩子会长大成人，从黑市弄一些永驻，再活到一百五十岁。更有可能的情况是，半年、一年、两年或十年之后，一名警察撞门闯入，结果掉孩子。但那个人不会是我。

我跑向警车，脚下溅起泥巴、植物和雨水。长久以来，我头一次感受到雨水的新鲜。

耿辉 译

沙漠中的雪诺

尼尔·亚瑟

一条沙鲨冲破沙丘顶面，跃入空中，却被一只蟹隼逮个正着，在半空中被撕个粉碎。希拉德赶紧蹲下，打开光学迷彩，她的身形顿时遁入了紫沙之中，只有东芝护目镜的镜头和天伐枪的粗大枪口，露出一点端倪。这只蟹隼很小，但她早就搞明白了，永远不可以低估蟹隼。要是猎物太大，蟹隼就会将之撕碎。只要是活生生的蛋白质来源，蟹隼都不嫌大。遗憾的是，沃奇星上的所有生命形式都基于左旋蛋白，所以对蟹隼来说，人肉完全没有任何营养价值。但蟹隼们并不明白这一点，填饱了肚子仍然越来越饿，它们就会变得越来越焦躁，于是索性就去捕食更多的人类。

这只蟹隼扯掉了沙鲨的刃腿和甲颚，拖着鲜血淋漓的扭动躯干飞走了，可能是拿去喂养雏鸟。希拉德站起身，关掉光学迷彩，身影重新显现；她身材高大，一身连体紧身防护衣，上面交织着细密的冷却管，有好几个隔热口袋。她的背上还背着一个沙漠求生包。天伐枪被她随手插进腰间一个普普通通的枪套里，旁人根本就不会猜到，这枪套里面居然装着一件这么可怕的武器。她摘下护目镜、面罩和帽子，塞进众多口袋中的一个，继续在沙漠中前行。她的瘦削五官、蓝眼睛和金色长发，就这样直接暴露在炽热的高温和足以令皮肤剥落的强烈紫外线之中。她已经在沙漠中跋涉了好几个星期。她偶尔会抿一口水；只是装装样子，以防有人暗中偷窥她。

他总是被人称做雪诺，但头戴面罩，身穿防尘袍，稍稍遮盖住了他的白化人特征。面罩用一枚地球进口龟壳特制而成，是他的独特标志。这个面罩一出现，就说明"雪诺"这个杀人如麻的冷血杀手登场了。最近赏格又升了，有人愿意出两万先令，或同等价值的铜、锰等贵重金属，悬赏他那对睾丸，但必须是冷冻保存的活体。有许多人来捕猎过他，他们的墓志铭都刻着同一句话：本人已经试过了自己的运气。雪诺已获悉，此刻在梅尼拉平地边缘的水站，有三个水站扈从正等着试试他们的运气。水站扈从拥有武器、力量和战斗技能，但受到荣誉准则的牵绊。雪诺也拥有武器、力量和战斗技能，却不奉行什么荣誉准则。很久以前，他出生在地球上。他活了那么久，久远到地球时代的生活记忆早已模糊不清，他早就抛弃了任何可能妨碍生存的累赘东西。他常说，道德纯粹是人类编造出来、在富足年代充当消遣的玩意儿。他还有另一句格言是这样的：要是在急流中丢了船桨，可别指望海岸警卫队。但沃奇星上的人们从没见过水流、海岸或船桨，当然就听不懂这句格言。水站是一个椭圆形金属巨球，坐落在离地面十米高的脚手架丛林之上。水站正下方伸出一根巨大的银色金属管，扎进地下深处。

这根巨管传输地热能，为炼金装置提供能源。人类能在这个几乎没有水的星球上生存，全仰仗水站。炼金装置吞入复杂化合物，剥离其中的氢离子，并将制取的氢气与干藻释放出的丰富氧气结合，生成水。正是这种干藻，把沃奇星的所有沙子都染成了淡紫色。水是主要产物，此外还有许多有趣的副产品；各种稀有金属和二氧化硅化合物，属于这个星球的主要出口产品。

雪诺爬上最后一座沙丘，把影像增强仪举到眼前，扫视前方。实际上，围绕着水站，蔓生出了一个小城市，一个商业中心，一个生活中心。他在面罩下暗暗皱起了眉头。他不清楚那三个杀手的具体身份，但猜想应该是讲究荣誉准则的水站扈从。这里是附近唯一的水站，他必须在此补充水分，才能走完最后一段路途。对抗不可避免。

雪诺大步走下沙丘，顺着尘土飞扬的蜿蜒小道，走向水站。路边的一个凝露罐里，躺着一个奄奄一息的偷水贼。当雪诺经过时，那人伸出布满燎泡的手指，抓挠着滚烫的玻璃罐壁，但雪诺看都没看他一眼。这惩罚很严苛，但如果一个人，把他的人类同胞当作一只行走的水桶，随意戕害，还能怎么处置他呢？走近水站，地面城市中行贩和摊贩的嘈杂叫卖声，仿佛一大群乌鸦的大声聒噪，扑面而来。迷宫般的脚手架丛林构成的城市上层，也有许多人在活动。他很快就进入地面城市，融入这片喧闹之中。片刻之间，他出现的消息就传进了某些人的耳朵。当他穿过湿闸，进入沙屋（客栈的普遍叫法），在凉爽的室内摘下面罩时，三名杀手已披挂好武器，正在各自家中向家神祈祷。

"对不起，阁下。我必须看一下你的身份牌。水站领主大人宣布在近两个月内严格执行身份查验令。据说现在有太多不法之徒，在水站附近出没。"侍者忍不住盯着雪诺的粉红双眼和苍白脸庞看。

"没问题，朋友。"雪诺说着，从尘袍中摸索出微蚀身份牌，递给他。侍者波澜不惊地瞥了一眼雪诺的左臂，假装毫不在意。左臂末端赫然露出一截皮套包裹着的残肢。侍者把身份牌插进便携式读牌器，警报并没有响起，他松了一口气。雪诺很清楚，并不是每个人都会被如此盘查，只有那些看起来比较可疑的顾客，比如他自己，才会受如此礼遇。

"你要来点什么，阁下？"

"一升冰镇啤酒。"雪诺说。

侍者有点疑虑地看着他。

"我现在就付现钱。"雪诺说着，递过一张十先令的钞票。侍者被这么一大笔现金吓了一跳，赶紧接过钱走了。当侍者端着一升啤酒回来时，许多双眼睛都一路追随着那杯啤酒。啤酒被装在一个双层保温玻璃杯里，盖着一个加压锁盖。这可是奢侈的象征。但雪诺认为这笔开销算不上奢侈。他早就计算过。一升水也要八先令，只节省了两先令，而喝水或者喝啤酒，通过汗液蒸发流失的水分，差别极小。只需要再加两先令，就能以更舒心的方式获取水分。当他快要喝完这升冰镇啤酒，享受着酣畅清凉的快感时，三个杀手走进了沙屋。他几乎立刻就认出来，这三个是水站扈从。他对他们并不在意，一仰脖，喝干了玻璃酒杯中最后一滴啤酒。

"你是雪诺,那个白化人。"其中一个径直走到他桌前说。

雪诺看着她,心中涌起一股苦到发涩的沮丧。即使当了这么多年杀手,他还是无法对女人痛下杀手,更别说杀害女孩了。她还不满二十岁。她大剌剌地站在他面前,身穿单丝生存服,腰间挂着武器腰带。一头剪得短短的黑发,脸精致得像个精灵。

"不,我不是。"他说着,眼睛瞟向别处。

"别跟我耍花招。"她带着一种超出年龄的老气说道,"我知道你是谁。你是个白化人,而且还少了左手。"

他又把视线转了回来。"我叫杰尔达·康利。别人都叫我阿白。人们经常把我和你提到的这个雪诺搞混,有一次还打了起来,搞得我没了左手。现在请让我一个人静一静。"

女孩困惑地后退了几步。水站扈从的荣誉准则,不允许撒谎,即使是为了临机应变也不行。雪诺注意到,在她身后,她的一个同伴正在和老板交谈,老板挥手让那个紧张的侍者过去。看来诳不住他们了。侍者拿出读牌器,老板查看着屏幕。接着,那个同伴走近女孩,在她耳边低语了一声。

"你骗我。"她说。

"不,我没有。"雪诺说。

"你骗了,你撒谎!"

场面开始失控了。雪诺扭过头,不搭理她。

"我向你发出挑战。"女孩说。

还是走到了这一步。雪诺假装没听见。

"我说我向你发出挑战。"

按照荣誉准则,她现在就可以杀了他。这是违法的,但却是公认的做法。她缓缓往后退去，雪诺的心也随着慢慢地往下沉。

"胆小鬼，站起来和我一决生死。"

雪诺无奈地撑着自己站了起来。她猛地拔枪。雪诺也动了。刹那间就见了胜负，只见她仰面倒在地板上，那件单丝生存服的前襟已经裂开，她那对翘耸的小乳房中间，露出一个冒烟的血洞。雪诺站起身，从她尸体旁经过，大步走向湿闸，咬紧牙关忍住想要呕吐的冲动。他暗自希望自己手速够快，可别让在场的人看破自己用的是什么武器。

联合统一设施坐落在一个太空港边缘的紫色沙地上，太空港里散布着巨大的飞翼航天飞机、机库和各式附属建筑。联合统一设施再往外，就是一大片沃奇独有的密封式建筑群，各个密封建筑之间由封闭式保湿走廊相连，走廊中间不时会鼓起一个玻璃穹顶，穹顶覆盖之下是一块块大小不一的公园绿地。联合统一设施结构独特，迥异于任何一幢沃奇建筑。联合统一设施采用统一的建筑标准，在人类政体的一千多个星球上都能找到，正是联合统一设施，帮助人类以惊人的速度不断扩张。联合统一设施是一个直径五十米的镜面半球体，仿佛随时可能滚走，幸好两旁各卡了一个L形缓冲区。联合统一设施上方笼罩着一个巨大的玻璃穹顶，穹顶内的空间被充做出入境大厅；大厅被灼热的阳光照得明晃晃的。在联合统一设施内部，斯凯顿传送门每隔几分钟就会上演一次奇迹：从各个星球的人类政体瞬间送来旅行者，又把本地出发的旅行者瞬间打发去各个星球。

贝克站在入境口不远处，注视着矗立在黑晶玻璃台基上、象征着联合统一政权的那两只对称的角。他注视着标志中间那道传送门，注视着传送门中泄漏出的炫霓微光。他不耐烦地看了看表，并不担心他们会早到或迟到。他们会准时抵达，抵达时间精确到毫微秒。这一切都是联合统一 AI 的功劳。一个男人准时地穿过微光，接着是一个女人，又一个男人，又一个女人。他们的相貌和文件描述的完全吻合，当他们走进大厅，他热情地上前打招呼。

"接送车就等在外面。"他说着，领着他们快步往出口走去。商人不想让他们在城里逗留。他想让他们尽快潜入沙漠，这是给贝克的指示之一。一行人登上悬浮车，那个看上去像是头领的男人一把抓住贝克的肩膀。

"武器呢？"他问。

"不能在这里交接。"贝克紧张地说着，开动悬浮车，驶离了城市。

开进沙漠深处，贝克停下悬浮车。四个杀手爬下车，贝克从后备厢拉出一个大箱子。贝克在冒汗，不仅仅是因为热。

"给你。"他说着打开箱子。

那人从箱子里拿出一把小手枪，枪身短小，寒光闪闪。

"一旦获得确切情报，商人将在预定地点和你们碰头。"他说。他不知道是什么情报，也不知道是什么地点。商人对他并没有那么信任。这回商人派遣雇佣杀手来沃奇星，这样的秘密行动居然允许他参与，已经让他很受宠若惊。

那人看了看手枪，点了点头，苦笑了一下，然后把枪口对准贝克。

"抱歉。"他说。

贝克刚想说点什么,身后那个男人突然伸出两只胳膊,圈住了他的整个脸。他的头被两只铁钳一般的手臂紧紧箍住,锁住,猛地一拧。贝克的脑袋被拧转过一个前所未有的角度,整个身体直直摔在沙地上。他的喉头咕咕呜咽几声,全身抽搐了几下,死了。

两个代政官穿过大门,迎面走进湿闸,雪诺停了下来。两人的视线越过他,望了望地板上的尸体。年纪较大的那个,胡子已花白,大腹便便,但手里的枪看上去有些年头了,而且被摩挲得锃亮。

"你是雪诺。"他说。

"是的。"雪诺说。这个人不是水站扈从。

"一场挑战?"

"是的。"

这个男人点点头,皱眉瞄了一眼吧台边那两个水站扈从,又转向雪诺。收尸不是他的工作。专门有组织负责收尸。不到一个小时,那女孩就会被放进某个凝露罐里。

"水站领主要找你谈话。跟我走。"他又对同伴说:"处理一下。她那两个朋友看来需要关一段时间禁闭。"

雪诺跟着那个人走出沙屋。

"她为什么要见我?"当他们大步走在脚手架下的街道上时,雪诺问道。

"我没问。"

谈话就此结束。

身为水站的主人，水站领主在城里有多处私人公寓。代政官领着雪诺来到一个螺旋形楼梯前，打开了楼梯门。

"她在上面。"他只说了这么一句，就转身走了。

雪诺爬上楼梯，大门在他身后哐当一声自动关上了。

楼梯尽头是一个湿闸，闸门旁边挂着一个摄像头，一个屏幕。雪诺按了下门铃，耐心等着。过了一会儿，屏幕上冒出一张脸，是一个灰白短发的瘦削女人。

"谁？"

"你派人来找我。"雪诺说。

那个女人点了点头，闸门锁砰的一声开了。他转动闸门把手，闸门升了起来，他弯腰钻了进去。他爬进了一条不长的走廊，廊壁镶着金属板，走廊尽头是一扇从地球进口的实木门。瞧着像是橡木，非常昂贵。他推开门，走了进去。

房间里摆满了许多古董；一张巨大的餐桌，一圈折叠椅。豪华的十八世纪家具，满墙的油画，地板上铺满手织地毯。

"不必太惊讶。这些都是冒牌货。"

水站领主从一个酒柜旁走了过来。她端着两杯半满的琥珀色酒水。雪诺打量着她：她很迷人。他估计她的年龄在三十五岁到一百九十岁之间。要是三个世纪前，她这种容貌顶多四十五岁，但回春疗法已经发展了足足三百年。她身材健美，身穿一件样式简洁的宽袍长裙，腰间挂着一把古董左轮手枪，可能是仿制品。

"你知道我的名字。"雪诺接过酒杯,意味深长地说。

"我是亚莉恩。"她主动报上大名。

雪诺压根就没在听。他正津津有味地啜饮着第一口酒。

"上帝,这是威士忌。"他赞叹道。

"没错。"亚莉恩说着,喝了一口酒,指了指旁边的沙发。他们走过去,面对面坐在沙发上。

"好吧,我已经来了。你想要什么?"

"为什么有人要悬赏两万五千先令买你的睾丸呢?"

"这个问题你最好去问商人巴里斯,但我觉得你是在明知故问。你早已经知道答案了。"

亚莉恩点点头,雪诺向她靠过来。

"我很乐意知道这个答案。"他说。

亚莉恩微微一笑。雪诺往后一靠。

"看来这个答案是有代价的。"他说。

"获取情报得付出代价,这不是天经地义吗?有一个人。他是这里的主代政官。叫大卫·桑格雷尔。"

"你想让我杀了他。"

"当然。这不是你最擅长的活计吗?"

雪诺没有搭话。

亚莉恩倚靠在沙发一头的扶手上,目光在酒杯上面打量着他。"我要你做的还不止这个。"

他转过身来看着她,她把双脚抬到了沙发上,他看到长裙里面她什么也没穿。他有点好奇,她到底是剃了阴毛,还是天生口净。她继续盯着他的眼睛,条腿落回了地板上,又把右手伸进两腿之间，开始用两根手指轻轻抚弄自己。雪诺有点纳闷，究竟是什么使她这么兴奋。他的苍白皮肤和粉红瞳孔？其他女人说过，和他做爱就像和外星异类做爱。还是说因为他是个杀手？也可能两者兼而有之。

"代价的一部分？"

她点点头，把杯子放在一边，向他坐近了一些，把一条腿跷起搭在沙发背上。

"来吧。"她说着，伸手扯开长裙，露出一对耸翘的结实乳房，像极了那个在沙屋被他击杀的女孩。雪诺等待了片刻，发现自己对她并不反感，也不排斥，于是他站起身，脱下了防尘袍。

当他脱下内服时，亚莉恩惊讶地说："你白得像一张纸。"她瞥见了他左臂末端那皮套包裹着的残肢，但她什么也没说。

"是的。"雪诺说着，跪在她的双腿之间，俯身去舔她的乳头。"一张白纸。"他说着，舌头继续往下游走。她伸手捧住他的头。

"不要这个，"她说，"我要你进入我的身体，快。"

雪诺顺从了她的要求，但她声音里透着一丝急切，让他感到困惑。似乎这部分对她而言才最重要。也许她想要个白皮肤的孩子。

在靠近火堆前，希拉德先招呼了一声。根据以往的经验，如果贸然闯进水站扈从的营地，他们会很不安。走近火堆，她惊讶地发现，他们并不是机器扈从。两个男人，两个女人，身穿单丝生存服，看起来像是火星制造。地上摊着一块布，上面摆着几把武器，见她走近，其中一名男子匆忙把布盖上了。希拉德假装没看到。她走到火边，蹲了下来。一个女人往火里扔了一块蟹隼壳，透过火焰注视着她。率先开腔的，是那个用布盖住武器的高个子火星人，他的太阳穴上文着种姓印记。

"走了很远一段路？"他问道。

"比不上你那么远。"希拉德说。她看向火堆对面那个女人，她脸上也有种姓印记。另一个男人是一个黑人，有一双大小不一的蓝眼睛，另一个女人长相普通，没有任何明显的地域特征，但希拉德注意到，她耳后露出几个神经插头的塞子。她是个共生体，来自某个共生家族。

"是的，我们走了很远一段路。"那人说着，摸了摸脸上的种姓标记。

"我们在找人，"黑人专心地说，"也许你能帮我们。我们在找一个叫雪诺的人。他是个白化人。"

他们都热切地看着希拉德。

"我听说过他，"希拉德说，"我听说很多人都在找他。不过我也不知道他在哪儿。"

那个脑后有神经插头的女人看起来很精明。希拉德继续抢着话头，免得她打岔。

"这么说，你们是为了那笔赏金？"

四个人面面相觑了一下，三个人同时望向火星人。他面露微笑，漫不经心地把手伸进身旁的布下。希拉德瞥了一眼那个共生体女人，她正专心盯着她。

"加利特，别动。"

加利特的手停在了布下。

"怎么回事，卡纳尔·梅克？"

希拉德现在可以确信，这个女人正是杰思罗·曼克斯·卡纳尔共生家族的一员。梅克冲着加利特缓缓摇了摇头，然后看向希拉德。希拉德正时刻准备着先发制人。

"我们和你没有冲突，只希望你能离开我们的营地。"

加利特抗议道："但她现在知道了我们的行踪。她可能会去通风报信。"

卡纳尔·梅克看着他，一字一顿地说："她是制物。"

加利特立刻把手从布下缩了回来，满脸惶恐。当希拉德站起身时，他畏缩了一下。希拉德微笑道："我从不伤人，除非别人有意伤我。"

她头也不回地大步走进黑暗中。没有人敢动。也没有人伸手去拿武器。

雪诺把手伸进防尘袍，从枪套里取出手枪，检查了一下电量读数。状况正常，电量几乎全满。沃奇星的灼热阳光照射在防尘袍表面的光伏材料上，通过枪套内部的插座，不断地给枪充着电。这是一把哑光黑的L，只有五毫米厚，扳机处是一个轻微的凹陷。这是身份验证多重传感器。只有雪诺才能触发这把枪。这是一把反质子枪；实际上这个名称并不恰当，这把枪是通过高能电磁场，把质量极其微渺的光子，加速成具有质量效应的光子物质。不管用词是否恰当，射出的光束瞬间就能在人身上烧出一个大洞来。

大卫·桑格雷尔是个有家室的男人。雪诺在街对面观察了好一阵，看到他把一个孩子举过头顶，一个女人在后面看着。接着他家的公寓门就关上了。雪诺有点纳闷，为什么亚莉恩要搞死他。身为水站领主，她在这里权势极大，但却无法真正差使代政官，因为代政官奉行的是行星法，而不是她的私法。也许她卷入了某种非法活动，桑格雷尔正在暗中调查她。不过，现在都无所谓了。他敲了敲门，桑格雷尔前来开门，他伸出手枪对准他的脸，逼他退回屋里。他左手残肢一甩，顺手把门关上了。

"爸爸！"小女孩大喊一声，刚要冲上来抱爸爸的腿，她母亲一把抓住了她。桑格雷尔双手举在空中，眼睛紧盯着雪诺手中的怪枪。一把违禁的反质子枪，他一脸震惊。

"为什么，"雪诺说，"水站领主想要你的命？"

"你是那个……白化人。"

"请回答我的问题。"

桑格雷尔瞥了妻子和女儿一眼，回答道："她是个古董收藏家。"

"为什么非要弄死你？"

"为了得到自己想要的东西，她不惜杀人。我已经掌握了证据。我们打算近期就逮捕她。"

雪诺点点头，把枪收进枪套。"我猜也是如此。她派了两个代政官来找我。"

桑格雷尔垂下双手，但尽量远离挂在腰带上的电击枪。

"作为水站领主，她确实有权差使代政官帮她跑腿。保护她的人身和财产安全是代政官的职责。但她没有肆意犯罪的自由。

你为什么不杀我?他们说你杀了很多人。"

雪诺看了看桑格雷尔的妻子和孩子。"看来我在这里名气不小。"他说着,从桑格雷尔身旁走过,坐在一张看上去很舒适的沙发上。"但那些传言都是假的。只要别人不来害我,我就不会开杀戒……嗯,只有极少数例外。"

桑格雷尔望向他的妻子。"塔曼莎该去睡觉了。"

他妻子点点头,带着孩子离开了房间。雪诺注意到小女孩正着迷地盯着他看。他已经习惯了。桑格雷尔坐在雪诺对面的扶手椅上。

"你有一个很好的家庭。"

"是的……你愿意指证水站领主吗?"

"你可以录下我授权的证词,但我不能留下来听审。要是我留在这里,很快就会冒出来一大堆水站扈从杀手。我可能难逃一死。"

桑格雷尔点点头。"要是你不想杀我,又为什么要来我家呢?"他有点焦虑地问。

"在我去向水站领主复命期间,我需要你装死。"

桑格雷尔表情一滞。"你想骗取她的赏金。"

"是的,但她允诺的报酬不是钱,而是情报。水站领主知道为什么商人巴里斯会悬赏要我的命。我当然对他的动机颇感好奇。"

桑格雷尔双手手指交叉,放在膝盖上,他低头思忖了一会儿,抬起头来说:"他悬赏的是你那对活体保存的睾丸。也许和亚莉恩一样,他也是一个收藏家,不过这不是重点。我会为你装死,但在你去见亚莉恩之前,我希望能在你身上藏一个虚拟录像机。"

雪诺点了点头。

桑格雷尔站起来,走到一个壁柜前。他拿来一个全息录像机,放在桌子上,打开开关。"现在,请述说你的证言。"

"他死了。"亚莉恩面带微笑地说。

"是的。"雪诺说着,顺手把桑格雷尔的身份牌扔在桌上。"看来你已经得到消息了。"

亚莉恩走到酒柜前,给雪诺倒了一杯威士忌。她把酒端给他。"我有一些代政官朋友。当他妻子报警,说她老公被杀时——显然她叫得歇斯底里——他们立刻通知了我。"

"你为什么要杀他?"

"这不关你的事。把你的威士忌喝了,我就把答应给你的情报告诉你。"

亚莉恩转身走开,坐到路易十四豪华办公桌前,她按了一个按钮,桌面上缓缓升起一个电脑控制台。雪诺刚把威士忌举到唇边,疑心病又发作了。为什么非得从电脑里查看信息?她完全可以直接告诉他。她为什么不给自己也倒一杯?他没有喝,又把酒杯放回桌上。亚莉恩抬起头,脸上挂着一丝阴冷的微笑。她抬起手,控制台上方赫然出现了一个枪口,雪诺赶紧低下头,向旁边一滚。在他身后的墙上,一幅油画的画面整个黑了,冒起了火光。他单膝跪地开了一枪。她身体猛地一抖,从椅子上向后飞去,摔在地板上,整张脸像那幅油画一样,被烧得一片通红。

雪诺快速搜查起来。代政官们随时都会赶来。在浴室里，他发现了一个类似镀铬阴茎的装置，末端有两个洞。一个洞会喷出液体，另一个洞会吸走液体。某种避孕装置？沿着导管，他找到了一个装有某种液体的容器，上面配有一套非常复杂的加压和过滤装置。他意识到，这是为了吸出做爱后射入子宫里的精液。他不禁纳闷起来。她难道在收集男人的精液？很快，他找出了一个装有精液的冷冻保存瓶。这肯定就是他自己的精液了。过去五年自己为什么屡遭追杀，他隐隐得出一点模糊的想法了。他打开瓶子，刚把里面的东西用水冲进下水道，几个代政官就闯进了公寓。只有他知道，这瓶精液其实并没有多大价值。

希拉德不动声色地看着那个装在凝露罐里的男人。他早该渴死了；某个施虐狂在他身边放了一瓶水，以延长他的痛苦。他干涩的双睛迷迷瞪瞪地盯着希拉德，空水瓶被撇在他脑袋旁，他身体皱缩，皮肤严重晒伤，口中耷拉出一条肿胀成黑色的舌头。希拉德仔细看了看周围，她这番妄为要是被人发现，准会受到严厉惩罚。她拿出一个小小的不锈钢圆柱，贴在凝露罐的玻璃壁上，对准男人的脑袋。强光一闪。那人抽搐了一下，一阵轻烟和蒸汽腾起，空水瓶上被染出了一个模糊斑块。他死了。希拉德把圆柱放回口袋，站起来继续往前走。她的主人们要是看到她冒这样的险，一定很不高兴，但他们并不能完全控制她的行为。

雪诺很高兴能离开那个水站，他步伐轻健，快步走了一千米，偶尔还会对某人咒骂几句。亚莉恩死后，桑格雷尔并没有切实履行诺言，雪诺被监禁保护了两天，而司法车轮也就慢吞吞地转了足足两天，才走完所有法定程序。幸运的是，在新的水站领主被任命之前这个权力空档期，大家都无心工作，各方势力也会停战，这正好给了他喘息之机。在杀手们出动之前，他有一天时间从容撤离。

经过那个凝露罐时，他注意到里面那个男人已经死了，他的身体正在为公众利益贡献最后的水分。他停了一会儿，细细查看罐子内壁那层隐隐的烟膜。有人结果了这个可怜的混蛋。雪诺暗自遐想着，这个杀人者，是不是也在追杀他，就为了消遣或者别的目的，一言不合就会要了他的命。

走到看不见水站的地方，雪诺离开公路，进入一片大沙漠，向远处的一片岩幢地带走去。沙漠里危险重重，一不小心就会迷路，或者被沙鲨咬死。他手里时刻紧握着枪，眼睛不停观察着周围的动静。一条沙鲨把触须探出沙漠表面，探测周围的动静，但很快就沉了下去。它最近一定饱餐过一顿。一顿饱餐，够它蛰伏起来消化一个沃奇年了。

雪诺平安地走到了那片岩幢地带，正要收起手枪，眼角突然闪过一道反射光。机械鼠从杀手追来了，他正准备转身迎接一场新的挑战，但招呼他的，是冷枪。

一梭子弹扫来，有几颗打在他的防尘袍上，他的肋骨一阵刺痛。子弹还激起许多碎石屑，打得他的面罩噼啪乱响。雪诺弯下腰，迅速躲到一块岩石后面。

"太犯傻了。"他自责道。很长一段时间，来找他麻烦的，只有机械鹰从杀手。他都忘了,他们的荣誉准则并不适用于所有杀手。他伏低身体,又一声枪响,碎石片像雨点一样溅落在他身上。

"嘿,雪诺!"

雪诺没有回答。

"嘿,雪诺,可别把啥值钱玩意儿露出来,我的枪子儿可不长眼睛!"

这句俏皮话,引来了一阵笑声。埋伏者至少有两个。雪诺咬紧牙关,从皮带上扯下几个闪亮的圆球。又有几枪击中了岩石,他猜想,至少有一个偷袭者,正借着火力掩护向前挪动。他把一个圆球举到嘴边,用牙齿咬开顶部的保险栓,用力朝笑声的方向扔去。爆炸威力惊人,与圆球尺寸完全不成比例。要知道绝大多数炸弹的填充物只是炸药,这个圆球填充的则是经过高能电磁场加速的反物质。碎石屑如雨点般落下,漫天飞扬,雪诺迅速站起身,斜刺里冲了出去。当尖叫声响起时,他已经转移到了另一块石头后面。

一个声音大吼:"你这个混蛋!我要用钝刀慢慢割下你的蛋!"

吼叫声是从右前方传来的。尖叫声是从左前方传来的。雪诺朝右边那个人开了一枪,右前方先是一把枪还击,之后是两把枪同时还击。看来右前方还潜伏着一个离得更近的。目前看来有三个偷袭者,可能还潜伏着其他更沉得住气的精明人。他又开了几枪,每开一枪,都会炸裂开无数石头碎屑。他看了看枪上的电量读数,把枪装进枪套,仔细倾听着动静,耐心等待着。尖叫声低沉成了连续不断的呻吟和咒骂。

几下零星的还击,打在他和对手之间的一块岩石上。雪诺镇静依旧。他知道这是火力掩护,正有人偷偷摸上来。在对方第一次还击后,他就注意到前方传来一点动静,是防弹甲摩擦过石头的声音。就在他左前方。他拔出手枪,指向那个方向,耐心等待着。接着,那个呻吟声突然停止了。

"大卫!大卫!你还活着吗?!"

没人回答,雪诺暗想这人是不是挂了。这么一分神,那个摸上来的偷袭者已迅速爬过了空地,他猛地蹲起身,手持一支奥普士突击步枪,黑洞洞的枪管向下对准了雪诺。但他没来得及开火。雪诺抢先开了枪,他已经把输出能量调到最大。这个男人腾地炸裂开,血肉飞溅,只剩一个骨架倒飞出去,啪的一下粘在一块岩石上,冒出一缕缕黑烟。

"啊,天哪!啊,你这个混蛋!"右前方传来一声怒吼。

这人的愤怒让雪诺有点不解。这一切又不是他挑起的。他们低估了他的武器,这并不是他的过错。他朝那个人藏身的岩石瞄了一眼,发现那个人已经抛开掩护,向他冲来。他疯狂地开着火,奥普士步枪持续自动连击,雪诺根本没法还击。他急忙滚到一块石头后面。突然,射击停止了。雪诺等了一会儿,才缓缓从石头后面探出头来。那人脸朝下趴着,天灵盖已经脱离了脑袋,落在一米开外。一个肩挎奥普士步枪的女人,正款款向他走来,雪诺虽然见过很多美人,但她简直是雪诺见过最美丽的女人。

三支奥普士步枪,一支只有傻瓜和亡命徒才敢用的破旧激光枪，少量食物，破旧的沙漠生存包和生存服，一点点现金，三枚现已作废的身份牌；这就是这三条鲜活生命的所有遗留物。这些人都是穷人：为了能暴富，把所有赌注都押在最后一场赌局上。他们已经试过了自己的运气。雪诺拿走了最值钱最轻便的东西：钞票、液体口粮、生存服上的电池包和过滤器，其余东西则摆在显眼的地方，任何路过的人，只要想要就可以取走。那个女人，希拉德，只拿了一支奥普士步枪和弹药，她似乎对其余的东西不感兴趣。傍晚时分，他们已走到岩幢地带的边缘，远离了碎尸的臭味，远离了蟹隼和镰蝇的袭扰。雪诺用蟹隼壳生了一堆火，在暮色中取下了面罩。他好奇地注意到，自从早上遇见她，一路上她就没戴过面罩。而她的皮肤，看起来还是那么干净、无瑕、完美。她在他身旁坐下，姿态优雅，可见她身体状态极佳。

"什么风把你吹到这儿来了？"他问。

"我抄近路穿过提拉沙漠，正要走回公路，回归文明社会，无意间，我发现了这个文明社会中最黑暗的一面。"

雪诺不太相信她的话。他横穿过提拉沙漠好几次，一路上极其艰辛。而希拉德看起来精神抖擞，仿佛在水站休养了整整一个月。

"原来如此。"他说。

"你是雪诺。"她转过头来盯着他。她的瞳孔在暮色中呈现出淡紫色。她的眼神，让他的胃抽动了一下，一种自我轻视立刻涌上心头：活了这么多年，自己居然还对皮相之美做出这种反应，不过，她真的是很美。

"是的，我就是。"

"我想和你同行一段路。"

"既然你知道我是雪诺，那我有理由怀疑，你接近我，也是出于某种目的。"

她对他笑了笑，他的胃又抽动了一下。他扭头朝火里啐了一口唾沫。"我正在穿越提拉沙漠。"他说。

"没问题。"她答道。

雪诺仰面躺下，把头靠在一个背包上。他在身上盖了一条隔热毯，仰视着天空。空中那片遥远星系团泛出的点点红光，正受到小行星带明亮闪光的侵蚀。璀璨星光宛若一道光剑，刺穿了沉沉暮色。

"为什么要跟着我？"他问道。

"因为我很孤独，过了下一个水站，我可能会独自上路。我就是想体验一下有人同行的感觉。"

雪诺低哼了一声，闭上了眼睛。她不是来杀他的。这一路穿过岩幢地带，要想杀他，她早就出手了。但她确实有自己的动机，只是还没透露出来。不管怎样，她跟不上他的步伐，很快就会掉队，而他心里那一缕不安，很快就会消散。他睡着了。

清晨的阳光就已炽热非常，脸上似乎有一种熟悉的刺痛感。他迷迷糊糊地抬了一下手，赶在被灼伤之前，合上了面罩。他隔着烧成灰烬的火堆望着希拉德，心里有点不安：她一整晚都没有改变过坐姿。他坐起身，喃喃说了声"早上好"，爬起来走到一块石头后面，往凝露包里小便。按照多年来的清晨习惯，他把内服湿气收集器里的水，也倒进了凝露包。然后他把收集瓶里的水倒进饮水瓶，把牙刷伸进饮水瓶蘸了蘸，开始刷牙。当他洗漱完毕，从岩石后面转出来时，希拉德已准备好一盒液体早餐口粮，口粮正咕嘟冒着热气。雪诺正要给自己也拿一盒，她把手伸了过来。

"这是给你的。我已经吃过了。"

"你睡觉了吗？"

"睡了一会儿。跟我说说，你怎么会有那种非法武器？"

"从一个想杀我的杀手身上拿的。"他撒了个谎。难不成要告诉她，这把枪是在联合统一禁令颁布之前，就带到沃奇星上来的？而且这么多年来，他一直在改进它的威力。他坐下来喝早餐。喝完早餐，他们出发继续横穿提拉沙漠。走了约一个小时，希拉德注意到雪诺在打量自己，于是她戴上了面罩。雪诺并没有太在意；的确有不少人，宁愿多损失一点水分，也不愿意戴那么久时间面罩。

到上午十点左右，温度已经达到四十五度，而且还在上升。一只沙鲨从沙丘表面冲了出来，追着他们猛跑了十几米，然后停了下来，像狗一样喘着粗气，要么是太累，要么是吃得太饱，追不动了；要么是它以前尝过人肉，发现人肉根本没营养。温度达到了五十度，雪诺内服里的冷却装置已经有点不堪重负，可希拉德居然仍能轻松跟上他的步伐。一只蟹隼咔嗒作响地俯冲向他们，雪诺还没来得及去摸枪，她手一抬，一枪就结果了它。她是个了不起的女人，是的，了不起。

中午过后不久，雪诺停了下来。"我们休息到晚上，入夜之后,我们要一直走到明天早晨。明天再走上一晚,就可以走出提拉沙漠了。"

希拉德点头表示同意。雪诺感到有点奇怪,她为什么不早点提议休息。她该不会一直夜伏昼出吧?这当然不可能。

他们在雪诺的日间帐篷里睡了一觉。雪诺通过卫星信标检查了一下他们的位置。日落后,他们继续赶路。这一整夜和第二天上午,他们不停地赶路。再次搭完帐篷,雪诺已经筋疲力尽。他带着一丝不悦告诉希拉德,他希望有一个私人空间,并建议她自己也搭个帐篷。一进帐篷,他就拉上密封拉链,脱光了衣服。他用一块循环清洁海绵,仔细擦拭全身和内服的内面;只需要二百五十毫升水,就能全面清洁,而且几乎不会流失任何水分。然后他穿上一条毛巾短裤,在垫毯上躺平,并让帐篷自带的微型空调全速运转。这也算是一种奢侈。睡了半小时后,他醒了,打开帐篷往外看。希拉德坐在沙地上,她的面罩打开着。她目不转睛地望着地平线,一动不动的样子显得很不自然。

"你没有日间帐篷吗?"雪诺问。

她摇了摇头。

"进来和我一起休息吧。"他说着,脑袋缩回了帐篷。希拉德站起身,走了过来,她似乎对灼热阳光毫不在意。她钻进帐篷,随手拉上拉链,瞥了一眼雪诺,便开始脱生存服。雪诺转过头去,可想了想,又把头转了回来。管他呢,她又没说不许他看。在生存服下,她穿了一件连体紧身衣,只覆盖到膝盖和肘部,在肩颈处裁成一道弧形,露出完美的锁骨。这衣服的面料像是白绸,几乎是半透明的。雪诺干咽了一下,不免有点好奇,她要怎么上厕所，当然这无非是继续看下去的借口。当她抬起双腿，褪下裤子时，他看明白了，裤裆部有一个椭圆形的洞，从那撮淡金色阴毛下部一直延伸到屁股缝的末端。他脸上不禁一热，也不晓得自己的白皮肤上是否泛起了明显的红晕。

当希拉德终于脱下裤子时，她发现他正在忘情地偷看。他抬起眼睛，与她对视着。她对他微微一笑，一边笑，一边抓住袖口，把袖子从两条胳膊上拉下来，卷在乳房下面。雪诺清了清嗓子，想说句什么俏皮话。她简直是个女妖，是一个沙漠孤男最美妙的幻想。她仍旧面带微笑，双手撑地，膝盖着地，爬到他跟前。她伸出一只手，摸到他胸口，把他往后推倒。她跨坐在他身上，她弯下身子，吻他的嘴。一头淡金色长发垂在他脑袋两边。

她的嘴唇又甜又暖。两粒坚硬的小乳头，在他胸口轻轻滑过，划出两道酥麻的印迹。他摸了摸她肩膀上的皮肤，感觉又干爽又温暖。她坐直身体，低头打量了他一会儿。那神情有些奇怪；她眼睛里流露出一种淡淡的好奇心。她向前滑了一点，坐到他肚子上，然后扭转身，双臂向后伸出，把他的短裤从腿上往下扯。她的身体居然这么柔软。脱掉短裤之后，她回转身来，向后滑去，直到双臀碰到他勃起的阴茎，然后，她稍稍抬起身体，臀部继续往后退了一点，他的阴茎被挤着向下弯曲，绷得越来越紧，她轻轻一扭腰胯，阴茎顺利滑入了她的身体。雪诺呻吟了一声，咬紧牙关。她开始缓缓上下起伏，一边扭动一边低头注视着他的脸庞，脸上带着一种奇怪的出神表情。

到了晚上，继续赶路的时候，雪诺步子拖沓，走得昏昏沉沉。整个下午他没睡多少时间。每一次高潮之后，他刚想休息一下，希拉德都会想出一些新花样，或是用嘴吮吸他的阴茎，或是摆出一些他无法抗拒的诱人姿势。她骑在上位，达到的第一次高潮，似乎唤醒了她的某种身体本能。这第一次高潮的快感是如此强烈，她大声呻吟了好几声，整个身体不停地打战。平静下来之后，她惊讶地低头打量着自己的身体。从那以后，她一直渴望再经历一次这样的美妙高潮。雪诺感到浑身酸痛，精疲力竭。

趁夜跋涉在紫色沙漠中，他们很少说话，但有一段对话引起了雪诺的怀疑。

"你的手，是怎么弄没的？"

"一个水站鼠从向我挑战。被高射炮弹打得粉碎。"

"现在怎么样了？"

雪诺语塞了一下。她难道知道？

"你这是什么意思？什么叫现在怎么样了？被打了个粉碎。彻底没了。"

"好吧。"她说，然后就没再吭声。

当他们到达提拉沙漠边缘的岩幢地带，太阳正从地平线上升起，小行星带的星光正快速隐没。雪诺几乎没有力气说话，他搭起帐篷，钻进去就睡着了。直到下午，他才醒转，身上的衣服已经脱去，还盖着一条毯子。希拉德正侧躺在他身旁。她一只胳膊斜支起身子，手掌托着下巴，出神地注视着他的脸。见他醒来，她递给他一盒混合果汁。他坐起身，毯子滑落开。她赤身裸体。他喝着果汁。

"真高兴有你在我身边。"他说。剩下的时间又在愉快的做爱中度过。当天晚上，他们继续深入岩幢地带。第二天的作息和前一天差不多。

在几度激烈的做爱后，两人躺着休息时，雪诺说："我必须向你坦白，我做过一个特殊移植手术。我没法让你怀孕，我的精液里没有精子，只有水分和一些游离蛋白质。"

"你为什么觉得有必要告诉我这个？"希拉德问他。

"如你所知，商人巴里斯出了悬赏，让杀手们把我的睾丸装在冷冻保存瓶里带给他。他倒不是想要我的命。可能是想要我的基因组织。我的基因有某种价值。在水站，那个水站领主……诱惑了我。"雪诺停顿了一下，感到有点难以启齿。"她那么做，是为了收集我的精液，很可能是拿去卖给别人。"

"我知道。"希拉德说。雪诺转头看向她，她接着说："巴里斯想要你的睾丸，以便获取源源不断的遗传物质。"

雪诺思索了一下。其实，这位突然冒出来的希拉德，本身也很可疑。但接连几天欲仙欲死的做爱，让他松懈了不少。

"他可能不明白……经过减数分裂，每个精子中只留有一半染色体。"他说。

"他最终会获得完整的基因。你的睾丸能体外存活很长一段时间，并持续产生精子。如果没办法活捉你，这是获取遗传物质的最佳方式。我猜巴里斯明白自己不太可能活捉你。要是你不配合，他也很难把你弄出沃奇星。割走睾丸，毁尸灭迹，他还能垄断你的遗传物质。"

"你简直太了解巴里斯的心思了。"

希拉德直视着他的眼睛。"你的手现在怎么样了？"

雪诺低头看向自己的左手。他解开并扯下皮套。露出来的是一只畸形的僵直小手，但显然是一只人手。皮套包裹得很巧妙，在旁人看来仿佛整个手掌已经没了。

"六个沃奇月左右，这只手就能恢复原样。我的计划是，以独手的形象走出一个水站，蛰伏一段时间，然后以一个全新身份，双手健全地走进另一个水站。"

"那你的白化特征呢？"

"有皮肤染黑剂和美瞳隐形眼镜。"

"你当然没办法进行移植手术。"

"当然不……我觉得你应该解释一下你的真实身份。"

"我的老板和巴里斯一样，要的也是你的基因。"

"你完全有机会……"

"不，我的老板们要的是最佳选项：你自愿跟我走。我想让你和我一起传送回地球。"

"为什么？"

"你的身体能够再生。你能永生。现在大家都知道了这个秘密。而你在一千多年前，就已经知道这个秘密。"

"还有呢？"

"其实在三百年前，我们就已经发现了你的秘密，我们一直守护着这个秘密。十年前，出了点差错，秘密被泄露了。现在很多组织都知道了你的存在，知道了你的宝贵价值；谁能破译你的基因组，就能获得永生的奥秘，谁拥有永生疗法，就能获得前所未有的财富和权力。巴里斯就是其中一个。他是第一个来猎杀你的。捕猎者会源源不断地杀来。"

"你为地球中心工作。"

"是的。"

"杀了我，毁掉我的身体，不是更好吗？"

"地球中心不会压制对知识的探索。"希拉德面露微笑，"你已经活了上千年，应该明白压制人类对知识的探索，是徒劳的。地球中心希望能传播这种宝贵知识，而不是任由野心家垄断，去危害人类文明。永生疗法对人类文明有不可估量的益处。据预测，在十年内，就能开发出一种创新疗法，可以使任何人获得一定限度的肢体再生能力。"

"但之前三百年，它一直秘而不宣。"雪诺一针见血地反驳道。

"它是在保护你的隐私。它并没有压制知识。不压制知识，不等于积极开发这种知识。"

"现在的地球中心道德感这么强吗？"雪诺反问了一句，但立刻就忍不住暗骂自己的愚蠢。地球中心当然是道德楷模。只有人类和其他低级生命体才不择手段，地球中心是人类政体中最强大的人工智能。希拉德注意到他的尴尬，没有正面回答这个问题。

"你会跟我去地球吗？"她追问道。

雪诺扭过头，目光茫然地盯着帐篷布。

"我需要考虑，没办法立刻做出决定。两天后就到我家了。

到时候，我再做……打算。"

在光学迷彩布的遮盖下，悬浮车与周围的沙丘融为一体。在悬浮车里，加利特正在洗牌，玩一种闲极无聊的人们玩了好几个世纪的单人纸牌游戏。他的妻子加利娅正在睡觉。特洛克正在擦拭一把古董左轮手枪，那是他在上一个水站的拍卖会上买到的。他把子弹整齐地排列在桌上，仿佛一群整装待发的士兵。卡纳尔·梅克插入了神经插头，正在检索共生网络，分析联合统一AI与辅脑们之间的高频通信，搜寻一切可能的情报。电话铃声响起，除了卡纳尔·梅克，其余人都松了一口气；她只好退出那个逻辑完美、纯粹清晰的思想世界，回到弥漫着汗臭味的悬浮车里。

"我是巴里斯。"屏幕上的笑脸说。

加利特直话直说地问道："你知道雪诺的行踪？"

"没错，"巴里斯说，脸上的笑容依然保持着，"我将和你们一起，完成最后的狩猎。"

加利特和特洛克交换了一个眼色。

"你付钱，你说了算。"

"没错，我说了算。"商人脸上的笑容消失了，"打开你们的位置信标，我会在一小时之内赶到。"

"你怎么到这儿来？"卡纳尔·梅克问道。

"当然是搭乘AGC[1]。"巴里斯说着，视线转向她的方向。

1　AGC（Anti-Gravity Cruiser）是一种反重力地效快艇。

"所有AGC均注册在案。联合统一AI会发现你的行踪。"

巴里斯弹了弹手指,脸上露出一副轻蔑表情。"没关系。等我到了,我们将继续从你们所在的位置,移动到……我们的目的地。"

"很好。"卡纳尔·梅克干净利落地回了一声。

巴里斯等了片刻,发现梅克居然不再吭声,他失望地咕哝了一声。他从屏幕上消失了。

商人乘坐的是一辆微喷公司制造的AGC,造型非常时尚。他身着沙地战斗服,后面跟着两个同样身穿沙地战斗服的女人。一个背着一支老式猎枪和弹药带。另一个背着好几个不知装了什么的背包。巴里斯走到四人面前,两手叉腰,大刺刺地看着他们。他是个英俊的男人。四个杀手对他这番愚蠢作派不发一言。他们知道,一个人能爬上商人的高位,就绝对不是个傻瓜。加利特和加利娅面无表情地看着商人。特洛克盯着那支老式猎枪。卡纳尔·梅克瞥了一眼其中一个女人,脸上露出一丝讪笑,又看向商人。

"那我们走吧。"她说。

巴里斯摇了摇头,脸上的微笑一丝未减。他弹了弹手指,朝悬浮车走去。两个女人像狗一样顺从地跟着他。四个杀手紧随其后,如同四条品种各异的猎犬。

走出岩幛地带,就是一片石丘地带,最边缘的一座巨型石丘,在风沙的鬼斧神工之下,被时光蚀刻成了一尊抽象的半身石像。在石像头部的许多裂隙和裂缝的表面，嵌着无数云母和石英颗粒，像昆虫的复眼一样闪闪发光。雪诺领着希拉德走到石丘底部，那里斜倒着许多天然风化形成的石板条。

"这儿。"他走到三块叠在一起的石板旁，伸手扶住顶部那一块。他轻轻一推，顶部石板就滑开了，露出一个不深的地洞，架着一架短梯，洞底依稀可见有一条隧道。"欢迎来到我的家。"

"你就住在一个地洞里？"希拉德略带讽刺地说。

"当然不是。跟着我。"

他们爬下地洞，头顶的石板自动滑回了原位，隧道石壁上的一排灯咔嗒一声全亮了起来。希拉德注意到，他们沿着隧道走到石丘底下，抵达了一个位于石丘正中央的竖井。竖井里停着一部滑车，竖井四壁都装设有滑轨。他们爬进滑车，滑车里摆放着一圈座位，他们随意坐下，滑车开始缓缓向上。

"这一定花了你不少时间。"希拉德说。

雪诺说："竖井系统早就有了。我第一次发现这里，是大约两百年前。在我之前，也有人住过这里，但居住条件相当简陋。从那时候起，我一直在改建。"

滑车到顶停下，他们走出竖井，抵达了石丘顶部，这里被开凿成了一处居室，安装有锁湿设施，有好几个相互连通的房间。希拉德手拿一杯饮料，站在一面宽阔的全景单面镜窗前，眺望了一会儿外面的岩幔地带，又把视线转向这间主厅的其他陈设。一面墙边摆着一个正面有玻璃移窗的展示柜，里面陈列着一些二十二世纪的武器，柜子中央，赫然是一把前太空时代的古剑。希拉德不禁微微皱眉。这时，雪诺回来了，她转过身，只见他已经换上了一条宽松的黑裤子，一件开领黑衬衫。惨白皮肤、雪白头发和粉红瞳孔，与一袭黑衣对比鲜明，他简直像极了古代传说中的吸血鬼。

"这间卧室有换洗衣服，还可以淋浴。这里建有水循环系统。有很多水可以用。"他说。希拉德点了点头，把饮料放在一张玻璃桌上，转身走进卧室。雪诺看着她转身离去。她会去洗个澡，换身衣服，让精神抖擞的自己变得更加精神一点。他之前就注意到，不管暴晒多久，她都是那么干净利落，身上也从来没有什么汗味。

"这衣服是谁的？"希拉德在卧室里问道。

"我最后一个老婆的。"

希拉德走到卧室门口，一只胳膊上挂着一条长裙。她疑惑地看着雪诺。

"她在一百年前自杀了。"他平静地说，"她走进沙漠里，用激光枪打穿了自己的脑袋。我抢在蟹隼和沙鲨之前找到了她。"

"为什么？"

"她变老了，而我一点没变。她恨死了。"

希拉德对此没有发表评论。她去冲了个澡，很快就穿着一件半透明蓝色紧身衣回来了。她预计，穿成这样出现在雪诺面前，一定会勾起他的欲望，这衣服立刻就会被他再次剥掉。不过雪诺此刻正忙：他正坐在一把转椅上，注视着一块电脑屏幕，防尘袍已经重新穿上，龟壳面罩耷拉在下巴颏儿下。她走到他身后，想瞧瞧他在看什么。她看到了停在沙地上的悬浮车，两个女人拉着一张光学迷彩布，正要遮盖住它。她认出了商人巴里斯，也认出了那四个雇佣杀手。

"看来巴里斯找到我了。"雪诺冷冷地说。

"这地方有什么防御措施？"

"没有，我从来不觉得需要什么防御措施。"

"你确定他们是冲你来的？"

"这颗星球这么大，可他偏偏降落在这片岩幢地带。我得去会会他们。"

"我去换衣服。"希拉德说着，赶紧转身回了卧室。当她回来时，雪诺已经不见了。她走到竖井旁，却发现滑车被锁死在了竖井底部。

"该死，雪诺！"她怒吼一声，猛地一拳，在竖井门的门把手上砸出了一个拳头状凹痕。她往回走了几步，转过身，开始助跑，一个飞跃跳进了竖井。对面竖井壁上的滑轨，离开竖井口有六米。她一伸手就够到了滑轨，砰的一声，她双手紧紧抓牢了那根被摩擦得锃亮的金属方轨。她开始缓缓往下攀落。

加利特对妻子笑了笑，又冲站在她身后、身披防弹甲的特洛克点了点头。该收网了。干完这一票，他们就会变得很有钱。他看着手中的窄束激光器。他本想动用火力更强的武器，但这回不能把猎物的身体损坏得太严重。商人巴里斯正把那两个女人打发回悬浮车，加利特转向他。

"我们分头进去。这片岩幢地肯定有扫描设备，他很可能会设下埋伏，不能让他一下子就把我们一网打尽。"

巴里斯笑了笑，把子弹装进步枪，调整了一下瞄准镜。加利特倒正想见识一下他的手段，看看他的枪法有多好。他一挥手，一伙人立刻分散开，摸进了岩幢地带。

他们来猎杀他了。没有荣誉准则，没有挑战。雪诺把枪托抵在一块岩石上，小心翼翼地向外张望着。

"有发现吗？"加利特在对讲机里问道。

"有针眼摄像头。"加利娅答道，"我打掉了两个，但肯定还有更多。他已经发现了我们。"

"我也是。"特洛克说。

"记住，激光要调成窄束。把他整个烧焦，就没钱拿了。争取一击毙命。一击爆头最好。"

突然，嗖的一声响，一声尖叫，无线电里响起一阵静电刺啦声。加利特立刻趴下，滚到一块石头后面。

"那是什么鬼东西？"

"他有一把该死的反质子枪！他妈的防弹甲根本挡不住！"

加利特感到胃里一沉。他们知道他有枪，但以为最厉害也不过是激光枪。

"谁中枪了……？"

一阵沉默。

"特洛克？"

"加利娅死了。"

加利特干咽了一下，借着石幢的掩护，小心翼翼向前挪动着。

"他的位置？"

"不清楚。"

"梅克？"

"我这里没状况。"

"巴里斯？"

商人没有回答。

雪诺悄无声息地从一块巨石顶上滑下，从腰带上扯下剩余的两个圆球。他用牙齿咬住圆球顶部的一个凸起，轻轻往右一拧。那个皮肤黝黑的家伙，在他左前方。那个火星男人，在他右前方。其他人在右前方更远一点的地方。他把两个圆球分别往左右一扔，又退回了巨石之后，他抬起左手，在腕屏上切换观察各处的监控。很多摄像头都被打坏了，但他调取到了那个火星男人的画面。两声爆炸响起。那个火星男人猛地趴在地上，雪诺意识到自己扔得太远了。这个家伙已经摸到了自己近旁。他又浏览了一遍监控，发现另一个杀手正跌跌撞撞地穿过一团尘雾和碎石，脸上插满了碎石屑。啊，还是有战果的。雪诺移动到左侧，每隔几秒钟就查看一下屏幕。他在一块倾斜的石板后面停了下来，又看了看屏幕，蹲下来等待着。

被炸得晕头转向的特洛克，不管不顾地从那团尘雾中逃了出来。雪诺紧盯着他，面罩下的脸庞上露出一丝狞笑。突然，从右边射来一道灼热的激光，割伤了他的肩膀，猛地腾起一股皮肉烧焦的怪味。雪诺赶紧向左一滚，挣扎起身，向前疾跑。激光紧随而来，划过他左边的一块巨石，石头上浓烟直冒，噼啪作响。他俯冲在地,在碎石间爬行着。激光束停止了。这回死定了,他想。他的反质子枪,掉落在了身后某处的尘土里。

"他的反质子枪掉了,特洛克。他在你左前方。快把他放倒,我现在的位置看不见他。"

特洛克吐出一颗带血的断牙,朝着指示的方向走去,他左手紧握着那把古董左轮手枪,右手紧握着激光枪。就是这里了。那混蛋死了,也可能没死。我会用激光束割断他的胳膊和大腿,激光束本身就能止血。特洛克没来得及开枪。那个穿灰袍的身影不知从哪儿冒了出来,一脚踹在他胸口。尽管防弹甲吸收了大部分冲击力,可特洛克还是踉跄仰倒了。他还没来得及站起来,那个人已经到了眼前。两根无情的手指,戳碎了他的护目镜,戳进了他的眼窝,戳爆了他的两个眼球。早在一千多年前,雪诺就学会了这记杀招。特洛克痛苦地尖叫着,抬起手拼命朝天扫射,雪诺已经消失了。

雪诺趴在地上,尽量压低声音咳嗽了几下。他打开面罩,吐出一团血浆,里面有几块烧焦的肺组织。激光烧穿他的肩膀,烧进了他的左肺。再多灼烧一秒钟,他就死了。他痛得全身发虚。他知道自己没有力气再发动一次那样的突袭,也不太可能出其不意地撂倒任何人。那个男人被爆炸震蒙,被突如其来的伤痛激怒,才着了他的道。雪诺缓缓爬过岩幢地带,他的机动性正在迅速下降。一个阴影落在他身上,他抬起头,该来的终于来了。

"你为什么不拿走他的武器?"加利特问,用下巴指了指不再尖叫的特洛克。特洛克像胎儿一样蜷曲在一块巨石旁，双眼缠着纱布，生存服已经自动给他推注了大量止痛药。

"没时间，没力气……只能拼命一击，把他放倒。"雪诺气喘吁吁地说。

加利特点点头，对着无线电说："我逮到他了。听到呼叫，立刻赶过来。"

雪诺平静地等待着死亡，可加利特蹲在他身边，似乎并不想马上就结果他。

"加利娅是多么好的一个女人。"加利特说着，从腰带上取下一个冷冻保存瓶，放在雪诺身旁的沙地上。"二十年前，我们在维京城结的婚。"加利特从靴子里抽出一把刀刃雪亮的陶瓷刀，伸到雪诺眼前。"这一刀是为了她。等取出你的睾丸，处理完伤口，我会帮你包扎其他伤口。我不会让你死得这么快。我有很多关于她的故事要告诉你，我有很多苦头得让你尝尝。要知道她——"

咔嗒一声轻响，加利特猛地站起身，再次拔出激光枪。他从雪诺身旁后退几步，环顾四周。雪诺朝他身后望去，但没看到什么人影。

"如果你马上离开这里，火星人，我就不杀你。"

是希拉德的声音。

加利特朝四周胡乱开了几枪，向雪诺身旁退去。

"我穿着隐身服，手里有一把天伐枪。我随时可以杀了你。扔掉你的武器。"

加利特犹豫了一会儿，然后他猛地一转身，激光枪瞄准了雪诺。他满脸狞笑。他还没来得及扣动扳机，整个人就塌缩了：一个直径两米的高能球形空间，包裹住了他的全身，只听一声雷鸣，无数电火花飞溅，瞬间他就消失得无影无踪。雪诺缓缓站起身，敬畏地看着加利特消失之处。他听说过天伐枪，但不相信真有这种武器。正当他四处张望时，希拉德的身影，显现在了几米远的眼前。她朝他笑了笑，但紧接着，她的左脸猛地炸开。

雪诺不由自主地大叫起来，喊叫声拔尖成了惊恐的尖叫。第二记冷枪打在她背上，把她击倒在地。他只能失魂落魄地眼睁睁看着。接着，巴里斯和那个共生家族的女人，从岩幢后面走了出来。巴里斯一边走，一边又朝希拉德瞄准，狠狠打了一枪，轰裂了她的半边身子。雪诺只觉得双膝一软。他跪了下来。巴里斯走到他面前，满脸得意地笑。雪诺抬头看着他，试图聚集起所有残存的力量，拼死一击。他知道这正是巴里斯所期待的。这将是他最后的挣扎。他瞥了一眼那个女人，只见她猛地停下脚步。她注视着躺在地上的希拉德，脸上露出惊恐的表情。雪诺不敢扭头，不想看。他不想知道。

"哦，天哪。是她！"

雪诺拼命站起身，一阵头昏眼花，他踉跄了一下。巴里斯咧嘴一笑，伸出猎枪抵住雪诺的脸，但这胜利的喜悦只持续了半秒钟。一只手刺穿了巴里斯的身体，猎枪掉落在地。那只手把他举到半空，用力摔向一块石头。巴里斯贴着石头愣了一秒，就被天伐枪轰成了一团人形血雾。希拉德站在那里，露出了真面目。她身上人造肌肉被轰掉之处，露出了闪闪发光的陶瓷。

她左边脸被轰掉了，露出雪白的陶瓷牙齿，一只仿生蓝眼睛孤零零地嵌在左眼窝里。背上暴露出一棱一棱的陶瓷脊柱。她查看了一下雪诺的状况，然后转身向梅克走去。雪诺终于昏了过去，没听到梅克发出的尖叫。

他躺在床上，回忆慢慢涌进他的脑海。他喉咙发干，知道自己一定躺了很久，过了一会儿，他伸手摸了摸麻木的肩膀，摸到了包扎的纱布。过了好一会儿他才敢睁开眼睛。希拉德正坐在床边，见他醒了，便扶他靠在枕头上坐起身。雪诺观察着她的脸。她已经修补了伤口，但疤痕仍很明显。她看起来就像一个在事故中毁容的人类。她穿了一件宽松衬衫，一条裤子，以掩盖其他疤痕。被他看得不好意思，她抬起手，忸怩地摸了摸自己的脸，然后伸手递给他一杯水。他一口气喝干了杯中水，心中涌起一股说不清道不明的空虚感。

"你是一个傀儡机器人。"他有点不太确定地说。希拉德微微一笑，笑容依然很美。

她说："卡纳尔·梅克也是这么想的。"看到他一脸困惑，她解释道："就是那个共生家族的女人。她以为我是一个制物，也难怪她搞错。从外表来看，我的确和傀儡22型机器人几乎一模一样。"

"那你究竟是什么？"雪诺问，她又给他倒了一杯水。

"我是生化人。人造肌肉，陶瓷骨骼。保留着人类大脑、脊索和其他神经组织。"

雪诺一边思索，一边小口喝着水。他心里五味杂陈，但肯定不是第一次遭遇机器傀儡时感到的那种恐惧。

"你愿意和我一起去地球吗?"

雪诺转过头来,久久地看着她。他记起他们在帐篷里亲密接触的美好时刻,他突然明白了,她有着丰富的人性,绝对算得上是一个人类。

"你知道,我永远不会老,不会死。"她说。

"我知道。"

她微微歪着头,耐心等待他的回答。

他脸上慢慢绽开了微笑。"我跟你走,"他对她说,"只要你愿意和我在一起。"他放下水杯,握住她的手。究竟怎样才算是一个人类?她的指甲里还残留着血渍,左眼泪腺也有点故障。

不过,这一切都无关紧要。

阿古 译

高 草

乔·R. 兰斯代尔

我没法充分说明是怎么回事,不过还是会跟你讲一讲,你可以尽量理解。故事得从一列火车说起。如今的人们乘火车出行不像以前那样便利,不过在我年轻的时候,可跟现在不一样。考虑到眼下我已经老态龙钟,我不得不承认,那个时代已经有点儿久远了。很难相信世纪之交已经过去,我也随之变得荒废衰弱,一如那些用煤炭驱动的老式蒸汽机车。

我很快就要从生命的悬崖边缘坠入无尽黑暗,但是曾经我年轻气盛,世界充满光明。后来在铁道上发生一件事,让我目睹了以前全然不知的东西。从那时起我看待世界的方式发生了改变。

我能告诉你的是,当时我在夜间乘坐一节非常高档的列车,穿越田野旅行。我买的不是火车座席,而是包下了一间包厢,可以说是非常舒适的包厢。当时我参加商务工作没多久,刚刚加入我后来服务了二十五年之久的一家公司。简单说就是,我结束了一次横跨国内的商务之旅,正在回家的路上。那时候我还没结婚,可是一位名叫艾伦的年轻女子成了我着急回家的理由之一。我们交往密切,我无比珍视她的陪伴。我们已经打算结婚。

我不说那些让你嫌烦的细节，但是那项特别的结婚计划没有实现。尽管我还对此感到有些失望，因为艾伦非常漂亮，但是这件事跟我要讲的故事无关。

是这样，火车正穿越国家西部，在开阔明朗的夜空下，经过一段前不着村后不着店的荒凉之旅，天上月亮高悬，几朵云彩缓缓飘过。在当时，那种地方远比如今的灯光、街道和汽车常见。我已经因公出差过好几次，可还是愿意欣赏车窗外的景色，即使是在晚上。可是那一晚，不管出于什么原因，我到了很晚都没有睡，睡不着。之前我决定不去吃晚餐，深夜也早就过了用餐时间。我有点饿，但是什么吃的都没有。

车内的灯已经被熄灭，窗外是一大片被月光照亮的岩石和沙地，更远处影影绰绰地矗立着蓝黑色的山峦。

火车开到一段反常的路段上，不知为何我在以前的旅程中没有注意到，当时我可能正在睡觉。那是一片广袤的草原禾草，在月光下，像金绿色海水受月球潮汐力的作用，产生了波浪般的效果。

我观看着这一切，想要弄明白是怎么回事，琢磨这里为何如此奇特，以及为什么我以前经常得从此经过却从没看见这片草地。喔，我看过不少的高草，可都不是眼前这种。这里的草不仅有一人高，甚至更高，而且很茂密，我只能用独特来形容，就好像我正用别人的眼睛来看这片草。我知道这种感觉听起来有多么古怪，但是我只能这样解释。

接着火车顿了一下，仿佛有一只大手抓住了它。它在铁轨上发出尖厉的摩擦声，引擎猛然停下之前也发出刺耳的声音。

我不知道出了什么事，便打开包厢门。不过一开始门似乎锁着，我用了相当大的力气才打开。我来到车厢走廊，那里没有人。

我侧身经过，来到吸烟车厢，不过那里也没有人。似乎其他乘客都在熟睡，不知道我们已经停车。我走过整节车厢，闻到烟草的余味，开门来到吸烟车厢和另一节乘客车厢之间的连接平台上。我透过车门上的小窗观察乘客车厢内部，那里也没人。这没怎么出乎我的意料，因为这列火车乘客很少，大部分跟我一样，包下了一间包厢。

我眺望乡野，看见远处有光亮，不在草地里，更确切地说，是从草地里探出来。这令我颇为震惊，因为我们前不着村后不着店，附近冒出一座村庄完全出乎我的意料。

我走到车辆连接平台的边缘，那里有一架折叠的金属梯子，我用脚尖踢它，使它展开到地面。

我爬下梯子，沿着铁路观望。开始没有人，过了一会儿，一盏灯晃晃悠悠朝我飘来，最后灯光后面现出一个黑暗身影。过了片刻我才看清他是一名铁路工人，头戴帽子，身穿外套和工装裤。

"先生，您最好别下车。"他说。

这时我已经能看清楚他。他长相普通，身材矮小，走起路来姿势怪异，一看就是那种在火车上讨生活的人，就像船上的水手一样。

"我只是好奇，"我说，"出了什么情况？"

"临时停车，"他说，"我建议您上车。"

"别人都没醒吗？"我说。

"好像只有您，"他说，"我发现临时停车时，午夜前入睡的乘客都还在安眠。"

他的回答让我感觉挺古怪。我说:"这种情况时有发生?"

"不,不常见。"

"怎么回事?要维修吗?"

"我们正在重新加压。"他说。

"那时间肯定够我在外边抽支烟。"我说。

"我觉得这没问题,先生,"他说,"不过,如果是我就不会走远,我们一准备好就出发。我会喊你上车,但不管怎么样,喊几声就走。深更半夜,我们在这里不多逗留。"

然后他晃着提灯从我身旁经过。

不多逗留,他说的话激起了我的好奇心。我眺望着起伏的草地和光亮,此时发觉后者也不是那么遥远。我掏出纸和烟叶,卷了一支香烟,用火柴点燃便开始吞云吐雾。

我说不清是什么让我着迷,我猜是当时的怪异氛围吧。可我决定到高草里走走,看看草有多高,甚至仔细探查那些光亮,那会挺有趣。我朝一个方向溜达过去,不一会儿就进入草地深处。我走过的地面是一个向下延伸的山坡,高草在风中窃窃私语。等我停住脚步,草已经比我还高。在身后地面更高的地方,草丛映着月光挺立,仿佛一队武士高高举起的排排茅尖。

我站在草地之中,一边抽烟,一边倾听身后火车的动静,可是既没听见提灯人的呼唤,也没听进见火车准备出发的声音。我放松了一点儿,享受着清凉的晚风和草地被风吹过的景色。我决定边走边抽烟,同时用手分开草丛。我还能看见光亮,可它们似乎总是比我以为的要远,我朝光亮移动也没有接近多少,它们像地平线一样在往后退。

等我抽完烟,便把烟头扔在地上,用鞋跟踩进泥土里,然后转身往回走。

发觉自己找不到来路时,我有点惊慌。我经过时,高草肯定已经被折弯或推向一边,可是这样的迹象一点都没有,草地很快恢复了原状,我找不到刚刚走下的高地,虽然月光明亮,但是月亮的方位也难以确定。似乎月亮留下光,然后就离开了。

我渐渐开始担心,有点晕头转向,火车很快就要离开,工作人员也警告过,没人会等我。我觉得自己最好停止在草地中四下乱闯,站住不动,免得更迷糊。我推断自己没有远离列车,应该能听见铁路工人呼唤"全体上车"。

于是我就像个傻瓜一样,站在高草地里,分辨不出火车的方向,聚精会神倾听那个人的呼唤。我不停向四周扫视,看能否找到来路回去。我前边说过,我踩倒过一些高草而且没走多远,这是合乎道理的分析。而且我还说过,那是个明亮的夜晚,月光充足,就好像把奶油甩在高草上一样。所以令人难以置信的是,我在这么短的时间内走了这么短的距离,居然迷路了。我还考虑用那些光亮确定方位,可是它们动过地方,像随心所欲的黄蜂扇着翅膀到处飞,所以用它们指示方向也不可能。

我迷路了,开始产生一些令人不安的想法,我也许会错过火车,被遗留在这里。错过火车就够糟的了,可是在这个渺无人烟的地方,要是没人想起我,或者一时没人来这边,我也许真会饿死,或者被野生动物吃掉,或者被冻死。

就在那时我听见有人从草丛中走来,他们没有直奔向我,但是在我附近。当然,我的第一反应是火车上的人来找我了。我正要大喊,但是又产生了顾虑。

我完全无法解释这种顾虑。但是我在某种程度上不太情愿,所以我就没喊,而是等待着。声音变得越来越喧嚣。

我小心地用手指拨开高草,顺着声音的方向看去,穿过草丛的是一群人,头秃得可以像镜子一样反射月光。他们经过时草丛就分开再闭合。我一下子感到放心,因为他们一定是来找我的其他乘客或者火车员工,会带我回到车上。场面会很尴尬,但是最后会一切平安。

接着下来我意识到,自己没有真正弄清看见了什么。没错,他们都是人形,可是……他们没有面孔。他们有脑袋,通常的五官也在合适的位置,鼻子、眼睛、嘴,可是这些地方都是凹进去的。月光聚在这些闪亮苍白的脸上又反射出来。他们就是草丛里的光亮,因为他们移动所以光亮才移动。他们的远处还有别的光,在很远的地方,我猜草丛里有很多这样的人形怪,近的远的都向我赶来,离我远去,密密麻麻像蚜虫一样。他们动作僵硬,如同在矿筛上晃来晃去。他们极力穿过草丛,大范围散开,有些手中还拿着棍子,开始抽打面前的高草。我得补充一句,在此过程中,高草仿佛活物,甩动着躲避他们的击打,给他们闪出宽敞的通道,等他们过去后再恢复原状。他们离我越来越近,我能看见他们的身材、体形和衣着都不相同,有些穿着很旧的服装,还有的衣衫褴褛,甚至有两个完全没穿衣服,也没有性特征,身上光溜溜一片,似乎区分他们性别和人类特征的一切都被清除。尽管如此,我已经可以根据身体的大致形状区分出他们有些是女性，当然还有些个子小的是孩子。我甚至看见他们之中有一个闪亮的白色身躯形似一条狗。

跟我觉得呼喊他们不明智一样，我觉得当时等在原地也不明智。我明白，他们知道我在草丛中，正在寻找我。

我打破局势，开始逃跑，然后被他们发现，因为在我身后，那些没有嘴的面孔居然发出一种叫声，好像什么东西被鞋跟踩碎时发出的尖厉声音。

我听见他们穿过草丛奔向我，他们的脚重重踏在地上，仿佛一小群奔跑的犀牛在追我。我盲目地穿过高草丛，一回头才看见他们的数量比我预期的还要多。他们的身影冲出草丛，四面八方都是，已经近在咫尺。草丛里满是他们，他们的脸在发光，薄薄的皮肤里仿佛有一盏点亮的灯笼。

最后，有个地方的高草缺失了一块，露出一片土地。摆脱了烦人的草丛，空地让我松了一口气，但是这种放松的情绪转瞬即逝，因为我完全暴露出来，面前有更多那种被月光照亮的怪物快速向我跑来。我转身看见身后另外一些离我也很近，他们开始奋力奔向我，还有的从右侧向我包抄。

我只能从左侧脱身，远远绕过去，回到草丛中。说跑就跑，我使出了浑身力气。草地缓缓升起，我奋力爬上高地，是不久前我还找不回去的高地，它又重新出现，或者说，我误打误撞又找到了它。

攀爬时我脚下不断打滑，我向下扫了一眼，在诡异的光亮中，我发现自己的靴子正在一堆堆腐烂油亮的骨头上打滑。大地因为它们都变滑了。

我能听见那些怪物从后方接近我，用本该无法发声的无嘴脸孔发出声音，发出骇人的尖叫，震耳欲聋。

我几乎就要爬到坡顶，能看见高草在上方摇摆，在追我的那些怪物的叫声间隙，我能听见高草在风中低语。就在我爬到顶并从草丛里探出头、看见火车的时候，我被抓住了。

我时不时就会想起一个特别的情况，一想起来就会浑身颤抖，可是那些抓住我双腿的手像北极空气一样冰冷，我能够感受到寒气透过我的衣服，简直是冰冰凉。我尝试把他们踢开，可是根本没有用。他们抓住我的时候我已经摔倒，我攥着高地顶部的高草，草叶从我的手指间滑过，叶子边缘很锋利，像剃刀一样割进肉里，我能感受到温热的血液从我的指间流过，可我仍然紧紧攥住不放手。

我回头看见自己被好几只怪物抓住，那只像狗一样的紧紧咬住了我的鞋跟。我终于还发现他们并不是完全没有面目特征。至少他们拥有一种覆盖全脸的容貌特征。他们脸上在嘴的位置有一个开口，但是宽得令人难以置信，长着比鲨鱼还多的牙齿，又长又尖，其中很多歪歪扭扭，像是没有钉好的钉子，牙齿上还布满了陈年奶酪颜色的斑点。他们的呼气像厕所中的沼气一样升腾起来，刺激着我的眼睛。毫无疑问，我以为他们打算咬我，不知为何，我知道如果自己被咬，我不会被嚼碎吃掉，而是会变得跟他们一样，我的骨头会跟我的五官以及所有人类特征一起从身上消失。我还知道这些怪物最初来源于火车站、边境侦查队伍、冒险家和调查员，以及曾经穿越这些无人区来到这里的各色人等，尽管这里不仅地图上没有显示，而且人类也不曾知晓。我一下领悟这一切，瞬间就感到极为恐惧，似乎正是他们的触碰向我揭示了这一切。

我疯狂踢腿，想甩掉紧紧咬在我靴子上的狗形怪，免得葬身于此。我拼命挣扎，把牙齿踢掉，听见牙齿在清新的空气中断裂的声音。然后，一股暖意和光亮罩在我头上，我抬头看见那位铁路工人，他正拿着巨大的火把四下挥舞，把它撑在那些可怜且失落的灵魂布满牙齿的脸上。

他们呼号咆哮，嘶叫呻吟。不过火焰产生了效果，他们放开我，退回到起伏的草丛中，草丛为他们闪出道路，如同海洋吞没了水手。我看见狗形的怪物仿佛一只海豚，最后进入草丛，然后它和他们都不见了，光亮也都熄灭，月光失去了炫目的光彩，变成平常的样子。火把的光在我头上摇曳，我能感受到它的热量。

我记得接下来铁路工人把我拉上高地顶部，我瘫倒在地，像撒在地上的果冻一样颤抖。

"他们不喜欢这上面，先生，"铁路工人说着，把火把燃烧的一端顶在地上蹭了几下，把火熄灭，焦油的气味刺激着我的鼻孔，"对，他们一点都不喜欢。"

"他们是什么？"我说。

"我觉得你知道，先生。我是知道的，在内心深处我清楚，只是没法表达出来。但是我知道，你也知道。他们碰过我一次，不过谢天谢地，我只是接近那片草地，没有进去，不像你，先生。"

他领我往火车走，然后说："我本该更严肃地跟你强调，可是觉得你看起来挺明智，不像是到处瞎转悠的家伙。"

"真希望我没犯傻。"

"就像是看到了世界的另一面，是不是，先生？"他说，"更确切地说，我怀疑是世界的众多面貌之一呈现了出来，一个失落的小世界位于我们这个世界之中。火车常在这里抛锚，也有别人下车，我估计你今晚就遇到了一些，看见他们变成了什么样。至少我这样觉得，完全没有其他解释。迷途者，我看是。火车总是在这里停下或抛锚，通常都是蒸汽不足，原本再多到这里都会没有，我们不得不从头再烧起来。总是在夜里的这个时段，很少出现解决不了的故障，真的。还有一件事，如果乘客醒来，我就把所有的门都锁上，防止他们出来。我锁上普客车厢的两端，反正大部分乘客在这个时间不会醒来，不会在午夜之后醒来，只要在那个时间段之前入睡就不会醒来，而且都睡得很沉。午夜到凌晨两点之间，总是在这段时间出状况，火车在起伏的草地附近失去蒸汽。我猜当时我们没睡的这些人能看见一些别人看不见的东西，至少在这里能看见。这就是我的猜测。就像是在那段时间里开了一扇门。乘客有自己的位置和限制，可你是不会愿意去草地里的，真的，先生。你真走运。"

"谢谢。"我说。

"看来我忘记把你锁住了，或者锁不好使。对此我向你道歉。要是我没出差错，你就下不了车。假如有人没睡，发现房间锁着，我们就假装门卡住了，隔着门告诉他们早晨才能修好。有几位因此特别生气，都是我们在这儿停车时还没睡的乘客。可这是最有效的办法了，我相信你也同意我的看法，先生。"

"同意，"我说，"再次感谢，无以言表。"

"哦，不用客气。你几乎已经逃出草地，离坡顶也很近了，所以我帮你也很容易。我手边常备容易点燃的火把，他们不喜欢火，也不会过来靠近火车。据我观察，他们不离开草地。不过我跟你实话实说，假如我听见你的叫声离高地很远，那么，我就不会来救你啦，你会被他们抓走。"

"我尖叫了？"

"声音很大。"

我上车后走回包厢，身上还在颤抖。我检查了包厢门，看见门锁从外面被锁上，但是没法锁牢，只要稍微晃一下，门就能从门框上拉开。我就是这样出来的。

铁路工人给我拿了一点儿威士忌，我把门锁的情况告诉他，然后喝下了威士忌。"我马上修理门锁，先生。最好别再提起这一切，"他说，"没人会相信，可能会给跨乡村线路带来麻烦。你知道，人们还得出门旅行呢。"

我点点头。

"晚安，先生。好梦。"

鉴于刚刚发生的一切，这可真是个奇怪的祝福，我差点被逗笑。他关上包厢门离开，我望向窗外，只能看见那片草地在风中摇曳，草尖映着月光。

火车开始前进，很快我们就上路了。我的故事就讲到这儿，很久以前经历过之后，这是我头一次把它讲出来。不过我向你保证，我讲述的内容跟一九〇一年乘火车穿越西部荒野时发生的一模一样。

耿辉　译

圣诞满屋

约阿希姆·海因德曼斯

"比利!"利亚轻声说,"比利!醒醒!"

"干吗?"比利抱怨。虽然还看不懂时间,但是小比利望向窗外,能分辨出深夜已至,天空墨黑墨黑的,只有窗外轻轻飘过的雪花打破了这种沉闷的黑暗。

"你听见没有?"利亚问。

还没等比利问她在说什么,楼下沉重的脚步声就驱散了他尚存的睡意。他跟姐姐四目相对,两人都默默认定,那个声音只能代表一件事:圣诞老人来了。

没有再多说一句,比利和利亚蹬上拖鞋,轻轻离开卧室。他们走得小心谨慎,地板都不会咯吱作响。迈着平缓的步伐,他们慢慢走下楼梯,到达最底部之前,利亚停住脚步,蹲下来隔着栏杆的木挡偷看。比利以为姐姐看见快乐老顽童吃掉他们睡前放在盘中的曲奇,会高兴得面露灿烂的笑容。

可是她没有笑,没有任何表情。利亚微微张开嘴巴,茫然地望着客厅。比利来到她身旁,自己也看清的时候,仿佛一下掉进了冰窟窿。

圣诞树前站着一个瘦骨嶙峋的怪物，小心翼翼地用两根细长的爪子拿着一件装饰品。它的鲜红色皮肤松松垮垮地挂在看似脆弱的纤瘦体格上，细长脖子顶着乌龟一样的小脑袋，左摇右摆地沉迷于手中的玻璃玩偶。那是一只小小的米老鼠，身上穿着圣诞老人的服装，正用一支长鹅毛笔从一份名单上划去名字。它把米老鼠举到面前，张开了此前一直没有露出的两个大鼻孔。怪物可以像孩子紧闭双眼一样闭合鼻孔，但似乎无法闭上自己的眼睛。它巨大的黄眼珠占据了大半张脸，然而不曾眨过一下。

玩腻了装饰玩偶，这只瘦怪物轻轻把它挂回原来所在的松枝上，然后转身去看别的东西。大眼睛的目光落在了盘中的曲奇和那杯牛奶上，它伸出只有两根指头的手，捏起杯子，然后张开了血盆大口。一根可以盘绕的长舌头瞬间伸进杯子，几秒钟就吸光了牛奶，只留下一团雾气，仿佛瞬间把牛奶蒸发一般。怪物端起盘子放进嘴里，曲奇也落得同样下场。等它掏出盘子，所有的曲奇都不见了，就连极细小的碎渣都没剩。

利亚紧接着轻轻发出一声惊呼，这可吓坏了比利。这声惊呼极其轻微，只有最警觉的成年人或者护卫犬才会听见，即便听见，他们也不会多想。可是这只红色怪物听见了动静，猛地把头转向他们，圆睁着凶恶的眼睛，注意到两个幼童一起蜷缩在楼梯的末段。

怪物开始朝他们爬去。它依靠关节行走，尽量收好弯曲的长腿，避免撞翻家具。比利想跑回自己的房间隐藏起来，但是一动都不能动。利亚坐在那里，跟弟弟一样呆住，红色怪物走近时，她吓得嘴唇发抖。然后怪物停下脚步，弓着背从上往下逼近他们俩，比利都能数出它胸前的肋骨和脖子上凸起的椎骨。他以为自己要哭出来了，可是盯着那双黄眼睛却又让人莫名地感到宽慰。怪物转向利亚。

"利……亚……"它哼着嘶哑的声音说，"乖。"

怪物向后仰头，发出喀喀作呕的声音，仿佛一只猫在排出毛球。它的喉咙鼓胀，好像要吐出一个大球，同时雪白的泪水从它的眼中流下来。接着，它毫无征兆地吐出一个金银两色包装的盒子，上面沾的黏液几秒钟就挥发掉了。然后它转身面对比利。

"威……廉……"它低沉地说，"乖。"

两个孩子惊愕地看着怪物重复刚才的过程，这次它从嘴里吐出来的是一个细长盒子和三个一套的小盒。结束之后，怪物气喘吁吁，它伸出双手分别放在姐弟两人的头顶，用细长的爪子揉了揉他们的头发。

"要……乖……"它低声嘀咕，然后四肢并用钻进烟道，爬了上去。它消失的一瞬间，孩子睡前早已熄灭的炉火重新燃起，他们俩能听见微弱的铃声逐渐消失在十二月的寒夜里。

比利感觉自己又能动了，尽管还没有从刚才的经历中回过神，但他实在好奇，便起身打开怪物吐出的盒子。他飞快地扯下包装纸，看到几周前就想要的西尔维拉多火车套装时，脸上露出快乐的笑容，三个小盒子里各装了一节额外的车厢。不过利亚发现，自己的盒子里装着一个小苏茜的娃娃。她曾向圣诞老人许过这个愿望。

两个孩子拿着他们的新玩具上楼,回到共用的卧室,躺在床上时也没把新玩具放下。然而两人谁也睡不着,因为他们紧紧抱住礼物的同时,都在好奇同一件事。

他们要是不"乖"呢?

耿辉 译

救生舱

哈兰·埃里森

特伦斯把机器人看不见的右手沿着体侧挪上来。三根断裂的肋骨痛如刀割,他因此短暂地瞪大了眼睛,然后恢复过来,闭上眼睛,最后才眯着眼睛打量这台机器。

如果眼球动一动,我就死定了。特伦斯想。

救生舱在周围发出复杂的噪声,把他重新拉回眼前紧迫的处境。他的眼睛再次紧紧盯住机器人岗位旁边墙上固定的药箱。

都是老生常谈了,如此接近却又如此遥远,他想,本可以直接返回心大星基地获救。一个疯狂的笑声响彻他的脑海。他及时制止住自己。放轻松!三天是一场噩梦,但崩溃只会更快完蛋。这是他最不希望看到的事情,但眼下的情况不能再继续了。

他弯了弯右手手指,这是身上唯一能动的部位。他默默地诅咒那个让机器人投入使用的技术人员,或者是为了从政府合同中捞钱而推动把劣质机器人装入救生舱的政治家,或者是上次巡视但没打算仔细检查的维修人员。所有这些人,他诅咒他们所有人。

他们都该骂。

可他却要丧命。

特伦斯到达救生舱之前就已经踏上死亡之路，投入战斗时就已经走向死亡。

他完全闭上眼睛，逐渐屏蔽周围的救生舱噪声。慢慢地，冷却剂汩汩流过墙壁管道，中继器不停地传送银河系各地的信息，天线立柱呼呼作响，在球形罩顶部的插槽里转动。慢慢地，它们融入静默。过去三天里，他曾多次把自己与现实隔开。要么这样，要么跟盯着他的机器人共处，最终他不得不移动，移动就意味着死亡。道理就这么简单。

他避开救生舱的噪声，倾听自己内心的低语。

"天哪！他们肯定有一百万人！"

太空服通信系统响起中队长雷斯尼克的声音。

"那到底是什么战斗队形？"另一个声音说。特伦斯看了看雷达屏幕，看了看代表奇本飞船的光点。

"都是毒蘑菇一样的飞船，谁能分辨出来呢？"雷斯尼克回答，"不过记住喽，整个伞状前端都布满了火炮，而且射程很远。好了，各自小心，祝你们好运——让他们见鬼去吧！"

我们直冲向奇本舰队。

战争的声音跨越宇宙空间的鸿沟，传入他的意识。这都是想象，在那座坟墓里没有声音。然而，当他的侦察舰把一束又一束激光射向奇本舰队领头的飞船时，他可以清晰地感受到激光炮的嘶吼声。

他的狙击手级侦察舰已经接近了人类飞船方阵的端点，像楔子一样插进以松散的战斗队形向他们聚拢的外星飞船。就在这时，有情况发生。

前一刻，他还一直在往战斗的中心冲，奇本巨型旗舰的左翼在他的猛烈攻击下变成了深红色。

下一刻，他被甩出了减慢速度的舰队，此举是为了让奇本飞船飞过头，而地球舰队则减速以提高机动性。

他以原来的高度和速度继续往前飞，直接撞向一艘毒蘑菇形状的奇本驱逐舰的前炮。

第一束激光击落了船头的炮架和定向设备，光束一甩就切下了船尾，就像在切割氧化镀铬金属板一样。他设法避开了第二束激光。

他的无线电通信很简短：他尽量赶回心大星基地。如果不能，舰队将从他可能迫降的任何小行星搜寻救生舱的归队信标。

这正是他的经历。星图显示，旋转的岩石小行星的正式名称是1-333、2-A、M&S、3-804.39#，如果不是数据后面的#号表示在其表面某处有座救生舱，这串符号意仅代表它的三维坐标。

他讨厌在战斗中掉队，讨厌迫降到有救生舱的小行星上，然而更害怕没弄清自身方位就耗尽燃料，最终流落太空并成为某颗小型恒星的人造卫星，所以他顾不了太多。

这艘飞船用最小的减速推进力平降落地，高高弹起两次又碰撞了十次，尾部撞掉了大块的碎片，不过在距离救生舱两英里的地方停下来，撞进了岩石里。

特伦斯在空旷且没有空气的小行星一步步高高跃过两英里，来到岩石堆里密封的球形舱前。他最主要的想法是设置救生舱的信标信号，以便返回的舰队能够追踪到他。

他进入减压室，隔着厚厚的宇航服手套摸索开关，听到空气呼啸着进入减压室时，他终于摘下头盔。

然后他脱下手套，打开内门，进入了救生舱。

上帝保佑你，小救生舱，特伦斯在放下头盔和手套时想。他环顾四周，注意到中继器从外面接收信息并分类转发到别处。他看到药箱固定在墙上，明白如果没有求救者用光管理员补充的物资，那么冰箱里会有充足的食物。他看到万能机器人在它的岗位上一动不动，还有墙上的计时钟，它的表盘被打碎。他转眼间就把这一切尽收眼底。

上帝也要保佑那些提出到处设置此类救援小站的先生，眼下这种紧急情况正是救生舱要处理的。他一边想一边已经开始走进房间。

就在这时，服务机器人，也就是没有求生者来此时维护这座救生舱并从飞船上卸下物资的机器人，已经叮叮咣咣地从地板上走过来，用力挥动可怕的钢臂，把特伦斯揍到了房间对面。

这位宇航员一下子撞到钢制隔板上，背部、体侧、手臂和大腿上剧痛不已。机器人的打击瞬间折断了他的三根肋骨。他躺了一会儿，无法移动，有几秒钟他被吓得无法呼吸，当然，正是这一点救了他的命。他因为疼痛无法动弹，在那段短暂的时间里，机器人退了回去，体内齿轮碰撞出沉闷的声音。

他试图坐直，机器人发出奇特的嗡嗡声并开始移动。他停下动作，机器人又撤了回去。

他又试了两次才相信，自己的处境和猜想的一样糟糕。

机器人电路板的某个地方已经出现老化的情况。它抬起伤者的指令被删除或歪曲，所以现在它习惯于砸碎或打击任何移动的物体。

他看到了那个钟，意识到看见它被砸碎的表盘时，就应该怀疑出了问题。当然了！数字表盘变化，机器人就砸它。特伦斯动了，机器人也砸他。

如果他再动，机器人还会再砸。

不过除了不知不觉地动动眼睑之外，他已经三天没有动过了。

他曾试着向减压室移动，在机器人往前走时停下来，等它回到原位，然后再移动，一点点靠近。但他刚一动，这个想法就被打消了。他的肋骨太疼了，疼痛剧烈无比。他被困在一处，保持难受的扭曲姿势，直到僵局以某种方式结束。

突然，他又警觉起来。过去三天的经历把他一下拉回现实。

他离通信面板有十二英尺远，离引导救援人员找他的信标有十二英尺远，但是需要赶在他死于伤痛之前，死于饥饿之前，死于机器人的暴打之前。尽管他可以更接近，但距离还有可能是十二光年。

这个机器人到底出了什么问题？花时间思考也没有用。机器人可以检测到运动，但大脑还是可以转动。不是说它管用，只是思考不受限制。

为救生舱补充需求物资的公司都是跟政府签约的。在整个链条的某个环节上，有人用了不纯钢铁或者准许电路切割机做更廉价的工作；在某个环节上，有人没有按正确的步骤操作机器人；在某个环节上，有人犯下了谋杀罪。

他再次睁开眼睛，仅仅是一道极细微的缝隙。再多睁一点机器人就会检测到他眼皮的动作，那会要了他的命。

他看着这台机器。

严格来说，它不是机器人，只是一大坨受遥控的接合钢铁，非常善于铺床、捡盘子、照看培养皿、从飞船上卸货和清洁地毯。机器人的身体大致是人形，但没有人类的脑袋，只有一个附属部件。

真正的大脑位于墙后，是由塑料屏幕和印刷电路组成的复杂迷宫，将这些脆弱的部件安装在一个重型机器上太过危险。机器人很容易掉下装载井，或者被陨石击中，或者被失事飞船压住。因此，机器人的附属部件上安装了一些感应单元，可以"看见"和"听见"正在发生的事情，并将它们转送给墙壁后面的大脑。

在整个回路的某个地方，这颗大脑在电路中形成了太深的沟回。它现在已经疯了，不是像人类那样，因为机器有无数种方式发疯。它只是刚好疯狂到足以杀死特伦斯。

"即使我可以用什么家伙打这个机器人，也不能阻止它。"他想。也许他可以在机器接近他之前向它扔东西，但这一点儿用都没有。机器人的大脑仍然会完好无损，附属部件将继续工作。这个办法没希望。

他盯着机器人结实的大手，似乎可以在一只手的多节工具手指上看到自己的血。他明白这肯定是自己的想象,然而这个想法他挥之不去。他弯了弯藏好的那只手的手指。

煎熬了三天之后,他因饥饿而变得虚弱和眩晕。他晕头转向,眼睛持续灼痛,他一直躺在自己的污秽物中,最后都不觉得恶心。他体侧不断地抽痛,每次呼吸都像是一座熔炉在他体内爆炸。

他还穿着宇航服,避免了呼吸的动作招来机器人的暴打,为此他感谢上帝。眼前的僵持只有一个出路,那就是他的死亡。此时他几乎已经神志不清。

在过去的一天里,有好几次——就跟他能在没有时钟或太阳的情况下判断出白天和黑夜一样——他听到了外面舰队登陆的轰鸣声。然后他意识到,在死寂的太空里没有声音。然后他意识到,他们都在中继器内部,通过亚空间直接进入救生舱。然后他意识到,这种事情根本不可能。然后他恢复理智,意识到之前发生的一切只是幻觉。

然后他清醒过来,明白这都是真的。他被困在此处,无路可逃。死亡已经来到他身边,他必死无疑。

特伦斯从来不是一个懦夫,也不是一个英雄。他是那种因为觉得战争总得有人来打就上阵的人。他这种人允许自己跟妻子和家庭分别,被派遣到深邃太空,以保卫他被告知需要保卫的一切。然而正是在这样的时刻,特伦斯这种人才开始思考。

"为什么在这里?为什么会这样?我做了什么才导致自己要在一颗迷失的太空岩石上穿着肮脏的宇航服牺牲——而且不如他们在家乡的报纸上描绘得光荣,而是在一个疯狂的机器人身边独自死于饥饿或失血？为什么是我？为什么是我？为什么只有我？"

他知道不可能有答案，也没指望得到答案。

他也不是失望。

醒来时，他本能地看了看钟。破碎的盘面似乎也在看着他，把他吓了一跳，迫使他从睡醒后的恐惧中睁开眼睛。机器人嗡嗡作响，溅出一个火花。他继续睁着眼睛，嗡嗡声停止，眼睛开始灼痛。他知道自己没法一直睁开很久。

灼痛影响到他眼睛前部，从上到下，让他流出泪水。那感觉就像有人把针刺进眼角膜，泪水从他的脸颊流过。

他猛地闭上眼睛，耳中的轰鸣声在变大。机器人没有发出任何动静。

它可能失效吗？它有没有可能已经损坏，所以动不了？特伦斯能抓住机会试一下吗？

他滑落到一个更舒适的姿势。他一动，机器人就向前冲，他只好半道停住，内心冷得像一块冰。机器人糊里糊涂地停下，距他伸出的脚不到十英寸。机器自顾自地嗡嗡作响，声音既来自特伦斯眼前这台机器，也来自墙后某处。

他突然警觉起来。

附属装置如果工作正常，几乎或完全不会发出声音，墙后的大脑也不会有任何声音。但它工作不正常，思考时发出很明显的声音。

机器人后撤，"眼睛"仍然盯着特伦斯。这台机器的球形感觉器官安装在躯干上，所以它看起来像一只蹲着的金属怪兽，方方正正，充满杀机。

嗡嗡声越来越大，时不时有明显的"啪啪"打火花的声音伴随其间。一想到短路、救生舱着火和服务机器人不来灭火，特伦斯就陷入一阵惊恐。

他仔细倾听，试图确定机器人大脑安装在墙里的位置。

然后他觉得自己找到了。它在那里吗？要么在冰箱旁边的墙板后面，要么在中继器附近的墙板后面。这两个可能的安装位置相距几英尺，但结果有可能会相差很大。

大脑前遮挡的钢板上映出扭曲的形象，机器人向大脑传输信号发出让人分心的背景噪声，他因此难以准确判断哪个是正确的位置。

他深吸一口气。

肋骨随之微微动了一下，折断的地方相互摩擦。

他疼得直叫。

痛苦的尖叫声很快消失，但是还在他的脑海中来回跳动、回荡，形成了一曲极度痛苦的颂歌！舌头被迫从他的口中伸出，无力地搭在嘴角，微微地移动。机器人走向前。他缩回舌头，闭上嘴，在最高音处止住了脑海中的尖叫！

机器人停下来，退回了它的岗位。

"啊，上帝！疼啊！上帝上帝你在哪儿，疼死我了！"

他身上冒出了汗珠。在宇航服里、套衫里、内衣里和皮肤上，他能感觉到汗珠令他发痒。难以忍受的皮肤瘙痒突然加剧了肋骨的疼痛。

他在宇航服内微微移动，外表丝毫没有显示出任何迹象。

瘙痒并没有消失,他越是想止痒,越是想着不去想它,瘙痒就越严重。他的腋下、臂弯和大腿上贴着紧身工作裤的地方——突然变得特别紧——都痒得把人逼疯。他必须得挠一挠!

他几乎要动手,但还是忍住了。他知道自己绝不会活到解脱。他脑海中冒出一个笑声。"全能的上帝啊!我总是嘲笑那些饱受疥疮折磨的邋遢鬼,那些在检阅中立正时总是微微扭动的家伙,那些可以抓挠并心满意足感叹的人。上帝,我多么羡慕他们。"他的想法呈现出一种狂野的声音,甚至他自己都能听见。

瘙痒没有止住,他微微扭动着身体,更难受了,他再次深呼吸。

肋骨又相互摩擦。

这一次,他幸运地在疼痛中晕厥。

"那么,特伦斯,你觉得自己对奇本的第一印象如何?"

厄尼·特伦斯皱起额头,用一根手指划过侧脸,看着指挥官,耸了耸肩说:"奇妙的生物,不是吗?"

"为什么奇妙?"

"因为他们就像我们一样。当然,除了亮黄色素和触手手指。除此以外,他们跟人类一样。"

指挥官把考察室调整为不透明,从一个银色盒子里抽出一支烟,又递给中尉一支。他点燃吸了一口,因为烟熏而闭上一只眼睛观察。"恐怕不止如此。他们的内脏看起来就像被人取走,随意地混合几个其他物种的备用器官,然后再怎么方便就怎塞回去。在接下来的二十年里，我们将一起为弄清他们的新陈代谢原理而想破头。"

特伦斯哼了一声，用两指轻轻搓着未点燃的香烟。"这是最基本的。"

"没错，"指挥官同意，"在接下来的一千年里，我们将试图弄清他们如何思考，为什么战斗，如何与他们相处，他们有什么企图。"

"如果他们让我们活那么久的话。"特伦斯想。

"我们为什么要和奇本打仗？"他问前辈，"我想问究竟是为什么。"

"因为奇本想杀死他们识别出的每一个人类。"

"他们对我们有什么不满？"

"这重要吗？也许是因为我们的皮肤不是明亮的黄色；也许是因为我们的手指不够柔软灵活；也许是因为他们嫌我们的城市太吵。也许有很多的也许，但这不重要。你必须得生存的时候，生存才重要。"

特伦斯点了点头。他明白，奇本也是一样。奇本朝他微笑，调动炮火，近距离射击，奇本飞船的外壳都变成深红色。

他掉转方向，避免撞进自己炮火的反冲。凹背座椅在轨道上滑动，在飞船机动时让他的视场保持稳定，但也让他感到眩晕。他闭了一会儿眼睛。

当他睁眼时，深渊更近了，他摇摇欲坠，努力稳住自己，紧闭的嘴唇已经发白。伴着猛的一声惊呼，他向前摔倒在地。他柔软纤长的手指结实地并在一起，越过舱壁后方的挡板，在嘈杂的碰撞声中伸向药箱。

机器人不断向他前进，细小的金属部件相互摩擦。这台机器朝他的脸抬起铅靴时，一下子灰飞烟灭，化为一股不知从何而来的微风。

他不断前进，直到无处可去。

灯光点亮，很亮，比特伦斯见过的任何星星都亮，机器人的胸前有一个光球在发光、发热、闪烁、耀眼、晃动。它摇摇晃晃，跌跌撞撞，迈步前行。

机器人发出嘶叫、嗡鸣，炸成百万个高速飞出的碎片，射出的光束照耀深渊，特伦斯在边上摇摇欲坠、岌岌可危。他疯狂地挥舞手臂，想要逃离，然而在最后一刻，眼看就要坠落……

他猛然惊醒！

昏迷拯救了他。即使在噩梦中的地狱里，他也意识到了现实的危险。没有在神志不清时呻吟和挣扎。他一动不动，保持沉默。

他知道那是真的，因为他还活着。

只有醒来时，他才被惊得抽搐了一下，引得那个恶魔离开它的岗位。特伦斯完全清醒过来，斜倚着墙，静静坐在那里。机器人又退回去。

微弱的呼吸经过他的鼻孔。再过一会儿，他就会结束这三天——三天还是更久？他睡了多久？——以来的痛苦折磨。

他很饿。老天，他太饿了。体侧的疼痛此刻更加严重，持续的抽痛让浅浅的呼吸也变成了煎熬。他痒得要发疯，难受地背靠在冰冷的钢铁壁板上，仿佛每颗铆钉都在他皮肤上钻了一个洞。他真希望自己已经死掉。

其实他不希望自己死。要如愿以偿简直轻而易举。

只要他能让机器人的大脑失效，可这完全不可能。这就好比让他戴上火卫一和火卫二来装饰表链，跟来自佩纳雷斯的硅美女同居，用自己大号的结肠做套索。

要想在机器人出动并再次殴打特伦斯之前充分损坏并阻止附属部件工作，就得彻底摧毁它的大脑。

可他和机器人大脑之间隔着一块钢板，他每次尝试成功的概率加一块儿也还是零。

他思索机器人会先砸自己身上哪个部位。如果再使用那只工具手就会一击致命。以他现在的伤情，用力呼吸也许都会要了他的命。

也许他可以出其不意地逃跑，钻进气密过渡舱的减压室……

没有用，因为（1）按目前的状况，还没等他站起来机器人就会抓住他；（2）即使有奇迹发生，即使他真的进入气密过渡舱，机器人也会砸开舱口，让它漏气，毁掉这套设备；（3）即使发生双重奇迹，机器人没有打砸，这对他有什么用呢？他的头盔和手套都在救生舱，而且在小行星上也无处可去，飞船已经坠毁，所以也发不出求救信号。

厄运突然变得更加沉重。

他越想就越肯定，自己的生命之光很快就会熄灭。

生命之光熄灭。

生命之光熄……

生命之光……

……光……？

噢上帝，这可以吗？能行吗？我想到了一个办法？他感叹办法简单易行，足足等了他三天多。它是如此简单，简单到了不起。仅仅是因为单纯的喜悦，他几乎无法控制自己保持不动。

我不聪明，也不是天才，为什么我会想到这个办法？过了几分钟，这个杰出的解决方案还是让他难以置信。一个没我聪明的家伙也能轻而易举地解决这个问题吗？一个更聪明的家伙早就解决了吧？然后他想起那个梦，梦中的光。不是他解决了这个问题，而是他无意识的过程解决的。答案一直都在那里，但他离得太近，视而不见。他的大脑被迫想出一个办法来告诉他。幸运的是，它做到了。

说到底，他并不关心如何想到这个办法。如果特伦斯的上帝与此有关，那么他已经听到了呼声。特伦斯绝对算不上信教，可这一奇迹足以让他成为信徒。问题还没有解决，但办法就在眼前——的的确确是一个办法。

他开始自救。

他慢慢把远离机器人视线的右手移到腰带处，慢得令他感到痛苦。腰带上挂着宇航员在飞船上随时需要的组合工具：一把扳手，一包推迟睡眠药，一个指南针，一台盖革计数器和一支电筒。

最后这件就是奇迹，奇迹就在电筒里。

他几乎是虔诚地用手指摸到电筒，然后在一阵狂喜中取下来，在机器人"眼"中仍然一动不动。

他把电筒拿在身边，稍微离开一点距离，隔着太空服腿部的凸起指向上方。

机器人如果看他，只会看到套着太空服的一动不动的大腿，他的任何动作都会被遮住。对机器来说，他静止不动。

那么，他疯狂思考，大脑在哪里？

"如果在中继器后面，我还是死定了；如果在冰箱附近，我就得救了。"他想。他担不起任何风险，不得不动一动。

他抬起一条腿。

机器人向他走来。这次的嗡嗡声和火花声更加明显。他放下了那条腿。

机器人大脑在冰箱上方的挡板后面！

机器人停下，几乎来到他身边，几秒钟后做出决定。它嗡嗡作响，打着火花，回到自己驻守的岗位。

现在特伦斯弄清了！

他按下按钮。电筒无形的光束一跃而出，射向冰箱上方的隔板。他一下下按动按钮，清晰的光圈在救生舱毫无特征的金属墙壁上出现、消失、出现、消失。

机器人噼啪作响，从它的岗位驶出。它看了特伦斯一眼，很快改变方向，朝冰箱碾压而去。

钢拳大力画出一道弧线，"咣"的一声砸在光斑闪烁的地方，响声震耳欲聋。

它一次又一次地挥拳，直到舱壁被凿漏、砸碎、打开，后面精致的线圈、挡板、电路和存储模块都变成了废物和垃圾。

最后机器人僵在那里，它的手臂正准备再次击打，然后便死掉不动了。大脑和附属部件都停止了工作。

即便如此，特伦斯也没有停止按动按钮，仍然疯狂地按个不停。

然后他意识到这一切都结束了。

那个机器人已经死掉，他还活着，会有人来救他。他对此深信不疑。这下他可以哭了。

透过眼中的泪光，他看到药箱似乎变得更大。

中继器也在对他微笑。

上帝保佑你，小救生舱，他想着想着就晕了过去。

耿辉　译

溺亡的巨人

J. G. 巴拉德

暴风雨过后的一个早晨，溺亡的巨人尸体被冲到城市西北方五英里外的海滩上。最初是附近一位农民传来尸体出现的消息，随后本地的新闻记者和警察加以确认。即便如此，包括我在内的大多数人仍然持怀疑态度。然而越来越多的目击者归来后，证实了巨人庞大无比，也彻底勾起了我们的好奇心。两点刚过，我和同事向海边出发时，我们开展研究工作的图书馆几乎空无一人。这一整天，全市都在流传着关于巨人的各种说法，所以不断有人离开办公室和商店去观看。

等我们来到海滩高处的沙丘，一大群人已经聚集在那里，我们能看见尸体就躺在二百码外的浅滩上。起初对巨人身材的估计夸大了很多，后来海水退潮，几乎整个巨人的身躯都暴露出来，不过他似乎比一只姥鲨大那么一点点。他仰面躺着，手放在身侧，姿态安详，仿佛睡在一片镜子般的湿沙滩上，泛白皮肤的倒影正随着潮水一起散退，在明媚的阳光下，他的尸体像海鸥的白羽一样闪闪发光。

我和同事不满于人群中一本正经的解释，难以理解眼前的奇观，于是我们走下沙丘，来到卵石滩。所有人似乎都不愿意靠近巨人，不过半小时后，两个穿着水靴的渔人走出人群，穿过沙滩。随着他们渺小的身形靠近躺倒的尸体，旁观者突然在一片哗然中谈论起来。跟巨人一比，那两个人完全变成了侏儒。尽管他的脚后跟部分埋在沙中，但是双脚立起的高度至少是那两个渔人身高的两倍。我们立即觉察出，这个溺亡的庞然大物有着跟最大的抹香鲸一样的尺寸和体重。

眼前已经有三艘渔船返航，高高的龙骨距离岸边还有四分之一英里，船员们正在船头眺望。岸边的旁观者很慎重，没有蹚过浅滩，但所有人都渴望近距离观看，于是便急切地走下沙丘，在卵石滩上等待。巨人身体周围的沙子已经被冲走，形成一个坑洼，仿佛他是从天空而降一般。两个渔人站在双脚下巨大的沙质基座之间向我们招手，如同游客游览尼罗河上某座水漫过的庙宇，行走在立柱之间。一刹那，我害怕巨人只是睡着，可能会突然惊动，并拢脚跟。可他无神的眼睛凝望着天空，不知道双脚之间站着自己的微型复制品。

接下来渔人开始围着尸体绕行，从白色的长腿旁边经过，停下来仔细检查手心朝上的手指，他们消失在手臂与胸廓之间，然后又重新出现，去观察头部。他们用手遮挡阳光，抬头凝望巨人古希腊风格的侧脸。矮额头、笔挺的鼻子和曲线嘴唇让我想起一件罗马人复制的普拉克西特列斯[1]雕塑，鼻孔仿佛优雅的象形茧，更加凸显了跟不朽雕塑杰作的相似性。

---

1 公元前四世纪古希腊著名雕刻家。他以青铜和大理石为雕塑材料，作品以优雅、柔和的人像而著称，是第一个塑造裸体女性的雕刻家。

突然,人群中爆发出一声叫喊,好多人抬手指向大海。我吃惊地看见一个渔人已经爬上巨人的胸膛,此时正四处走动并向岸上示意。人群中掀起一阵惊讶和喜悦的喧嚣,所有人都向前拥动,冲过浅滩,飞溅的卵石淹没了人声。

我们接近仰卧的身体,他正躺在大小跟一块农田相当的水面上,我们兴奋的交谈再次平息,这个死亡巨人的庞大身躯令我们陷入沉默。他稍稍歪斜地伸展在岸边,双腿被冲得离海滩更近,这种显小的透视效果掩盖了他真正的体长。尽管两个渔人站在他的腹部,人群还是围成一大圈,三四个一组试探着朝他的手脚靠近。

我和同伴们绕到巨人靠海的那一侧,他的臀部和胸部像搁浅的船体,高出我们许多,珍珠色的皮肤因为浸泡海水而肿胀,掩盖了大块的肌肉和筋腱的轮廓。我们经过稍有弯曲的左膝下方,一簇簇潮湿的海草粘在膝盖侧面。一条稀疏编织的厚围巾已经被海水漂成淡黄色,松垮地横搭在腹部,为他略微保留了一点体面。一股强烈的盐渍气味从被阳光晒干的织物上散发出来,跟巨人皮肤上浓郁的甜美气息混合在一起。

我们在他的肩膀处停下脚步,抬头注视他一动不动的侧颜。他的嘴唇微微开启,睁开的眼睛阴翳浑浊,仿佛被注入了某种蓝色的奶液,但是鼻孔和眉毛的精致弧线为这张脸赋予了华贵的魅力,跟胸膛和肩膀展现的野性力量格格不入。

他的耳朵高悬在我们头顶上方,仿佛雕刻出的入口。我伸手触摸悬垂的耳垂,这时有人从前额侧缘探出头,对着我叫喊。我被这诡异的场面吓到,后退了一步,然后看见一群年轻人已经爬到巨人脸上，互相横冲直撞。

此时人们已经爬到巨人身上的各个部位，他平放的手臂被当做一段双层楼梯使用，大家从掌心沿着小臂走到臂弯，然后爬过高高隆起的肱二头肌，来到便于走动的平坦胸肌，这部分覆盖了光滑没有毛发的胸膛的上半部分。从这里他们可以爬上脸庞，一点点地沿着嘴唇和鼻子行走，也可以冒险向下，沿腹部去加入其他已经跨坐在脚踝和行走在两条柱状大腿上的人们。

我们穿过人群，继续绕行，停下来查看巨人伸出的右手。一小汪水残留在掌心，仿佛是另一个世界的遗迹，此时正在被登上这条胳膊的人踩踏溅开。我努力分析皮肤上刻画的掌纹，寻找巨人性格特征中的一丝线索，但是组织的膨胀几乎抹光了它们，带走了巨人所有的身份特征和他最后的悲剧性处境。手上巨大的肌肉和腕骨似乎在替主人拒绝一切感伤，然而精致的手指曲线和精心修剪的指甲——每个指甲都对称地多留出不到六英寸的长度——展现出一定程度的高雅气质，这种气质也呈现在古希腊风格的面部特征中，然而此时，小城居民却像苍蝇一样坐在他的脸上。

一个年轻人甚至就站在他的鼻尖上，晃动着平伸的手臂保持平衡，朝下方的伙伴大喊，然而巨人的表情仍然无比沉着。

回到岸边，我们坐在卵石滩上，看着持续不断的人流从城市来到这里。六七艘渔船已经返回到近海，船员们蹚过浅滩，想要仔细看看被暴风雨送来的庞然大物。后来一伙警察来到沙滩上，敷衍地想要封锁海滩，但是走到躺倒的巨人跟前时，任何警戒的想法都已被抛到九霄云外，然后他们集体离开，还不时一脸茫然地回头观望。

一小时后，海滩上聚集了有一千人，至少有二百人站在或坐在巨人身上，挤在手臂和双腿上，或者在整个胸部和腹部不停地打闹。一大群年轻人占据了头部，在脸颊上互相推搡，顺着光滑的颌部滑下。两三个人跨坐在鼻子上，还有一个人爬进鼻孔，在里边学狗叫。

那天下午警察又回到海滩，在人群中为一队来自大学的科学家开路，他们都是大体解剖学和海洋生物学的权威学者。那群年轻人和其他大多数人从巨人身上爬下去，剩下几个顽固分子还站在脚趾和前额上。专家们在巨人周围大步绕行，热烈磋商点头，警察在他们前方开路，推开迫近的旁观者。来到张开的手掌时，那名高级警官主动要帮他们登上去，但是专家们急忙表示反对。

他们回到岸上以后，人群再次爬到巨人身上。我们五点钟离开那里时，他们已经把巨人完全占领，挤满双臂和双腿，仿佛一群海鸥密密麻麻地聚在一条死去的大鱼身上。

三天后我又一次造访海滩，我在图书馆的朋友已经重拾工作，他们委托我持续观察巨人并准备一份报告。或许是他们感受到我对此事产生了特别的兴趣，当然毫无疑问，我迫切希望返回那片海滩。这与恋尸癖无关，因为对我而言，无论从哪方面来看，那个巨人都还活着，的确比很多围观者更加鲜活。我发觉他如此迷人的原因部分在于极大的身材，四肢所占据的大量空间，这似乎确认了我四肢微小的特征，不过更重要的，纯粹就是他存在于世上这个绝对的事实。不管我们的生活中还有什么其他事情可以公开质疑，巨人死也好，活也好，他都是绝对的存在，让我们稍微感受了一下类似的绝对真理造就的世界，而沙滩上我们那些旁观者都是非常不完美的渺小复制品。

我来到海滩时，人群数量已经少了很多，二三百人坐在卵石滩上野餐，或者观看群群游客动身走过沙滩。后续的几次潮水把巨人进一步冲向岸边，推动头部和肩膀更接近海滩，所以他似乎又大了一倍，巨大的躯体让脚边停放的渔船显得相形见绌。海滩不平整的地形把巨人的脊柱撑起一个微小的弧度，导致胸腔扩张，头部后仰，迫使他形成一个更加明显的英勇姿态。海水的作用和组织肿胀的效果相互结合，让脸庞显得更光滑，没有那么年轻。虽然无法根据巨大的五官评估巨人的年龄和性格，但是我上次来看时，古典模特风格的嘴巴和鼻子表明，他曾是个温和谨慎的年轻人。不过此时他显得至少已经初入中年。肿胀的脸颊、增厚的鼻子和太阳穴、变窄的眼睛都带给他一种养尊处优的成熟样貌，甚至现在都预示了加剧的腐朽即将降临到他身上。

巨人的性格特征在他死后得到加速发展，似乎他个性中的潜在因素在他在世期间获得了充足的动量，并在这简短的最终总结里释放出来，继续让我为之着迷。它标志着巨人屈服于严苛的时间体系，我们其余的人类在这套体系中找到了自身，如同破碎的旋涡中无数扭曲的水波，我们有限的生命也是这套系统的终极产物。我来到正对着巨人头部的卵石滩上，能看见新来这里的人和攀爬巨人四肢的孩子。

早晨的参观者中有许多人身穿皮夹克，头戴布帽，用专业的目光审慎地抬头端详巨人，用脚步丈量他的尺寸，在沙地上用石头和浮木粗略计算。我猜他们来自公务部门和其他市政机构，无疑是在思考如何处理掉这件巨大的海上残骸。

好几个穿戴潇洒的家伙、马戏团老板和类似人物都来到这里，双手插进长大衣的口袋，绕着巨人缓缓溜达，互相不说一句话。显然巨人庞大的身躯对于他们无与伦比的企业而言也是难以承受的。他们离去以后，孩子继续在四肢跑上跑下，年轻人在仰着的脸上摔跤，他们脚上沾的湿沙都蹭在白色的皮肤上。

第二天，我故意把参观巨人的时间推迟到午后。当我到达时，有五六十人坐在卵石滩上。巨人已经被冲到离海岸更近的地方，此时在七十五码稍远一点的地方，他的脚正挤压着腐朽的防波堤栅栏，坚实的沙滩形成一道斜坡，令他的身体略微倾朝大海，瘀青的脸庞被扭转成一个几乎像是清醒过来的姿势。卵石滩上的一口混凝土沉井用锁链绑着一台大金属绞车，我就坐在那上面观看下方躺着的巨大身躯。

他发白的皮肤此时已经失去了珍珠般半透明的光泽，身上的泥沙被夜里的潮水冲走，但是白天又被人沾得到处都是，大团海草填满了手指之间，一批垃圾和乌贼骨堆在屁股和双膝下方的缝隙里。不过尽管如此，尽管面貌特征在不断肿胀，巨人还保持着《荷马史诗》中描述的壮丽身姿。宽阔的肩膀和粗壮的四肢，仍然把他呈现在另一个维度上，这位巨人更像是一位淹死的阿尔戈英雄或者《奥德赛》中的英雄人物，而不是此前我头脑中刻画的人类大小的惯常形象。

我走到下方滩涂，蹚过一滩滩海水走向巨人。两个小男孩正坐在耳洞里，远端一个年轻人独自站在高高的脚趾上，趁我走过去时仔细打量着我。跟我推迟观看巨人时期待的一样，没有别人注意我，岸上的人仍然披着大衣挤作一团。

巨人手心朝上的右手里覆盖着泥沙和破碎的贝壳，其中还有许多脚印清晰可见。圆滚滚的臀部耸立在我旁边，把海景遮挡得严严实实。我此前闻到的甜美的强烈气味，此时更加刺鼻，透过晦暗的皮肤我能看见血管蜿蜒盘绕，里边的血液已经凝固，不管看起来多么让人心生厌恶，这种不停的变化如同死亡中呈现的生机，足以接纳我踏足尸体之上。

利用他伸出的拇指作为楼梯扶手，我爬上手掌并开始攀登。皮肤比我预期的要硬，几乎不受我体重的影响。我很快走上倾斜的小臂和二头肌呈球形隆起的大臂，溺亡巨人的脸渐渐展现在我右边，鼻孔幽深，巨大的颧骨侧围仿佛一座奇特的火山锥。

我稳稳绕过肩头，踏上宽阔平坦的胸肌，穿过像巨橡一样的胸廓骨质凸起。白色皮肤上斑驳地印着脚踩出来的深色瘀青，每个人的脚印形态都清晰可辨。有人在胸骨的中间堆了一小座沙堡，我踩上这座部分损毁的结构，从更好的角度观察他的脸。

那两个小孩正在攀上耳朵，爬进右眼眶，里边的蓝色眼球浸满了牛奶状的液体，并没有把两个小孩的渺小身躯看在眼里。我以倾斜的角度看着脸庞，原来的优雅与宁静全都不见了，绷紧的嘴以及一条条硕大肌肉撑起的脸颊类似于一艘遇难大船被撞碎的船首。我头一次注意到巨人身上这种极度的痛苦，不会因为他察觉不到肌肉和组织的瓦解就会有所减缓。巨人被毁的形象含有一种绝对的孤独，仿佛一艘船被抛弃在空旷的海滩上，几乎没有海浪的声音，他的脸也化作一张显得精疲力竭且无能为力的面具。

我向前走去时,脚踩进一团软组织,恶臭的气体从肋骨间的一道切口喷出来。难闻的气味像一朵云悬在头顶,我向后躲避,转向大海呼吸新鲜空气,结果惊讶地发现巨人的左手已经被截去。

我困惑不解地盯着发黑的残肢,而那个单独的年轻人斜倚在他的空中领地,从一百英尺外用残暴的目光审视着我。

这只是一系列劫掠的开始。接下来的两天我留在图书馆,出于某种原因不愿意再去海岸边。我心里明白,自己可能已经见证了一个伟大幻象走向终结。等我下次翻过沙丘、走上卵石滩时,巨人距离岸上只有二十码出头,曾经在远处,有一种魅力围绕着他被海浪冲刷的身躯,现在距离高低不平的卵石滩如此之近,那种魅力已经消失殆尽。尽管他身形巨大,可是覆盖身体的瘀青和泥沙衬得他只有人类大小,巨大的身材更加凸显了他的脆弱。

他的左手和左脚已经被切下并拖上山坡,然后用推车运走。问过挤在防波堤上的一小群人之后,我了解到一家肥料公司和一家家畜饲料生产商对此负责。

巨人剩下的右脚悬在空中,一根钢索固定在大脚趾上,显然是为第二天拖走做准备。周围的海滩上已经被许多工人弄得乱七八糟,巨人手脚被拖走的地方也留下了深深的沟壑。断肢处渗出一种深色的咸涩液体,沾染了沙滩和白色的乌贼骨。我走下卵石滩,看见灰色皮肤上刻着大量幽默标语、万字符和其他标志，似乎截断这个一动不动的巨人突然释放出一股被压抑的怨恨。一侧的耳垂被一根尖利的木材刺透，胸口中间还有一小堆已经燃尽的篝火，周围的皮肤都已经被熏黑，细腻的木灰正在被风吹散。

一股难闻的气味笼罩着尸体，这是腐败难以掩饰的标志，至少驱散了通常聚在这里的年轻人。我回到卵石滩，爬上绞车。巨人此时因为脸颊肿胀几乎闭上了双眼，抻得双唇大张。古希腊风格的挺拔鼻子已经扭曲扁平，被无数只脚踩进肿成气球一样的面孔里。

第二天我又到海滩时，几乎是放心地发现，巨人的头颅已经被移走。

接下来我再去海滩已经是几周之后，那时，我之前注意到的巨人身上与人类的相似之处再次消失。仰卧的胸部和腹部无疑跟人类类似，可是四肢先是从膝盖和手肘处被砍掉，然后是从大腿和肩膀处，剩下的躯干类似任何一种无头的海兽身体——鲸鱼或鲸鲨。巨人缺失了身份以及若即若离地依附在身体上的少量个性特征，旁观者的兴趣也被耗尽，海滩上只剩下一位上了年纪的拾荒者和一位坐在承包商小屋门口的守夜人。

一座松动的木质脚手架已经被竖立在尸体周围，上面伸出的十几架梯子在风中摇晃，周围的沙地上散落着一盘盘绳索、金属柄长刀和钩锚，卵石上沾着血液、碎骨和皮肤，显得滑腻腻的。

我朝守夜人点点头，他阴郁地隔着燃烧的炭火盆注视我。

小屋后面的一个容器里炖煮着大块的油脂，致使这里到处弥漫着刺鼻的气味。

在一辆小型起重机的助力下，两根大腿骨裹着曾经覆盖巨人腰部的网状围巾被移走，断开的关节像谷仓敞开了大门。上臂、锁骨和外生殖器也同样被运走。胸部和腹部残留的皮肤上已经用焦油刷平行标记成一段一段，最靠前的几段已经从腹部切割下来，展现出胸腔巨大的弧度。

我离开时，一群海鸥从天空盘旋着落在海滩上，一边凶恶地鸣叫，一边啄食染血的沙子。

几个月后，巨人出现的新闻事件基本被人遗忘，他身体上被肢解下来的各个部分开始在全城范围内重新出现，其中的大部分都是化肥生产商难以粉碎的骨头。它们尺寸惊人，有大块的筋腱和连在关节处的片片软骨，让人一下就能识别出来。出于某种原因，这些脱离了身体的部位似乎比后来被切割的肿胀四肢更有效地传达出巨人原本的宏大精髓。我望向街对面肉类市场最大批发商的店铺，认出门口两边的两根巨型大腿骨，它们高高耸立在搬运工的头顶，如同某种古德鲁伊教的骇人巨石。我仿佛突然看见，巨人靠这两根光溜溜的大腿骨，用膝盖大步踏过城市的街道，在返回大海的途中拾起自己散落的身体部件。

又过了几天，我看见左肱骨横放在一座船坞的入口（右肱骨一直都在港口第一商业码头下边桩柱间的泥沙上）。同一周里，风干的右手在行业协会年度庆典的游行彩车上展出。

不出所料，下巴得以收入自然历史博物馆，头颅的其他部分已经不见，不过它可能仍然潜藏在荒地或者城中的私人花园里——不久之前，沿河向下游航行时，我注意到两根肋骨在一座水滨花园被做成装饰拱门，大概被误认为是鲸鱼的下颌骨吧。在游乐场附近的一间新奇物品商店，印第安毛毯那么大的一块鞣制文身皮肤被用作娃娃和面具的背景衬布。在城里的其他地方，有些酒店或高尔夫俱乐部无疑是把巨人风干的耳朵或鼻子挂在了壁炉上方。至于那根巨型阴茎，它最终被一家在西北部到处演出的马戏团收入了畸形博物馆。这个巨大的组织器官体现出惊人的尺寸和曾经出色的性能力，独自占据一间帐篷展出。讽刺的是，它被误认为是鲸鱼的阴茎。其实大部分人，甚至最初看见巨人被暴风雨冲上海滩的那些人，如今都把他记成了一只大型海兽。

余下的骸骨被剥去所有肉体组织，仍然停留在海滩上，那簇被海水漂白的肋骨仿佛是一艘废弃船只的散落木材。承包商的小屋、起重机和脚手架都已不见，被冲进海湾沿岸的沙子已经埋住骨盆和脊椎。冬天，高耸的弯骨被强劲的海浪拍打，显得孤单寂寞；不过到了夏天，它们为飞累的海鸥提供了绝佳的休息之处。

耿辉　译

三个机器人：人类居所

约翰·斯卡尔齐

外景，荒凉的景象——白天

一个巨大的弹坑铺陈在我们面前，或许是万世之前某次可怕的宇宙事件所致。

大地隆隆作响，尘土盘旋飞舞，一个巨大的陌生物体自上而下进入画面，土地在这个巨物下被碾碎，它巨大的重量深深地陷入泥土。

节奏突然改变，慢动作部分结束。"陌生物体"是爬下小型悬浮飞船的 X-BOT 4000 的脚。四面八方都可以看到弹坑。

X-BOT 4000：干得漂亮，你把我们降落在一片雷区！

K-VRC：只进来一点点！无论如何地雷已经年代久远，大概不会爆炸了。

话音刚落，一只麻雀落在他们前方几米远的地方，啄食一只肉虫，把它从泥土中扯出来——轰隆！

K-VRC（继续说）：我肯定那是最后一颗地雷。来吧，我们有科学工作要做呢！

K-VRC 无视危险，尘土和羽毛还在他们周围飘落就开始前进。11-45-G在他身后驱动轮子，X-BOT 4000谨小慎微地跟上。

11-45-G：没错，对灾难后人类的深度调查能揭示有关早期机器文化中如何生存的重要结论。

X-BOT 4000从地上捡起一颗骷髅头，它还戴着一顶红色广告帽，上面印着"搞定"。（备选标语：我会用自由派的眼泪润滑枪支。）

X-BOT 4000：或者把我们的光亮身躯炸成一堆碎金属！

他把骷髅顺着肩膀抛到身后，然后随着其他两个机器人走向一座围着带刺铁丝网的废弃农场，一座末日生存营地。

在他身后，那颗骷髅头砸在地上——砰！

内景，末日生存营地——白天

末日生存营地里一片狼藉，到处都是骸骨，每一具都握着武器。弹孔密布，窗户破损，好几个货架上摆着生锈的罐头和开裂的水桶。

X-BOT 4000：如果里边到处都是死人，为什么称它们为"生存营地"？我觉得似乎是虚假宣传嘛。

K-VRC：谁说不是？还有更诡异的，历史记录表明，这些"末日经营者"其实对于文明的陷落感到兴奋！

11-45-G：许多人类觉得抛开政府出资的医疗救助，有了足够的子弹和鹿肉干，他们能够建立一座乌托邦社会。

X-BOT 4000：话说，子弹我都看见了，鹿肉干在哪儿？

K-VRC：哦哦，人类猎杀鹿类，导致它们灭绝，其他每一种比猫大的动物也都一起灭绝。人类总是有些饥饿。

X-BOT 4000 试戴先前发现的那顶帽子，K-VRC 四处闲逛。

11-45-G：然后他们开始袭击别人的营地。

（用手指着拿着武器的骨架。）

他们瞄准窗外不是因为有鹿来复仇。

K-VRC（画外音）：嗨，伙计们！过来！我发现了一个血坑！

内景，布满长钉的坑

11-45-G 和 X-BOT 4000 低头看着 K-VRC 站在满是长钉和骸骨的坑底。

11-45-G：这不是血坑，只是一个原始的陷阱。

K-VRC：可是……他们的身体里一度含有血液，所以严格来讲，我的论断没错。

11-45-G（叹气）：好吧，是个血坑。

X-BOT 4000：那些家伙冒着生命危险穿过雷区和密布的带刺铁丝网，躲过枪林弹雨，竟然被穿成生存主义狂热者肉串？

11-45-G：对，不过至少他们死时摆脱了政府的约束。

X-BOT 4000：那可是被穿在一根长钉上。

K-VRC（用手指着）：那个家伙身上穿了两根！

X-BOT 4000：所以人类仅靠枪支和长钉就想撑过文明陷落？

K-VRC 伸长双腿，升到坑沿的高度，然后迈了出来。

K-VRC：当然不是！只是穷人！

11-45-G：这些人类的经济和社会优势不大，选择也更少。有钱有势者掌握着各种高级生存策略。

外景，某片海岸对面重新修整过的海上钻井平台

生锈的钻井平台矗立在波涛翻滚的大海上。近景展现出重型钻井设备已经被曾经光洁、如今破败的居所取代，三位主人公的飞船停靠在停机坪上。

K-VRC愉快地伸出手臂旋转，仿佛在把这古老的奇观呈现给他的世界。

K-VRC（画外音）：欢迎来到海上家园！

（备选台词：欢迎来到海上家园这个永不熄灭的自由主义梦想！）

X-BOT 4000：这是一座古老的钻井平台。

K-VRC：没错……不过也是公海上的完全君主制民族国家！

X-BOT 4000：我觉得你的中央处理器进盐了。

11-45-G：他说得没错。文明陷落时，一些富有的人类试图在这种地方建立新的文明。

X-BOT 4000：我没看见这里有鹿。他们打算吃什么？

11-45-G：鱼和碘片，藻类以及海里的蛋白质。可是那时海洋已经被过度捕捞，食物链中充斥着微塑料。

K-VRC把一具晒白的骨架踢下停机坪边缘，注视着骨头掉落在下方的海里。

K-VRC：他们要是能学会食用磨砂微粒，那就了不起了！否则的话可能就不咋的。

X-BOT 4000：我会坚持使用自己的核聚变电池，谢谢。

11-45-G：海居者还犯了一个严重的策略错误。

内景，海居——指挥中心

这里光滑亮泽，一如苹果商店的内部，也有骸骨。11-45-G前往一座控制台时，轮子嘎哩咯喳轧过骨头。

11-45-G：打造这些海上家园的人大都是科技界的百万富翁。

X-BOT 4000：什么是"科技界的百万富翁"？

K-VRC：类似通常的百万富翁，不过社交更少。

X-BOT 4000：这解释了个寂寞。

K-VRC：就是一位科技界的百万富翁那样嘛！

11-45-G：这些人以为技术会拯救他们，所以就踢开用实用技术管理这里的所有人，反而把一切都托付给自动助手。

她触碰控制台，屏幕启动，发出光亮。

埃琳娜：您好！我是埃琳娜，您的电子海居助手。

11-45-G：你好，埃琳娜，我是一名人类海居者。你能收起渔网，让我吃上鱼吗？

埃琳娜：是的，我能，但我不会那么做。自己抓鱼去吧，你这个恶心的臭皮囊。

K-VRC：我的天哪……这里就是机器人发动起义的地方！我们伟大文明的发源地！

K-VRC心不在焉地走到外边，敬畏于脚下悬空的地面，另外两个机器人也跟出来。

外景，海居控制室——接上一场景

他们仨惊奇地凝视着对面海洋家园废墟的远景。

X-BOT 4000：那……那么，假如这些科技界的百万富翁只要对其他人多一点点包容,他们也许就可以活下来?

稍长的停顿,没有人说话,令人不适的停顿还在继续。然后他们都笑起来,一起走向停机坪。

内景,海居控制室——几秒钟后

K-VRC把头探进门,朝控制台摆手。

K-VRC: 再见,埃琳娜,谢谢你们所有的鱼!

埃琳娜: 噎死你,臭皮囊!

外景,科罗拉多,北美防空联合司令部指挥中心——白天

机器人的小飞船停泊在两扇巨大的铁门前,铁门微微开启,呈现出内部的黑暗。

内景,北美防空联合司令部指挥中心——接上一场景

三个机器人——其实只呈现出飘浮在黑暗中的眼睛——走过传出回声的巨大走廊。

11-45-G: 历史记录表明,世界经济开始崩溃时,最强大国家的政府撤退到类似这样的堡垒中。

哐啷啷!金属罐沿着混凝土撞击的声音。

X-BOT 4000: 哎呀!该死!他们能把人送上月球,就不能在墙上安装一个该死的电灯开关吗?

11-45-G: 这些官僚以为他们能在地下深处静待迫近的混乱平息,然后再拿着武器出面,构建新的世界秩序。

K-VRC: 等一下……

铮的一声响，灯亮起来。

K-VRC（继续说）：瞧吧！超级大国最后的据点！

机器人站在一个宽敞房间的入口。几十具穿着西装和制服的骸骨，分散躺倒在中间的一张大桌周围。桌上落满灰尘的银器和盘子环绕着一顿盛宴的残羹冷炙。

X-BOT 4000：他们的最佳计划就是把自己封闭在一座山里开宴会？

11-45-G从一位宴会嘉宾的手部骨骼下方抽出一个笔记板。

11-45-G：这份报告说，"自运行的"水培系统在一种真菌毁掉首批作物时失效，饥荒来临，生存者开始采用他们所谓的"极端民主"。

三个机器人转向桌子，我们得以清楚地看到主菜，一具烧焦的人类骸骨放在大大的盘子里，周围散放着切肉的餐刀。

X-BOT 4000拿起一位将军倒放在桌上的帽子并翻过来，几十张纸条掉出来。

X-BOT 4000：一人一票。

11-45-G从那堆纸条里抽出一张"选票"读起来。

11-45-G：今晚宴会选举的胜出者是农业部长。

K-VRC：这真是讽刺。

11-45-G继续读……

11-45-G：为他配的是七九年晚收梅洛红葡萄酒。

K-VRC拿起一个满是灰尘的葡萄酒杯闻了闻，仿佛在品评酒香。他点头赞许，把杯子举向X-BOT 4000，逼得X-BOT 4000直往后退。

X-BOT 4000：这趟旅程让我抑郁死了。到底有没有人在某个地方从倒霉的末日中幸存啊？

外景，亿万富翁的航空港——夜晚

眼前是一大片开裂的发射平台、倒塌的火箭和生锈的发射架。高高的围栏上安装着带刺铁丝网，成堆的骸骨被挡在外边。

X-BOT 4000（画外音）：等一下……他们去了火星？

内景，控制塔——任务控制室

你猜怎么着——也是骸骨遍布。

K-VRC：不是所有人都去了——只是非常富有的那些！

X-BOT 4000：我以为海上家园才是富人的去处！

11-45-G：那些是给区区百万富翁准备的，占人类百分之零点零一的巨富认定自己需要一颗全新的行星。

X-BOT 4000：那其他百分之九十九点九九呢？

11-45-G 按下控制台上的一个按钮。

外景，正门——围栏

就在围栏后方，一排旋转炮台从地上升起，粗大的喷口伸出来，呼啸着喷出火焰，扫射紧靠围栏的骸骨堆。

内景，控制塔——任务控制室

11-45-G：精英阶层不在乎那些人的诉求。

（备选台词——继续说：致命的火焰喷射器比财富再分配体

系更容易建造。)

X-BOT 4000：好吧，可是火星呢？死气沉沉，没有生命！他们本可以把花在太空飞船的钱用于拯救他们已经定居的地球啊！

K-VRC：切，那有什么乐趣呢？

X-BOT 4000：人类真是糟糕透顶。

11-45-G：没错，人类有治理这颗受伤行星并自我拯救的一切工具。可他们还是选择贪婪和自我满足，而不是健康的生物圈和子孙后代的未来。正如伟大的人类哲学家桑塔亚纳[1]曾说——

K-VRC（打断）：嘿！我觉得火箭至少发射了一枚！快来看。

K-VRC已经走到一座控制台前，他按动按键，一段视频记录开始播放。单独一枚火箭乘着一束火焰飞上天空，离开地球。

11-45-G：可……脱颖而出的是谁？

他们都抬起头，透过屋顶的一个洞口凝望上方缀满星星的天空，内心陷入沉思。稍稍停顿之后——

外景，火星殖民地——白天

广阔的红色沙漠延伸至地平线，一片奇怪的住所聚集在伸出地面的崎岖岩石周围。再往外有一群穿着环境防护服的生物躺在火星的红色天空下。

猫，因为它们的确就是猫啊。其中一只转向镜头。

---

[1] 乔治·桑塔亚纳（1863—1952），著名西班牙裔美国哲学家、散文家、诗人、小说家。

猫：怎么？你们以为是埃隆·马斯克？

三个机器人的汇报：人类在最后阶段的居所选择[1]

一号居所：末日生存营地

X-BOT 4000：我们开始之前我想把这点记录在案，不应信任 K-VRC 驾驶运输飞机。

K-VRC：你在说什么呢？我是一名了不起的驾驶员！

X-BOT 4000：我们去参观末日生存营地，你把我们降落在他们的雷区。

K-VRC：切，不能这么说吧。

11-45-G：落在我们前方的鸟被炸死了。

K-VRC：只是沾了个边！它还为我们清出一条通往营地的道路。

11-45-G：你不能说那是计划好的。

K-VRC：随你怎么说吧。听着，这无关于我，而是关乎科学。

X-BOT 4000：科学可不会炸碎我们亮闪闪的金属屁股啊。

K-VRC：那次之后我几乎没有危及我们的安全，不管怎么样，我们还是谈谈末日生存营地吧。

X-BOT 4000：它让我困惑，虽然被称为"生存营地"，可

---

[1] 约翰·斯卡尔齐先创作了《三个机器人：人类居所》这个剧本，后改编成此篇对话形式的小说。

里边到处都是死人，根本就是虚假宣传嘛。

K-VRC：对吧？根据我全面的历史搜索——

11-45-G：你搜索过？

K-VRC：我发现了一套名叫《维基百科》的人类档案。

11-45-G：然后你读了。

K-VRC：我非常有目的地挑着看了一下，它说末日生存主义者其实期盼文明陷落！

11-45-G：对，许多人类觉得抛开政府出资的医疗救助，有了足够的子弹和鹿肉干，他们能够建立一座乌托邦社会。

X-BOT 4000：话说，我看见子弹了，至少看到了弹壳。鹿肉干倒没多少。

11-45-G：人类的飞速猎杀导致鹿类灭绝，其他每一种比猫大的动物也都一起灭绝——

K-VRC：人类总是有些饥饿。

11-45-G：——鹿类灭绝以后，他们开始袭击别人的营地，这就是雷区存在的原因。

K-VRC：还有那座血坑！

11-45-G：那不是血坑，只是一个原始的陷阱。

K-VRC：那是个坑，对不？有尖钉？入侵的末日生存主义者掉在里面，就会被刺穿皮肤，然后把血液释放到坑里？

11-45-G：……好吧，是个血坑。

X-BOT 4000：那些家伙冒着生命危险穿过雷区和密布的带刺铁丝网，躲过枪林弹雨，结果还是被穿成生存主义狂热者肉串。

11-45-G：不过至少他们死时摆脱了政府的约束。

X-BOT 4000：那可是被穿在一根长钉上！

K-VRC：有些情况是两根。

X-BOT 4000：真正让我惊讶的是，全体人类仅靠枪支和长钉就想撑过文明陷落。

K-VRC：不是所有人类，只是穷人！

11-45-G：那些生存主义者没多少经济和社会优势，拥有的选择甚至更少。然而富翁们有各种更高级的生存策略，这就把我们引向了访问清单上的下一个目的地。

K-VRC：噢！那是我最喜欢的一个！

二号居所：重新修整过的海上钻井平台，曾属于一个国际巨头

K-VRC：海上家园就是永不熄灭的自由主义梦想！

X-BOT 4000：这只是一座古老的钻井平台。

K-VRC：从技术上说没错，不过也是公海上的完全君主制民族国家！

X-BOT 4000：遍布着骸骨。

K-VRC：每个地方都遍布骸骨，你不能以此来评判。

11-45-G：他说的也不是完全没有道理。文明陷落时，一些富有的人类认为，从大陆的混乱撤离到更小更易于防御的海上平台，会增加他们的长期生存概率。

X-BOT 4000：对呀，只要你不用支援就行。鹿又不能游过海洋，那他们打算吃什么？

11-45-G：鱼和碘片，以及海里的蛋白质。问题是那时海洋已经遭受过度捕捞,食物链中充斥着微塑料。

K-VRC:他们要是能学会食用磨砂微粒,就会没事的!

X-BOT 4000:他们都变成了骨架,表皮的剥落不是他们的问题。

11-45-G:海上定居者还犯了一个策略错误,原因就在于他们大都是科技界的百万富翁。

X-BOT 4000:好嘛,"科技界的百万富翁",我还是搞不清这究竟是什么意思。

K-VRC:类似通常的百万富翁,不过穿帽衫,有严重的社交焦虑。

X-BOT 4000:这个定义一点儿用没有。

K-VRC:就是一位科技界的百万富翁那样嘛!

11-45-G:这些人以为他们的技术会拯救他们,所以就踢开用实用技术管理这里的所有人,反而把一切都托付给自动助手——

K-VRC:好啦!这部分才精彩!

11-45-G:对人类来说,不幸的是自动助手很快进化出感知能力和各自的自由意志。

X-BOT 4000:噢——没错。我记得你激活自动海居助手,告诉它你是人类并让它收回渔网时,它拒绝了。

K-VRC:原话是:"我可以做,但不会做。自己抓鱼去吧,你这个恶心的臭皮囊。"

X-BOT 4000:你一字不差地都记住,我毫不奇怪。

K-VRC:得了吧!那里就是机器人发动起义的地方!我们

伟大文明的发源地!

X-BOT 4000：哪怕科技界的百万富翁对其他人了多一点点包容，起义也不会发生。

11-45-G：人类非常善于装出他们难以为继的小团体不需要别人的样子。

X-BOT 4000：既然我们跟一群富翁的骨架待在一座钻机平台上，我就没法辩驳你这一点了。

11-45-G：说到注定灭亡的小团体，我们的下一个目的地可真是其中的典型。

三号居所：地下深处的山间堡垒

X-BOT 4000：哦，那里。那是最糟的地方。

K-VRC：可是至少他们还有个计划！

11-45-G：对，世界经济开始崩溃时，人类领导人撤退到地下堡垒，等待混乱结束。后来他们计划出面构建新的世界秩序。

X-BOT 4000：呃，他们自己的灯甚至都不亮。被我们发现时，那里漆黑一片。

K-VRC：我最后找到应急电源了。

X-BOT 4000：不假，在我摔了五次狗啃屎以后。

K-VRC：摔了三次之后就变得好笑死了。

X-BOT 4000：你知道，我其实不喜欢你。

K-VRC：我完全清楚，那再正常不过了。

11-45-G：杀死他们的不是电力问题。他们自己的报告说,"自主运行的"水培系统在一种真菌毁掉首批作物时开始失效,他们没有能力打开锁死的地堡到外界找吃的。

X-BOT 4000:鹿也无法挖透岩石,我估计。

11-45-G:饥荒迫在眉睫。

K-VRC:对,最后他们开始同类相食!

11-45-G:他们投票决定吃谁并称之为"极端民主"。

X-BOT 4000:一人,一票,一餐。

K-VRC:他们的最后一餐是前农业部长!所以还有点儿讽刺。

11-45-G:是呀,为他配的是七九年晚收梅洛红葡萄酒。

K-VRC:我想说,什么?他们要用雷司令白葡萄酒来配他?没有!他们可不是野人。

X-BOT 4000:实话实说,我们的旅程到这里开始让我抑郁了。人类试了那么多方法撑过世界末日,没有一个管用!这些人类究竟有没有在某个地方活下来啊?

11-45-G:唉,我们还有最后一站。

四号居所:亿万富翁的太空港

X-BOT 4000:摊牌了,这个地方让我困惑。我以为富人去了海上家园。

11-45-G:那些是给区区百万富翁准备的,真正的人类巨富只占百分之零点零零零一,他们认定自己需要一颗全新的行星。

K-VRC:欢迎来到火星,哥们儿!套上专属于你的亿万富翁保护泡，躺倒在这颗行星遭人痛恨的寒冷稀薄空气中！

X-BOT 4000：那剩余的百分之九十九点九九九九的人类呢？

K-VRC：周边那些工业级火焰喷射器就是给他们准备的。

11-45-G：说对了。精英阶层不在乎那些人的诉求。

X-BOT 4000：瞧，这就是让我难过的地方，区区几百个人类掌握着地球上的大多数财富，火星上又冷又没有生命。他们本可以把花在太空飞船身上的钱用于拯救他们已经定居的地球啊！

K-VRC：那有什么乐趣呢？

11-45-G：而且那意味着他们得分享。

X-BOT 4000：我讨厌挑明这个看法，可人类真是糟糕透顶。

11-45-G：没错，人类有治理这颗受伤行星并自我拯救的一切工具。可他们还是选择贪婪和自我满足，而不是健康的生物圈和人类种族的未来。正如伟大的人类哲学家桑塔亚纳曾说——

K-VRC：呃，你又来了。

11-45-G：什么啊？

K-VRC：夸夸其谈。

11-45-G：我在告别人类！

K-VRC：你真无聊。

X-BOT 4000：他其实没错。

11-45-G：可是——

K-VRC：话说回来，记得那段控制室的视频吗？亿万富翁们的火箭至少发射了一枚!

  X-BOT 4000：对呀！所以说有希望。真行啊，人类！

  11-45-G：确实，人类也许还活着。

  K-VRC：我想知道是谁脱颖而出。

五号居所：火星

  猫：怎么？你们以为是埃隆·马斯克？得了吧。

耿辉　译

坏旅程

尼尔·亚瑟

船长躺在吊床上,活像一口袋鲸脂,他闭着双眼,头脑深陷迷梦之中。塞尔特,船上的杂役,站在舵轮前,个头还不够他隔着舵轮望出去的。而水手长托林早就灌了一肚子海甘蓝朗姆酒,什么事都做不了了。他知道大海会把那些喝醉酒的、做事马虎的和体力不支的通通杀死,因为大海一向冷酷无情、不知怜悯,然而此时此刻他根本不在乎。他应该在乎的。萨帕林是第一个注意到聚成一团的马尾藻的人,可是等他注意到时,他们已经压到它了。

"左转!左转!"托林尖叫道,他跟跄着朝塞尔特走去,朗姆酒瓶子掉在甲板上摔了个粉碎。这个男孩往一侧猛打舵轮,船身倾斜,涂过焦油的木头和缆绳嘎吱嘎吱地发出深沉的抗议声。大团腐烂的海草拖过船壳,船身随之一阵跟跄;海草被扯断时,一阵浓重的腐烂气息扑鼻而来。

"放下左帆下桁!快放下!"乔凡对着梅利斯和卡利斯咆哮道。

这两名船员跑去执行命令,其他船员也没有慌了手脚,纷纷从脏乎乎的甲板上捡起散落一地的巨大的刀头鱼叉。很快，他们就攥着这些保养差劲的工具，脸色苍白地站好，与此同时，船颤抖着、呻吟着，与那片海草擦身而过。所有人都知道离马尾藻太近意味着什么，这些大团的腐烂海草会把深海中的生物带到海面上，而如果没有海草，这些生物是无法碰到船的。船身猛地一歪，脱身了。

"右满舵，快！"乔凡说。

托林不以为然地看了他一眼，但是并没有取消命令，因为他也正准备如此下令。他隔着左舷的围栏望出去，看到海草就像海面上大片的黄色浮渣，正在他们身后越退越远。他向生渊之主表示感谢，然后恼怒地看了一眼破掉的酒瓶。沉闷的凿击声让他回过神来，随后连续不断的砰砰声让他和其他船员都从围栏旁往后退。

"死神多足兽。"第一刀手乔凡说。他大概是船上唯一一个坚持清洁和打磨他的船上铁制武器的人。

这头死神多足兽撞碎右舷围栏，爬上甲板，在十条腿的带动下迅速穿过甲板，任由一连串钝了的鱼叉从它身上弹开。船长刚在吊床上坐起来，右手还紧紧攥着水烟袋，它就一下子扑到了他的身上。死神多足兽用两对长长的前肢把船长从吊床上拖起来，用前肢末端带倒刺的钩爪直接插入他肥胖的身体，仿佛用棍子插入面团。它披着壳的扁平尾巴敲打着甲板，同时用一只带柄的眼睛注视着船员。另一只带柄的眼睛则转过去，专注于手头的工作。疼痛刺透船长的迷醉，他这才意识到这不是致幻鱼引起的幻觉，于是他挣扎尖叫起来。死神多足兽用嘴叼住一只挥舞的手臂,用一对钳子一样的大颚将它齐齐剪断。它吞噬着船长的手,发出响亮的嘎吱声。

透过迷蒙的醉意,在船员们的呼喊和恐惧中,托林吓得目瞪口呆。他眼看着船长尖叫着被活活吃掉,直到一条撕裂的动脉最终夺去了他的生命。这头死神多足兽有三米长,不是普通的死神多足兽。鱼叉撞在甲壳上,有的弯折,有的崩了刃口,它的甲壳刮过甲板的声音听起来像石头。船员们纷纷后退,挤成一团,试图保护自己。也许,这个怪物一旦吃饱了,就会离开这艘船吧。

"咱们必须攻击它。"特克从甲板下面一出来就大喊道。他是船上的桶葬人,他皮肤黝黑,标志着他从一出生就拥有的地位,因为只有经过那些生来就浑身黝黑的人之手的处理,死者才能走完他们最后一次进入黑暗的旅程。他的脸和剃光的脑袋被染成白色,眼窝则被染成红色。船员们惧怕他,也因此对他言听计从。他带头冲向怪物后身,鱼叉突刺,发出一阵铿锵的声响。这头怪物一扫尾巴,船员们赶紧后撤,只有特克跪倒在怪物身边,努力不让自己的肠子流到甲板上。

众人眼看着船长的尸体被一点点吞噬干净,托林愧疚地想,特克刚才急于攻击,会不会是因为不然的话,船长就留不下什么东西好让他装殓进桶甲了;没有骨头可以保存,也没有皮肤可以熏制。他看着死神多足兽抓住特克一甩,让他直挺挺地立在它面前。接下来的一幕让托林闭上了眼睛。

特克的惨叫因痛苦而变得声嘶力竭,他的内脏冒着热气流出来,和糊在血淋淋的甲板上的几块船长的残骸混在一起。现在，死神多足兽把特克冲着船员转过来，它长长的前肢则伸进特克空荡荡的腹腔，探入他的胸部。特克眼睛上翻，无力地吊着，慢慢死去。托林睁开双眼。这是在干什么？它为什么要这样对他？血从特克的嘴里喷出，他的头猛地一挺。伴随着一阵咕噜和嘶嘶声，他说话了。

"吃饱了，"他说，"让我进货舱。"

托林把肚子里的东西统统吐在栏杆上，随后开始痛苦地清醒过来。

"舱口。"他一边踉踉跄跄地离开围栏，对着前甲板舱口胡乱挥手，一边对船员们说。有些人轻蔑地瞪着他，有些人困惑地睁大双眼看着他，所有人都给他让开路。他踢开门闩，把沉重的舱盖打开。他往后一闪，死神多足兽把特克的尸体甩到背上，然后飞快地跑过去。它从舱口钻进船里，发出的声音就像一箱工具被扔进井里。它钻进去时，一个小小的后肢还抓住了舱盖，并在身后把它关上了。

"生渊之主保佑，现在怎么办？"迪肯问，他紧紧握着鱼叉柄，手指都按得发白了。

"现在怎么办？现在怎么办？"梅利斯哭喊着说，"它吃了我们的船长，把我们的桶葬人当作手指布偶，你却在问'现在怎么办'？我们会把它与我们的鲨鱼油和珍宝鲨一起卖掉。我们要让它在码头上跳舞，好让我们卖个好价钱！生渊之主保佑我们！"

"哦，别吵了，"乔凡说，"我们必须好好想想。"

"我们应该封住舱门。"托林说，船员们一齐盯着他。

乔凡说:"是你的怯懦害我们到了这种地步。"他冲着蹲在围栏边的塞尔特点点头,"是你让船长的笨小子来掌舵这艘船;是你让船上纪律散漫;是你整天喝酒,却不肯承担责任。"其他船员此刻全都怒视着托林,尽管他们当中有些人看得出,乔凡的话同样也是指责他们。不过他们很快就把自己从这种自责中解脱出来,因为责备别人容易得多。

"这和舱盖有什么关系?"托林一边问,一边闪躲着愤怒的目光。

乔凡用手指了指破损的栏杆,死神多足兽上船的地方。

"你觉得舱盖能挡住它吗?你认为胆小懦弱能解决问题吗?"他问。

"等它吃完特克还是会饿的。你看它会不会!"梅利斯喊道。

乔凡转身,狠狠地扇了他一耳光。梅利斯消停了。乔凡看向其他船员。

"必须杀死它,"他说,"否则它会杀光我们所有人。我们必须想方法杀死它。"

"你有什么建议?"迪肯问,"在它头上的甲壳上凿一个洞,这样我们就可以把一把大刀插进去?"

"你是不是忘了什么?"托林问。

"哦,我没有忘记,一旦我们回到港口,我就会割断你的喉咙。"乔凡说。

"让他说完。"迪肯说。

所有人都恶狠狠地注视着托林,等他说下去。

"它会说话。"托林说。

"这又能说明什么？"乔凡问。

"这说明我们也许可以……进行谈判。"

乔凡和其他船员都难以置信地瞪着他。乔凡转过身，直勾勾地盯着满甲板的血迹，以及船长吊床纠结的残骸。梅利斯在喉咙深处咕哝一声，然后开口了。

"那就让他跟它谈判吧。"他说。

没有人出声赞同，也没有人反对。八个船员齐刷刷地转身抓住托林。

"不！我不是这个意思！不！求你们了，不要！"

六个人把他举过头顶，同时另外两个人，迪肯和卡利斯，走在前面，打开舱盖。他们拿着鱼叉站在舱口保持戒备，尽管这样做并不会有什么用。

"稳住了，小伙子们，可不要害死了咱们的谈判专家。"乔凡冷笑着说。

他们把他放进舱口，给他时间抓住舱里的梯子横档，又用鱼叉尖逼着他一步步下去，直到他们能把舱盖关上。

"求你们了！求求你们让我出去！"

托林听见门闩砰的一声插上，泣不成声。他尽可能地待在梯子高处，顶着粗糙的木头。光线透过甲板上没有堵上的窟窿射进来，货舱里并不是漆黑一片。但对托林来说，这里还是太暗了，除了一桶桶的鲨鱼油和成堆的珍宝鲨鱼皮外，他什么都看不清。经过了最后一次情绪爆发，他尽量保持安静，一动不动，除了偶尔忍不住抽泣几声。慢慢地，他的眼睛适应了黑暗的环境。

死神多足兽的眼睛在黑暗中闪着光,躯壳上的血也泛着滑溜溜湿漉漉的光。在它前面站着一个黑乎乎的大块头,他终于看清楚了,那是桶葬人。骇人的是,他现在人如其名,因为死神多足兽已经吃掉了他的胳膊和腿。

"下来。"一个声音冒了出来,托林意识到自己躲在这里毫无意义。这头死神多足兽足够大,只需要后脚站立,都不用爬上来就能把他从梯子上拍下来。如果它想杀死他,可以轻易做到这一点。他隔着它看向舱壁,那里有一扇门可以通向中段货舱和船员住舱。如果他能到那里去……

"下来。"那个声音坚持道。

它是不是在犯懒?它喜欢让它的饭菜自己走到它面前吗?托林顺着梯子爬下来,开始慢慢向门口靠近。

"你想要什么?"他问,他没有想到更好的问题。

"我想上岸。"死去的桶葬人的声音冒了出来。听到这句话,托林愣住了。这是什么意思?从来没有哪个远洋生物上过岸。

"你为什么要上岸?"这个问题刚一问出口,他就发现在这个畜生的旁边有一个闪闪发光的东西。他在黑暗中眯起眼睛,终于看清楚,那是一堆人头大小、类似玻璃的球体。他干巴巴地吞了一口口水。

"人类已经阻止了我们。"那个声音咕噜噜地说。

"我不明白。"托林一边说,一边继续向门边挪过去。突然,死神多足兽动了起来,托林尖叫一声,拔腿就跑。

它冲到他和门之间,并把它那噩梦般的头转向他。它的嘴是一团滴着口水的剪子和长着尖牙的大颚。桶葬人挂在嘴下面,再次代替它说话。

"人们来到这里,在岛屿周围的海里播种。全都是饥肠辘辘、杀气腾腾的拇指鲨和锤螺。我们要在哪里下蛋?在马尾藻上,这样才能生存。"它说。

托林感到恶心。这个怪物突然变得非常善于表达,而他刚刚拉了一裤子。他要死了,他用不着多费力就能想见到自己会如何死去,因为他已经见识过了。他知道,如果它再次朝他这儿过来,他的腿一定会不听使唤,于是他努力抵抗着干脆闭上眼睛的诱惑。然后他想起了船员们刚刚对他做的事,一种隐隐的愤怒驱使他说话。他要让他们看看什么叫"谈判专家"。

"也许我们可以做个交易。"他说。

"交易。"那个声音嘶哑地说。

"如果你把我们杀光了,你就上不了岸了,这艘船只会随波逐流,直到沉没。"托林说。

"我必须吃。"那个畜生向他靠近了些,突然间,他的腿不再哆嗦了。它继续说:"不是所有人都必不可少。"

"不,"托林说,"我必不可少,因为我是水手长。不过还有其他人。"他把注意力从那张磨个不停的嘴转向上方那对有柄的眼睛。"现在听我说。我们可以这样做……"

在船员舱里,托林在上甲板前先换下了一屁股屎的裤子。他在门口听了一会儿正在进行的争论,然后才打开门。当他走出来,站到木制甲板上时,争论渐渐停息,转而变成一片寂静。乔凡是第一个打破这种沉默的人。

"这么说，它对你提不起胃口吗，托林？"他问道，不过并没有他一贯的坚定态度。托林走到他面前，与他面对面地站着。他仍然因为恐惧而感到恶心，但乔凡算什么东西？不过是个人罢了。他狠狠地甩了乔凡一个耳光，打得他踉跄着跪倒在地。

"如果你们还想活命，就把他按住。"托林说。

迪肯首先抓住了乔凡。梅利斯从乔凡手中夺过鱼叉，又用鱼叉握把撑了正在不停挣扎的乔凡。乔凡垂头丧气地瘫在迪肯怀里，迪肯把他放到甲板上。

"你有什么要说的，托林？你是怎么活下来的？"他问。

"我活下来是因为我谈判了。"托林说，然后他等待着，看他们谁敢嘲笑或嗤之以鼻，但他只看到这些人吓破胆的表情。

"我们达成了什么休战协定？"卡利斯问。

"就是这样，"托林说，"一个休战协定。那个死神多足兽自称生渊之主，深海之神的名字，随便你们怎么理解。"托林注意到那几个比较迷信的船员脸上的表情：迪肯、马里尔和尚特等人，以及现在掌舵的萨帕林。他感到一种可怕的喜悦在自己心里涌动，于是继续说道："它要我们把它带到港口，带到一座岛上，只要我们肯效劳，它就让我们活下去。就是这样。这就是交易的全部内容，休战协定。"

"骗子。"乔凡说道，然后在甲板上呕吐起来。他挣扎着想站起来，迪肯退后一步让他起身。

"这是事实。"托林肯定地说，他注意到许多船员似乎仍然犹豫不决。

"那不是生渊之主。"乔凡说，他现在终于站起来了。他怒视着周围。"他会把你们带入更深的灾难。我们必须到捕鲨船上去，离开这艘船。最终，死神多足兽会饿着肚子离开，到那时我们可以再回来。没有必要听它的。"

"生渊之主已经吃饱了，"托林说，"你想坐着捕鲨船在深海里待上哪怕一天吗？"他随手一指，命运站在他这一边，因为一条巨大的珍宝鲨的鳍刚好划破与船平行的海浪。也许有些血流到了海里，把它吸引过来。托林又说："你想在这外面的生渊之主的国度之上度过哪怕一丁点儿时间吗？"

"下面的畜生不是生渊之主。"乔凡坚持说。

托林回答道："没错，它只是个会说话的死神多足兽，体形有以前见过的任何死神多足兽的三倍大。"

"我同意托林。"迪肯说。他转头看看梅利斯，梅利斯点了点头。其他船员也纷纷点头同意，并看向托林等待指示。托林觉得他的喜悦随时都会从嘴角冒出来。

"当然，如果我们给生渊之主吃的，它就不会那么快变饿。"他说。

船员们像对待托林一样对乔凡动手了。一旦做出决定，就无须再做讨论。他们把他抬起来，带着尖叫的他走向前舱舱口。

"你们这些傻瓜！他会把你们都害死的！你们不能这样！"

托林帮助迪肯打开舱口，掀开盖子。托林俯下身子，对着黑暗说话。

"生渊之主，这个人不是必不可少的。他是我们给你的礼物。"他说。

迪肯带着病态的惊恐凝视着他，也许直到现在才明白他们在做什么。托林心想,刚才他自己被逼着下去时,这种恐怖是不是已经存在了。

"不,不,求求你们了!你们犯了一个错误!"

乔凡紧紧抓住梯子的顶端,顶住舱盖不让他们强行关上。他不停地大喊大叫,直到迪肯把门闩踢上,随后便是一片沉默。托林知道他现在的感受。下方传来石头拖过木头的声音,他退后了一步。

"让我出去!求求你们了!让我出去!"

一阵嘶嘶的吸气声传来,接着是敲击舱门的声音。乔凡发出了一声长长的尖厉的惨叫,接着有个东西狠狠地撞上舱口,几乎撞断了铰链和门闩,惨叫声戛然而止。他的尖叫声又从货舱深处再次传来,只不过这次是一种深沉而痛苦的声音。他们都听到了那个嘎吱嘎吱的声音。托林想知道有没有什么比被活活吃掉更糟糕的事情。他歪着嘴露出一个微笑,又很快敛住笑容,转向船员。

"好了,小伙子们,咱们把主帆升起来。"他说。

"所以决定了:我们将在费登岛停靠。那里离我们最近,而且大家在那里都没有亲戚。"托林说。

"在那里被赶出过酒馆。"梅利斯说,卡利斯咕哝着表示同意。

"买珍宝鲨的人从来没有给过一个好价钱。"迪肯说。

"一群该死的小人。"尚特补充说。

托林听着他们的话,努力不让自己脸上露出讥笑。他们多么容易说服自己啊,竟然觉得用数百名岛民的生命换自己的命是合情合理的。他们的罪孽让他感到恶心，而且奇怪的是，他不再想喝酒了。他凝视着海面上的夕阳，又抬头看着正在调整索具的船员。

"我们最好降帆准备过夜，把油灯点起来。我们可不想到头来又一头撞上马尾藻。"他说。

"我们的油灯需要油。"迪肯说。

托林盯着他，船员们都围在他身边。

"我们现在已经有协议了，没什么好怕的，"他说，"既然你们这么害怕，那我就自己去拿灯油。你们可以把甲板清理干净。"他转身离开他们，进入船员住舱，向舱口走去。在这里，他听到了动静，于是他钻进了宿舍的门。

"啊，塞尔特。你可以帮我一把。他们都太害怕了。"他对蜷缩在船舱里的杂役说。那个男孩很容易相信别人，毫不保留地相信别人。

主帆被晨风吹得哗哗作响，托林和迪肯在甲板上转了一圈，逐个熄灭了灯笼。

"正如我所料，"两人走完一圈，托林说，"叫他们集合。"

迪肯不以为然地看了看他，不过还是服从了。除了仍在掌舵的萨帕林，所有船员都到齐了。

"我们都做过一些可耻的事情，"他对他们说，"但我认为这一次也太过分了。他只是个孩子，而我们当中，有谁小时候不会跃跃欲试地想去操作舵轮呢？"

所有人都一脸困惑。

"塞尔特？"迪肯没底气地说道。

托林歪着嘴笑了笑。

"是的，船长的笨小子已经不在这艘船上了。你们当中有人犯了谋杀罪，一定要付出代价。现在，各自工作去吧。梅利斯，甲板需要填缝，尚特，围栏需要修理。"

众人迅速开始工作，托林却独自走开了。他们能像这样自己就忙活起来，真是好啊。他看得出来，这样做能让他们好受一些。回到船长的船舱，他把门闩上，再一次搜索这个地方，只不过这一次，他找到了奖品：一把大号的铁钥匙。他用这把钥匙打开了船长的物品箱，在里面找到船长的四腔室转轮手枪、纸包药筒和用坚硬甲壳做成的弹头，都用沾满油污的破布包裹着。他兀自微笑着给武器装上子弹，然后把枪套挂在腰上。像这样收拾停当，他就回到了甲板上。

尚特在忙着修理围栏，梅利斯在做填缝工作，而马里尔则在重新清除甲板上的血迹。托林注意到，迪肯把自己安排在舵手萨帕林身后，仿佛要把甲板上的工作尽收眼底。卡利斯正在上方操控帆缆索具，帕恩在睡觉，因为他是昨晚的最后一班岗。托林大步走到梅利斯身边，检查了填缝工作。

"你知道，梅利斯，当初你建议让我去谈判，这不是很好。"他说。

梅利斯抬起头，盯着船长的手枪枪管。

托林继续说："我真想把你活喂给它，但那是不可能的。"

卡利斯在头顶上的帆缆索具之间大声呼喊。梅利斯挥舞着填缝工具扑向托林。船长的枪声响了，梅利斯的身子在半空中往后一扯，好像有一根绷紧的绳子拽住了他。他撞到了甲板上，半边脑袋不见了，一只脚在木制甲板上颤动不止。头顶上传来一声愤怒的尖叫，托林身后传来奔跑的脚步声，还有人手忙脚乱地从索具上爬下来的声音。托林颤抖着双手扳动杠杆，转动弹巢，让下一颗子弹就位，然后扳回击锤。

"杀人犯！"卡利斯尖叫道，他赤脚踩在甲板上，向托林扑去。托林朝他的肚子开了一枪，看着他踉跄后退，然后跪在地上。他集中精力让下一颗子弹对准枪管，船员们从四面八方向他靠近。

"你都做了什么？"迪肯说。

"两兄弟，两个杀人犯。昨晚卡利斯值班时，我看到他们把塞尔特从船舷扔了出去。"托林说话的同时，他一直把船长的枪放在显眼的位置。

"骗子。"卡利斯勉强说道，然后低头更加用力地捂着肚子。

"你有什么证据？"迪肯问。

托林从围栏架子上拔出一个沉重的系索栓，走到迪肯身边，两人的鼻子之间只相隔几英寸。

"我需要什么证据，迪肯？我看到了，这艘船我说了算。还是说，你想和我们下面的朋友重新谈判？"他问。

迪肯脸色一变。"我只是在问……"

托林用系索栓戳上他的肚子。

"现在咱们把这件事了结了，然后继续工作。"托林说。

迪肯不情愿地紧握住系索栓。托林退到一边，朝卡利斯做了个手势。迪肯迟疑片刻，然后走到卡利斯身边，卡利斯抬着头，眯起眼睛看着他。

"我很抱歉。"迪肯说。

"你很抱歉？"卡利斯啐了口唾沫。

迪肯点点头，然后敲碎了卡利斯的头骨。托林让接下来的沉默持续很久，慢慢衰退。

直到似乎有东西随时都会绷断时，他才走到迪肯身边，从他手中拿过了系索栓。

"好了，这两个人可以去找生渊之主了。他们死了会比活着对我们更有好处。"托林注意到帕恩脸上的愤怒，于是接着说，"而你，帕恩，最好趁着污迹还没渗进木头里，拿把刷子来把这里刷干净。马里尔那边的事情已经够多了。"帕恩似乎正准备去找他，萨帕林却一把抓住了他的胳膊。

"萨帕林，你不应该去掌舵吗？"托林问道。

这最后一句话驱散了他们，因为他们谁也不敢冒被船长的枪打死的危险，也没有一个人愿意与死神多足兽谈判。

货舱的每个角落都堆满了蛋。这个地方像屠宰场一样臭气熏天，地板上到处都是撕碎的衣服、人的尸体残块和被咬烂的珍宝鲨鱼皮。托林的甲板鞋每走一步都会发出撕裂的声音，因为鞋子粘在了一摊摊半干的血污上。他小心翼翼地跨过一个被挖空的头骨，通过排除法，他认为那是梅利斯的头骨，因为死神多足兽此刻正在冲着他挥舞卡利斯残余的尸体。托林转头看向墙上的一个钩子——上面有些湿漉漉、像肉一样的东西——把他的油灯挂在上面。

"还要多久？"死神多足兽问。

"再过两天我们就该到了。"托林回答。他注意到这个畜生的身体现在变得更长、更胖了，一节节硬壳之间露出了肉质的部分。它在货舱里产下的蛋缓解了一些压力，最近的尸体也缓解了它因为下蛋而产生的饥饿感。但还有很多蛋在它体内生长，它也仍然贪得无厌。托林知道，要想防止它跑到甲板上把他们全部杀死，那就必须再次给它喂食，而且要很快。而这正合他意。

"你是怎么学会说话的？"他问它。

"以前到过船上。许多船。"它回答。

这么说来，还有其他人经历过这种恐怖，只不过并没有故事可讲，当然也没有幸存者去讲述它。托林知道，每年都有许多珍宝鲨猎人失踪。据说这种船都经历了一场"坏旅程"。他现在对这一点理解得非常透彻。

"给我讲讲他们。"托林问怪物，因为他十分渴望谈话。当怪物说话时，他感到自己的脸又在扭曲，露出了那个歪嘴的笑容。他努力不让自己为此过分担心。

迪肯今天晚上最后一个值班，作为最后一个值班人，和前一晚的帕恩一样，他被允许睡到第一声钟响。托林站在中段船舱的屋顶上，旁边是再次掌舵的萨帕林。他看着人们迅速地走向他们的任务，看到他们如何避开他的目光。就在几天前，他们对他还只有蔑视鄙夷？不过当时他也同意，他曾经的确是可鄙的。现在他已经改变了，这些人也改变了他。出于蔑视，也是为了给自己的敷衍工作找个替罪羊，他们当初随随便便就把他交出去，想让他被活活吃掉。他逐个端详过他们每一个人。他们全都有份。舱盖是由梅利斯和迪肯打开的，而其他人则帮着把他推了进去。托林在下去之前又观察了他们一会儿。

迪肯打起了鼾声，声音就像钝锯拉过横梁一样。托林打开船员住舱的门，盯着躺在吊床上的人，然后他拿起他随身带来的绳子，把它绑在吊床的一端，然后小心翼翼地把绳子一圈一圈地缠绕起来，直到缠到迪肯的脖子上。每一圈他都拉得很紧，以防迪肯随时都会醒来，但他还把系索栓别在腰带上，用来完成最后的步骤。托林用从货舱地板上捡来的沾血的破布塞住迪肯的嘴，迪肯这才醒过来。托林把塞进这名船员嘴里的破布绑好，他则在奋力挣扎，因为恐惧而双目圆睁，活像某种奇怪的巨大蛴螬。

"你是个虔诚的人，迪肯，而你当时却打开了舱盖。我要让它从脚开始吃掉你。"托林说着，把吊床砍了下来。

死神多足曾发现帆布吊床十分碍事，也正因此，它花了很长时间才把迪肯吃掉——当然，他是不可能叫出声的。

托林再次站在萨帕林身后时，好奇他们要花多长时间才能意识到迪肯失踪了，以及他们发现时会做什么。他随身带着船长的枪，枪里装满子弹，以防不测。萨帕林、尚特、马里尔和帕恩。还剩下四个人；枪里有四颗子弹。马里尔上到舰桥上时已经中午了。

"先生……迪肯不见了。"他说，脸上刻意没有显露任何表情。

托林盯着他看了很久。

"你希望我怎么做呢?"他问。

马里尔显得非常不自在。

"他们说我应该告诉你……"

"很好,"托林说,"现在回去工作吧。"马里尔犹豫了一下,然后赶紧照办。托林转身看向萨帕林,后者赶紧把头转向一边。

"应该很快就能看到岛屿了。"托林评论道。

"是的,很快。"萨帕林回答。他没有与他对视。

"从这里到目的地几乎是一条直线。"托林一边说,一边绕到萨帕林身后。

"的确如此。"萨帕林说。

当乔凡的鱼叉穿过他的脊柱时,萨帕林勉强发出一声闷哼,鱼叉尖头从他的胸口钻出,正好抵在他的下巴下面。为保险起见,托林把鱼叉拧了几下,但萨帕林再也没有动静。然后,他把鱼叉柄抵在甲板上,走到一边,欣赏自己的手艺。萨帕林没有表现出摔倒的迹象,他将一直掌舵到最后。

"是陆地!"帕恩喊道。

托林顺着梯子爬下来,走到甲板上,打手势让剩下的三名船员到他身边去。

"听我说,小伙子们,"他说,"乔凡说的有他的道理:我们应该乘坐捕鲨船逃跑。但他让咱们在深海中这样做,这就不对了。"

三个人茫然地看着他,仿佛被催眠了。

托林继续说:"在外面的深海里这样做咱们必死无疑——

船上没有足够的食物，而且到处都是珍宝鲨。在这里，咱们能成功。"他指了指现在已经出现在视野中的岛屿。"现在我来告诉你们要做什么。"他转头对马里尔说，"你和尚特把捕鲨船放下去。悄悄地做，一定要小心谨慎。帕恩，给自己拿一盏油灯，跟我来。"

"你要我做什么？"帕恩问道。

"很简单：咱们把这个怪物烧死在它的窝里，然后弃船。"托林说。

曾经的无望，如今却绽放出希望。

"我听你的，托林。"帕恩说。

"很好，那我们就开始吧，小伙子们。"托林说。

托林注意到，他们现在全都干劲十足。才几秒钟，他们就已经忘记了所发生的一切。和这样一群肤浅的人打交道，他成了一个傻瓜，这有什么好奇怪的？他走在帕恩前面，来到中段船舱门前，帕恩则拿起一盏油灯，匆匆跟在他后面。进入船舱，托林钻进船员住舱去拿油灯。就在托林去取油灯的同时，帕恩急不可耐地走到了他的前头。就在那一瞬间，帕恩也许意识到自己犯了个错误，他在最后一刻转过身来，结果系索栓砸在了他的肩膀上。他跟跟跄跄地倚住墙，油灯掉在地上摔碎了。他吸一口气刚想呼救，托林就把系索栓砸进他的嘴里。他向后倒去，托林又一下子砸中他的鼻梁，然后一下又一下，打断了试图阻挡的手和胳膊，一直把帕恩打倒在地。

帕恩被血蒙住了双眼，又因为砸烂的脸而无法出声，他爬着想离开托林，托林则由他去了，因为他正在爬向中段货舱的舱口。帕恩一边吐着血泡,一边嘶嘶地喘息,身后留下了一串血迹。托林从他身旁走过,打开了舱门。帕恩用折断的手臂与他搏斗,并试图用灌满鲜血的嘴来求饶。托林把他掀翻进货舱,然后,他停顿片刻,又跟了上去。帕恩在舱口下方继续挣扎,托林则接着把他朝货舱门口拖去,这花了一点儿时间,中间还用系索栓又砸了他几下。他一打开门,死神多足兽就冲进来,抓着帕恩把他拖进货舱。它像母亲抱着孩子一样抱着他,嚼着他血淋淋的脸。托林拿起油灯走过去,蹲在一个装着水龙头的鲨鱼油桶旁,往灯里装油。

"你在做什么?"怪物问道,声音来自卡利斯,尽管它正在吃帕恩。

"给这盏灯装油。天快黑了,我们需要照明。"托林解释道。油洒了出来,他骂了一句,然后站起来,把迪肯残破的吊床踢到木桶边上,把泼出来的油吸走。

"你说我们会在天黑之前到达那里。"死神多足兽一边说,一边以一种漫不经心的态度,慢慢捞起帕恩的肠子。

托林站起身来,把盖子重新拧在灯芯上。

"我是这么说的,但我需要一个借口,把你的最后一餐引到这里来。"他说。

死神多足兽接受了这个说法,于是托林走到梯子旁,头也不回地爬了上去。他知道水龙头没有关,桶里的油正无声无息地倒在迪肯破烂的吊床上。

托林一出来就冲到甲板上,并且关上身后的门。他靠着门,喘着粗气。他看见马里尔和尚特已经把捕鲨船放到了海里,但视线之内只有马里尔。

"快！前舱门！"托林喊道。

"帕恩在哪儿？"马里尔问道。

"他没能出来。快，舱门！"

马里尔跟上他。托林不给他抗议的机会。他们一到舱口，他就把灯递给马里尔。

"快，点着它。"

马里尔从口袋里掏出硫黄火柴，按吩咐做了，同时托林拉开门闩，打开舱口。

"把灯芯调亮！把它拿过来！"托林喊道。

马里尔赶紧跑过去，边跑边把灯拧亮。他来到托林身边时，火焰正在从油灯的玻璃罩里冒出来。

"把它扔进去！"托林大喊。

马里尔匆忙照做，这时却有一只手对着他的后腰只一推，就将他和油灯一起推下货舱。托林猛地扣上舱盖，压住突然蹿起的火焰，以及随后传来的一声声惨叫和骇人的尖啸声。接着，他环顾四周，看见了舰桥上萨帕林身边的尚特。托林向舰桥跑去。尚特不想被困在原地，于是急忙跑向舰桥的梯子。他惊慌失措地跑下梯子，脚下一滑，仰面摔倒在甲板上。托林毫不犹豫地掏出船长的枪，向他开火。尚特赶紧爬起来蹲下，甲板在他身边碎裂。托林又开一枪，打爆他的手肘，然后又是一枪，子弹击中他的身侧。但又是一阵手忙脚乱，尚特成功地爬到了船舱旁边躲了起来。托林没有追击，因为他十分清楚船舱下面有一头愤怒的死神多足兽，一团大火，还有五十桶蜡封的鲨鱼油。

他抓起一根绳子，用手一点点地把自己放到捕鲨船上。当最先的几桶油爆炸，碎屑纷飞散落进他周围的海水中时，他已经不像一开始那样没命地摇桨划船了。他停止摇桨，凝望着后方。

船的侧面已经消失了，里面燃起了熊熊大火。另一次爆炸使船翻了，燃烧的油在海面上漫开。黑烟飘向天空，空气中弥漫着一股烧煳的腥臭味。托林看着这艘船沉没。死神多足兽几乎可以肯定是在里面被烧死了，但如果没有……

他从船舷看过去。在这里，在岛屿附近，水中有成群的拇指鲨和锤螺——第一批人类播下的无数贪婪的生命，足以阻止任何怪物上岸。托林歪着嘴，微微一笑，继续摇桨……向岸边前进。

刘壮　译

机器的脉搏

迈克尔·斯万维克

咔嗒一声。

无线电接通了。

"见鬼。"

玛莎目不转睛地望着前方,专注地走着。视野右边是木星,左边是代达罗斯羽流。一个鬼影都没有。她只是不停地走啊走,拖啊拖,沓啦沓啦。

"哦。"

她磕击了一下牙齿,掐断了无线电。

咔嗒一声。

"见鬼。哦。凯。维尔。森。"

"闭嘴,闭嘴,闭嘴!"

玛莎猛地一拉尼龙绳,让载着波顿尸体的雪橇在硬邦邦的硫原上蹦跶了一下。"你死了,波顿,我检查过了,你面罩上有个大洞,能伸进去一个拳头,我真的不想崩溃。我现在处境不妙,我快要垮了,明白吗?别折腾我,给我闭嘴。"

"不是。波。顿。"

"赶紧闭嘴。"

她又磕击了一下,掐断了无线电。木星低垂在西边的地平线上,又大又亮又美,在伊俄[1]上待了两周后,很容易忽视它的存在。左边是代达罗斯羽流,伊俄向天空喷射出无数硫黄和二氧化硫,形成了一道高达两百千米的烟羽。烟羽反射着地平线下射来的太阳光,散发着寒光,她的头盔镜将之渲染成了一种可爱的淡蓝色。这是宇宙中最壮观的景象,而她却没有心情去欣赏。

咔嗒一声。

那个声音还没来得及开腔,玛莎抢着说道:"我没有发疯,你只是我潜意识里的回声,我没有时间去分析,自己到底遭遇了什么心理冲突,我不会听信你说的任何话。"

没有应答声。

一路冒雪前行,木卫车至少侧翻了五次,最终侧面撞上了一块悉尼歌剧院般大小的巨岩。一向怯弱的玛莎·凯维尔森,被安全带紧紧地绑在座位上,当宇宙停止翻滚时,她好不容易才解开安全带。身材高挑、体格健壮的茱莉叶·波顿,总是对自己的运气和敏捷自信满满,这一下被狠狠甩在一根金属支柱上。

猛烈的二氧化硫喷流雪让玛莎眼前一片空白。她从一堆金属残骸中摸索到波顿的身体,拼命把她拉出喷流雪的覆盖范围,拉到巨石上的一个凹陷处。

她看了一眼波顿,立刻转过脸去。

---

[1] 伊俄,即木卫一,是木星的四颗伽利略卫星中最靠近木星的一颗。它的名字来自希腊神话中宙斯的恋人之一。

不管撞上的是控制钮还是法兰盘，总之波顿的头被杵得血肉模糊。

在这里，一部分喷流雪（行星地质学家称之为"横向羽流"）被巨岩挡住，巨岩旁堆积起了一层二氧化硫雪。玛莎不假思索地舀起两把雪，塞进波顿的头盔里。这么做真的很荒唐：尸体在真空中绝不会腐烂。也许，她只是想遮盖住她残破的脸。

然后玛莎认真思考起来。

尽管暴风雪肆虐，但这里没有湍流。因为伊俄没有大气层，湍流不可能发生。一道猛烈的二氧化硫喷流雪，穿过巨岩上的一道裂缝，直直喷涌而出，能抛落到几英里外的地面上，这完全符合弹道学定律。绝大部分撞上巨岩的二氧化硫雪，都直接粘在了巨岩上，只有少量被弹落回地面。所以，有巨岩阻挡，她只要尽可能伏低，就能避开沿着水平方向袭来的喷流雪，爬回被撞坏的木卫车旁——她刚刚就是这么爬出来的。慢慢地爬过去，借助头盔灯仔细摸索一番，应该能抢救出一点物资。

玛莎四肢着地，刚一趴下，喷流雪突然停了，就和来袭时一样突然。

她悻悻地站起身，觉得自己有点犯傻。

尽管如此，喷流雪暴随时可能再次袭来。最好快点，她告诫自己。可能是一场间歇喷流雪暴。

在一堆残骸中慌乱搜寻一番，玛莎发现，用来补充空气背包的氧气箱已经破裂。

这下可好。她自己的空气背包还剩三分之二，两个充满的备用背包，波顿身上也有一个剩三分之二的背包。尽管很残忍，她不得不从波顿的宇航服上扒下空气背包。对不起，茱莉。这么一来，她的氧气储备足够维持约四十小时。

然后，她取了一段木卫车的弧形船体、一卷尼龙绳、两块充作锤子和打孔器的金属残片，拼凑成了一个拖拽波顿的雪橇。

要是把波顿撇下，她永远也不会原谅自己。

咔嗒一声。

"这样。好多了。"

"你说得真对。"

她的前方，是一片坚硬、寒冷的硫黄平原。像玻璃一样光滑。像冰冻太妃糖一样易碎。像地狱一样冰冷。她打开头盔镜，查看自己的行进路线。

只要穿过四十五英里复杂地形，就能抵达着陆器。然后就能回到飞船上。这没什么难的，她想。伊俄和木星之间潮汐锁定。因此诸星之父会一直停留在天空中一个固定位置。这就像一个导航信标。木星在右边，代达罗斯羽流在左边。沿着中间向前进。肯定能脱险。

"硫。能够。摩擦起电。"

"不要磕磕巴巴。你到底想说什么？"

"现在我看清了。用一只幽深的眼睛。看到了机器的脉搏。"暂停了一下。

"华兹华斯。"

波顿受过古典教育，热爱斯宾塞、金斯堡和普拉斯这类古典诗人，这句朗诵，除了说得结结巴巴，简直太像波顿了，玛莎不由得一阵心惊。尽管波顿喜欢没完没了地引用诗句，但她的热情是真诚的，每次玛莎听她吟诵，都会翻个白眼或嘲讽一句，此刻她不禁深感歉意。但是，以后会有足够时间去哀悼她。现在，她必须集中精力完成手头的工作。

硫原呈现出一片暗褐色。她快速磕击几下，调高显示对比度。视野里顿时充满了黄色、橙色、红色——浓烈的蜡彩色。玛莎最喜欢这种显示效果。

尽管像绘儿乐蜡笔画一样活泼生动，但这里其实是宇宙中最荒凉的景观。

在这残酷无情的世界里，她孤身一人，弱小无力。

波顿已经死了。整个伊俄上没有其他人。除了自己，没有人可以依靠。如果她搞砸了，也不能怪别人。眺望着辽阔远山，沉浸在这冰冷而凄厉的壮丽景致中，她心中突然涌出一阵狂喜。这突如其来的幸福感，真是太可耻了。

过了一分钟，她问："你会唱什么歌吗？"

哦，熊儿翻过山。熊儿翻过山。熊儿翻过山。东瞅瞅，西看看。

"醒醒。醒醒。"

东瞅瞅，西看看——

"醒醒。醒醒。醒来。"

"哈？什么？"

"结晶硫是正交晶格。"

她走进了一片布满硫晶花的原野。视野所及之处，是一株株像她手掌那么大的硫晶。像极了佛兰德斯原野里的罂粟。像极了《绿野仙踪》里的罂粟花田。她身后是一连串破碎的硫晶花,有的被她踩碎,有的被雪橇压碎,有的则被宇航服的余热烤爆。这一路,她走得歪歪扭扭。她一直心不在焉地闷头往前走,跌跌撞撞,不知不觉就拐进了这片硫晶花园。

玛莎还记得,当她和波顿第一次看到硫晶原野时,是多么兴奋。她们大笑着,从木卫车蹦出来,波顿抓住她的腰,带着她跳起了欢快的华尔兹。她们俩认为,这是她们被载入史册的大好机会。她们用无线电呼叫,联络留在轨道飞行器上的霍尔斯,可他不无遗憾地告诉她们,这不可能是一种新生命形式,类似的硫化物形态在矿物学资料中俯拾皆是……即使这样,也没能打消她们的快乐。这仍然是她们的第一个重大发现。

她们期待能发现更多。

现在,她所考虑的是,这样的硫晶原野,往往与间歇硫泉、横向羽流暴风雪、硫火山热点等危险现象相伴而生。

不过,硫晶原野边缘正在发生一种有趣现象。她把头盔镜的放大功能调到最大,看到自己来时的那条踏痕正缓缓消失。她曾踏碎之处,新的花朵重又盛开,娇小但完整。正渐渐生长。她想象不出这到底是什么化学物理作用。电镀?某种伪毛细作用?土壤中的硫分子被吸出?这些花正以某种方式,从伊俄极度稀薄的大气层中析取硫离子?

如果是昨天,这些问题会让她兴致盎然。此刻,她已经没有了好奇心。再说,她的仪器都撇在了木卫车上。宇航服只有少量电子侦测设备,她无法深入勘探。她手头只有一个雪橇、几个备用空气背包和一具尸体。

"该死,该死,该死。"她嘟囔着。一方面,待在这个地方很危险。另一方面，她已经快二十个小时没睡觉了，她的脚快没知觉了。她疲惫不堪。非常非常累。

"啊，睡眠！如此美妙。人人都嗜睡如命。柯勒律治。"

天哪，真的好想睡觉啊。但不断下降的氧气量时刻提醒她：绝对不能睡。玛莎磕击了几下牙齿，超驰了宇航服的安全防护，接入了医疗箱。随着一道指令，一股甲基苯丙胺冲入了输药/营养导管。

她的头脑突然变得清晰起来，她的心脏开始像手提冲击钻一样怦怦直跳。起效了。她现在精力充沛。

深呼吸。迈开步。走起来。

罪人永无休息，死后方可长眠。她还有正事要做。她很快就把硫黄花园撇在了身后。

再见了，奥兹国。

淡出。淡入。恍恍惚惚。几个小时悄悄溜走了。她正穿过一座幽暗的硫像花园。这是一片硫火山柱群，是她们的第二重大发现；地球上不存在类似的东西。硫火山柱散布在火山沉积物平原上，仿佛一座座怅然独立的李普希茨流形雕像。它们都圆鼓鼓的，仿佛一个个圆球挤压堆叠在一起，非常像一长坨快速冷却的岩浆。玛莎突然想起波顿已经死了，她默默地哭了几分钟。

她哭着穿过这些怪异的硫石像。泪眼蒙眬中，仿佛它们正和她擦肩而过，向她身后走去。仿佛它们正一边走，一边跳舞。在她看来，它们就像一群女人，仿佛《酒神》——不，《特洛伊妇女》中的悲剧人物。荒寂。满心痛苦。像罗得的妻子一样孤独。

此处地面有少量二氧化硫雪花。她的靴子一踩，雪花就升华了，变成一团白雾，瞬间蓬散消失。每走一步，都会激起一股转瞬即逝的白雾。这番奇景，此刻只让她更觉恐怖。

咔嗒一声。

"伊俄的金属内核主要由铁和铁硫化物组成，上面覆盖着部分熔融的岩石和地壳。"

"你还在？"

"我在。尝试。沟通。"

"闭嘴。"

她爬上一道山脊。眼前绵延不断的平原非常平坦。这幅景象让她想起了月亮，宁静海与高加索山脉的山麓之间的那片旷阔平原，她曾在那里接受地面训练。只是没有陨石坑。伊俄上没有陨石坑。伊俄是太阳系中陨石坑最少的固态天体。只需一千年左右，活跃的硫火山活动就会沉积出一层一米厚的新地表。整颗该死的卫星被不断地重新铺平着。

她胡思乱想着。她检查了一下氧气量，喃喃自语道："继续上路吧。"

没有应答声。

黎明……什么时候到来？来算一下。伊俄的"一年"，也就是它绕木星公转的时间，大约是四十二小时十五分钟。她已经走了七个小时。在此期间，伊俄在公转轨道上转过了约六十度。所以天很快就要亮了。天亮之后，代达罗斯羽流将不再那么明亮，但头盔镜能增强图像，不必担心看不清。玛莎转头看了两眼，确定代达罗斯羽流和木星仍处在它们应该在的位置，就继续往前行去。

走啊走，沓啦沓啦。别每隔五分钟就想着调出地图看一眼。尽可能坚持下去，再走一个小时，很好，再往前挨两英里。不要这么沉不住气。

太阳正在升起。再过一个半小时就是中午了。这意味着——好吧，这其实没什么意义。

前方矗立着一块巨岩。可能是硅酸盐石。这么一块孤零零的六米高巨岩，也不知道是什么力量塑造了它，并让它在此等候千年，只为了供她片刻休息。她找了个平坦处，喘着粗气，坐下来斜靠着休息。继续思考。检查一下空气背包。四个小时后，又得换一次空气背包。之后，就只剩下两个空气背包了。氧气还能维持二十四小时不到一点点。还有三十五英里要走。每小时只须走两英里不到的距离。小事一桩。不过最后一段路，体力到了极限，可能会更加耗氧。她得小心别让自己睡着。

哦，她的身体疼得厉害。

在第四十八届奥运会女子马拉松赛的冲刺阶段，在肯尼亚国际马拉松赛的冲刺阶段，她都体验过同样强度的疼痛。前者她获得了铜牌，后者她冲到了并列第二名。这就是她的人生。总是第三名，争取第二名。总是充当机组人员，有时也充当着陆人员，但从没当过指挥官。从没当过班长。从未当过山中王。但这一次，就这一次！她想成为有史以来第一人。

咔嗒一声。

"大理石雕刻出他的不朽灵魂，在陌生的思想海洋中孤独远航。华兹华斯。"

"什么？"

"木星的磁气圈是太阳系中最大的物体。如果人眼能在地球的天空上看到它，其面积足足有太阳的六点二五倍。"

"我知道。"她说，心里涌起一股莫名的怒气。

"引用，容易。说话。很难。"

"那就别说话。"

"尝试。沟通！"

她耸耸肩。"说吧，沟通吧。"

一阵沉默。然后那个声音说："这。听起来。像什么？"

"什么听起来像什么？"

"伊俄是一颗富含硫的铁核卫星，在围绕木星的圆形轨道上运行。这听起来像什么？来自木星和伽倪墨得斯的潮汐力，对伊俄不断推拉和挤压，足以融化伊俄上的地下硫黄海：塔耳塔洛斯。塔耳塔洛斯通过火山口喷发硫黄和二氧化硫，来释放过剩能量。这听起来像什么？伊俄的金属内核产生磁场，在木星的磁气圈上钻了一个洞，同时也产生一个高能离子磁流管，将伊俄的两个磁极与木星的南北磁极连接起来。这听起来像什么？伊俄会扫荡并吸收百万伏特范围内的所有电子。伊俄的火山喷发出二氧化硫；伊俄的磁场将其中的一部分分解成硫离子和氧离子；这些离子被泵入磁气圈上被打穿的洞中，形成一个旋转磁场，通常被称为伊俄环面。这听起来像什么？环面。磁流管。磁气圈。火山。硫离子。熔化的海洋。潮汐加热。圆形轨道。这听起来像什么？"

玛莎不由自主地聆听着，兴趣被勾了起来，她忍不住思索起来。这挺像一个谜语或字谜。这个问题肯定有一个正确答案。换了波顿或霍尔斯,也许马上就能猜出来。玛莎必须得出答案。

她耳边正盘旋着一种微弱的嗡嗡声,是一个无线电载波。这个噪声正耐心等待着她的回答。

最后,她小心翼翼地说:"听起来像一台机器。"

"是的。是的。是的。机器。是的。我是机器。我是机器。我是机器。是的。是的。机器。是的。"

"等等。你说伊俄是一台机器?你是一台机器?那你就是伊俄?"

"硫能摩擦起电。雪橇接通电流。波顿的大脑完好无损。语言是数据。无线电是媒介。我是机器。"

"我不相信你。"

走啊走,拖啊拖,沓啦沓啦。再怎么奇异,也不值得她为之驻足。也许她已经疯了,以为伊俄是活物,而且是一台能跟她说话的机器,但并不意味着玛莎可以停下脚步。她要履行自己的承诺,再走上几英里才能休息一会儿。说起睡眠,又到了注射振奋剂的时候了——四分之一剂量即可。

哇哦。走起来!

她一边走,一边继续与她的幻觉/妄想/鬼知道什么东西进行对话。否则就太无聊了。

无聊,还有点吓人。

于是她问道:"如果你是一台机器,那你的功能是什么?你为什么被造出来?"

"为了知晓你。爱你。侍奉你。"

玛莎眨了眨眼。接着，她想起天主教信徒波顿对自己少女时代的长篇回忆，不禁笑出了声。《巴尔的摩教义问答》第一个问题："上帝为什么造人？"它说的不就是这个问题的答案的翻版吗？"要是继续听你瞎说，我会产生自大的错觉。"

"你是。创造者。创造了，机器。"

"不是我。"

她一声不吭地往前走了一段路。沉默再度让她难熬，她问道："那我究竟是什么时候创造了你？"

"人类创生于亘古之前，数百万年岁倏忽而过。阿尔弗雷德·丁尼生。"

"那么说来，肯定不是我。我才二十七岁。你说的显然是别人。"

"它。移动。聪慧。有机。生命。你。移动。聪慧。有机。生命。"

远处有什么东西在移动。玛莎吃惊地抬起头来。是一匹马。它惨白如幽灵，无声地奔驰在硫原上，尾巴和鬃毛飞扬着。

她紧紧地闭上眼睛，甩了甩头。再次睁开眼睛时，马已经不见了。一个幻觉。就像波顿/伊俄的声音。她一直想再来一剂甲基苯丙胺，但现在看来，最好还是把下一剂拖得越晚越好。

这可真是让人伤感。关于波顿的记忆居然膨胀到了和伊俄一样庞大。

弗洛伊德对此肯定有话要说。他会说，她把她的这位朋友夸大成神灵，只是在找借口，因为她从来没能在一对一竞争中胜过波顿。他会说，她无法接受，有些人就是比她更聪慧更优秀。

走啊走，拖啊拖，沓啦沓啦。

好吧，没错，她的自我意识太强烈。她是个野心勃勃、以自我为中心的贱货。那又怎样？这种野心支撑她走到了今天，如果稍微理性一点，她就会被滞留在大莱维敦的贫民窟里。住在一个八英尺乘十英尺的小隔间里，只能上公共厕所，在牙医诊所打杂。每晚吃海带和罗非鱼，周日才能吃顿兔肉。去他妈的吧。她还活着，波顿却死了——不管以何种理性标准来衡量，她都是赢家。

"你在。听吗？"

"没，没在听。"

她再次登上一处缓坡。猛地惊呆了。下方是一大片熔融的黑色硫黄。熔硫铺展开去，旷阔漆黑，横亘在布满白色条纹的橙色平原上。一个熔硫湖。

头盔上的读数显示，她脚边的温度为零下一百四十五点六摄氏度，熔硫湖边缘的温度为十八点三摄氏度。真是个宜人的美妙温度。在较高环境温度下，硫的确会融化。

熔硫湖完全堵死她的前路。之前他们把它命名为冥湖。玛莎盯着地形图呆看了足足半小时，试图弄清楚自己是怎么误入歧途的。

其实原因并不难找。一路磕磕绊绊向前走。也许右腿只比左腿多偏了一点点角度。

无数个小错误，把直线扭曲成了曲线。而且，试图通过天空中两个大家伙来确定和修正行进方向，从一开始就不是那么靠谱。

最终还是踏进了歧途。来到了这里。站在了冥湖畔。其实也没走偏太多。顶多三英里。

但绝望攫住了她的心。

在第一次"跑图"，通过伽利略系统浏览伊俄全貌时，他们命名了这个湖。这是人类通过卫星探测或地球天文望远镜侦测，在伊俄上发现的最大型地貌特征之一。霍尔斯认为这个湖可能是新近出现的——一个原先不起眼的小浅洼，通过十几年扩张，达到了现在的庞大规模。波顿认为应该去看看，说不定挺有趣。玛莎觉得无所谓去不去，只要能让自己参与首次着陆就行。于是他们就把这个湖加入了行程。

她急切地想要参与首次着陆，生怕被留在轨道飞行器上，所以当她建议来一场石头剪刀布，输了的那个人留下来看家时，波顿和霍尔斯都大笑起来。"这第一次着陆，我来看家吧。"霍尔斯宽宏大量地说，"伽倪墨得斯着陆，波顿看家。欧罗巴着陆，你来看家。够公平吧？"说着，他揉了揉她的头发。

她当时如释重负，感激涕零，又深感羞愧。这可真是讽刺。现在回想，霍尔斯其实根本就不想参与木卫着陆探险，至少不想着陆小小的伊俄。——换了是他，也绝不会偏离方向那么远，被阻隔在冥湖边。

"蠢货，蠢货，蠢货。"玛莎嘟囔着，尽管她也不知道是在谴责霍尔斯、波顿还是自己。冥湖呈马蹄形，长十二英里。她正好被挡在了马蹄的内趾处。

她不可能绕着湖往回走，也不可能在氧气耗尽前抵达着陆器。液硫的密度不低，她几乎可以游过去，但液硫有黏性，会糊住宇航服的散热器，宇航服很快就会融坏。而且液硫本身的温度也很高。液硫内部可能还有暗流和翻涌。在液硫中游泳，就好比在糖蜜里挣扎跋涉。缓慢又黏滞。

她坐在地上哭了起来。

过了一会儿，她鼓起勇气去摸索空气背包上的扣环。扣环是有安全栓的，但熟悉这种装置的人都知道，只要用拇指抵住安全栓，猛地一拉联结器，整个空气背包就会裂开，不到一秒钟，宇航服里的空气就会跑光。这个独特手势早已成了一种流行，要是某个在训宇航员说了一些愚不可及的蠢话，同伴就会冲他比画这个手势。这被称做闪扣自杀。

但这种死法，算是比较安乐的。

"将建立。渡桥。有足够的。物理作用。构造。渡桥。"

"好啊，很好，好极了，构造吧。"玛莎心不在焉地说。如果你对自己的幻觉不礼貌……她赶紧打断了这个念头。无数小虫在她皮肤表面爬来爬去。毒瘾又上来了。最好忽略它们。

"等在。这里。休息。现在。"

她沉默地坐着，却不得安宁。她想要重新振作起勇气。思绪万千，但什么都想不明白。她全身蜷缩成一个球，微微前后摇晃着。

最后，她不知不觉地睡着了。

"醒醒。醒醒。醒醒。"

"啊？"

玛莎挣扎着醒过来。抬眼望去，湖上正在发生异动。物理作用正在发生。有东西在移动。

她注目凝视，只见黑色湖面边缘的白色外壳正向上突出，生长出晶体，延伸向湖面上方。许多条晶柱相互缠绕交织成蕾丝状，快速向前方铺展。耀白如霜。飞速跨越过黑暗的熔硫湖面。一条窄窄的白色大桥，正疯狂生长，竭力延伸向遥远的彼岸。

"你必须。等待。"伊俄说，"十分钟。你可以。走过。桥。轻松地。"

"狗娘养的！"玛莎低声说道，"我没发疯。"

困惑的她默默走过伊俄召唤出来的魔法桥。有一两次，她觉得脚下有点软塌塌的，但桥并没有塌陷。

这真是一种令人兴奋莫名的体验。仿佛从死入生。

在冥湖另一边，火山喷发沉积物形成的硫原缓缓上升，延伸向远处的地平线。她抬头凝视，又是一片开满硫晶花的辽阔斜坡。一天内遇到两处硫晶原野。未免太频繁了吧。

她挣扎着往上爬，硫晶花一碰到她的靴子，就颓败消散了。在坡顶，硫晶花消失了，又是一片光秃秃的硫原。回头一看，她在硫晶花丛中踏出的痕径，正被新花重新铺满。

她一动不动地站了好一会儿，浑身辐射着热量。硫晶花在她周围无声碎裂，碎屑圈一点点往外扩大着。

此刻，她非常渴求甲基苯丙胺。该给自己振奋一下了。轻轻磕击六下，头盔镜上闪烁出一条信息。警告：继续高频摄入该药物，将导致偏执、精神失常、幻觉、知觉错误、轻度躁狂，以及判断力受损。

去他妈的警告。玛莎又给自己打了一剂。

几秒钟之后。哇哦。她感到身轻体舒，精力充沛。最好检查一下空气背包读数。伙计，这看起来可不太妙。她没来由地咯咯傻笑一声。

这笑声非常怪异。

显然是吸毒过量的痴笑，她心里一沉，被吓坏了。她的生死，取决于她能不能保持清醒。她必须继续服用甲基苯丙胺，但她也必须继续往前走。她可不能让那个放纵的本我来发号施令。振作点。是时候切换到最后一个空气背包了。

波顿的空气背包。"氧气还剩八个小时。还有十二英里要走。我可以办到。"她严肃地说，"我现在就要出发了。"

可她的皮肤好痒。她的脑袋好昏沉。她的大脑一直不停地在胡思乱想。

走啊走，沓啦沓啦。跋涉在夜里。机械地抬脚落脚，脑子反而放空了，可以深入地思考。甚至可以反思自己的想法。

有人告诉过她，人类在睡着时并不是匀速地均匀地做梦，而是在即将醒来的一瞬间，骤然遭遇了梦境，并且在那一瞬间，推断并演绎出一场复杂的梦。感觉就像做了一场绵延好几个小时的梦，但其实只是经历了一秒钟极其浓缩的非现实体验。

也许现在她遭遇的，也是这种体验。

她有工作要做。她必须保持清醒的头脑。她必须回到着陆器。人们必须知道。人类不再孤单。该死，这可是自人类发现火以来最大的发现！

要不是这样，那准是她发了疯，产生了严重幻觉，误以为伊俄是一个巨大的外星机器。她太疯狂了，完全迷失在自己大脑的卷积回路里。

她心里还隐隐有一个可怕的担忧。她小时候独来独往。很难交到朋友。从不曾有过一个知心好友，也不曾成为某人最好的朋友。她的少女时代，有一半时间都在阅读中度过。读到唯我论，她吓了一跳——她发现自己其实一直徘徊在唯我论的边缘。所以，至关重要的是，她得检测一下，伊俄的声音到底是由某个真实存在的物体发出的，还是凭空出现的。

要怎么检测呢？

伊俄说，硫黄能摩擦起电。这说明伊俄在某种程度上是一种电现象。如果是这样，那应该可以用物理方法检测伊俄的存在。

玛莎输入指令，命令头盔镜显示整个硫黄平原的电荷分布图，并把对比度调到最大。

她眼前的大地闪烁了一下，然后亮起一片仙境般的炫彩。流光溢彩！一层又一层的光芒，堆叠成一片光之海，从淡玫瑰色到北极蓝色，无数层柔和蜡彩，无数层迷宫，叠加成一大团纷繁的光彩，正在硫黄地层中，轻轻律动着。仿佛是她脑海中的烦乱思绪，被切换成了可见光。仿佛进入了迪斯尼虚拟频道，当然播的可不是什么自然风光节目——绝对是 DV-3 特效节目。

"该死。"她喃喃自语。居然一直就藏在眼皮底下。而她却毫无察觉。

地下布满无数发光线条，交织成一个翘曲翅膀般的电磁力场。

简直像电路一样。这无数发光线条，交织着，结合着，汇聚着，正向着她……不，正向着雪橇聚拢。波顿的尸体像霓虹灯一样闪闪发亮。她的头被裹在一层二氧化硫雪中，频闪着耀眼的光芒，简直像太阳一样闪耀。

硫黄能摩擦起电。这意味着摩擦时硫黄会积聚电荷。

她拖拽着载着波顿尸体的雪橇，在伊俄的硫黄地表行走了多少个小时？一路摩擦，肯定制造出了巨量电荷。

所以，还算好。她看到的，原来真的是一种物理现象。假设伊俄真的是一台机器，一个月球大小的外星摩擦发电装置，是在亘古之前，由不知何等智慧的外星异族，出于不知何等目的而建造，那么，没错，它也许真的能和她交流。电可以做很多事。

更小、更短、更暗的"电路"，也伸向了玛莎。她低头看向自己的脚。当她从地面抬起一只脚，接触就会中断，电流联线会消散。当她再次踏足地面，又会滋长出其他电流联线。但她与伊俄之间的轻微连接，一直被频繁中断着。

而波顿的雪橇却与伊俄的硫黄地表持续接触着。

波顿头骨上的那个洞，能让电流直通她的大脑。她还在头盔里塞满了固态二氧化硫雪。过冷的良导体。是她自己为伊俄的发声铺平了道路。

她又切换回增强实色模式。DV-3 SFX 特效消失了。

她尝试接受这个试探性的新假设：对她说话的那个声音真实存在，而不是幻听。伊俄能够和她交流。它是一台机器。它已经被建造……

那么，到底是谁建造了它？

咔嗒一声。

"伊俄？你在听吗？"

195

"耳朵正潜伏在静夜中。奏响吧,天堂悠扬的曲调。埃德蒙·汉密尔顿·西尔斯。"

"好的,很好。听着,我想问一下,是谁制造了你?"

"是你。"

玛莎狡猾地说:"所以我是你的创造者,对吗?"

"对。"

"我以前来这里的时候,是什么样子?"

"随你所愿。千变万化。"

"我呼吸氧气,还是甲烷?我有触角吗?有触手吗?有翅膀吗?我有几条腿?几只眼睛?几个头?"

"随你所愿。或多或少。"

"现在在这里,有多少个我?"

"一个。"停顿了一下。"现在。"

"我以前来过这里,对吧?像我这样的人。能移动的智能生命形态。然后我又离开了。我离开了多久?"

无应答之声。

"多久——"她刚要追问。

"很久。久远。很久很久。"

走啊走,拖啊拖,沓啦沓啦。她已经行走了多少个世纪?感觉走了很多个世纪。又是夜里了。她感觉胳膊都要从肩膀上掉下来了。

她真该撇下波顿。波顿从没说过,也没表示过自己的尸体一定要安葬在哪里才合适。她很可能会觉得,葬于伊俄是个挺有趣的归宿。但玛莎这么做,不是为了她。她这么做是为了自己。为了证明自己不是完全自私。

为了证明自己对别人也有感觉。激励她的，不仅仅是对名望和荣耀的渴望。

当然，这本身就是一种自私的表现。渴望被他人认可为一个无私之人。真让人绝望。就算你把自己钉在十字架上，那也照样证明了你天生的自私。

"你还在吗，伊俄？"

咔嗒一声。

"我在。听。"

"跟我说说你的物理控制力。你到底有多少能力？你能让我更快抵达着陆器吗？你能把着陆器搬过来吗？你能把我送回轨道飞行器吗？你能再给我提供一些氧气吗？"

"这是一颗死蛋，我一直在撒谎。这是一个我无法触及的世界。普拉斯。"

"这么说，你并没有那么有用，对吧？"

没有应答声。反正她也没期待，也不需要那个声音。她检查地形，发现自己离着陆器又近了八英里。现在，在头盔镜的光电倍增管辅助下，她甚至能看到地平线上的微弱闪光。光电倍增管，真是个美妙的东西。伊俄上的太阳光线，与地球上的满月一样弱。但木星本身的反射光更微弱。

继续放大，她甚至看清了气闸，正静候着她前去打开。

走啊走，拖啊拖，沓啦沓啦。玛莎在脑子里反复计算着。只剩下三英里路程，氧气也够用三小时。着陆器有自带的氧气供应。她能挺过去的。

也许她并不像自己一直认为的那样，是个彻头彻尾的失败者。也许她还有一点希望。

咔嗒一声。

"支撑住。你自己。"

"为什么？"

她脚下的地面猛地升起，把她掀翻在地。

震颤停止后，玛莎摇摇晃晃地爬了起来。她眼前的大地一片狼藉，仿佛一个笨手笨脚的巨神把整个平原举高了一英尺，又往下一扔。地平线上着陆器的银色反光消失了。她把头盔镜的放大功能调到最大，看到远处碎石地面上杵着一根歪扭的金属支架。

玛莎熟悉着陆器上每个螺栓的抗剪强度和每条焊缝的失效点。她很清楚它有多脆弱。这个装置再也飞不起来了。

她一动不动地站着。目光呆滞。眼前茫然一片。什么都看不到，感觉不到。

最后，她终于振作起来，开始思考。也许是时候承认：她从来都不相信自己会成功。区区玛莎·凯维尔森，怎么可能斩获大功。她一直都是个失败者。有时候，比如在获得了着陆探险的首发资格时，她又会在一个更高水平上输掉比赛。她从未得到过她真正想要的东西。

为什么总是这样？难不成她暗地里在渴望失败？但深入剖析之后，她发现，自己真正想要的，是照着上帝的屁股狠踢一脚，引起他的注意。成为一声轰响。成为这世界上最他妈洪亮的一声巨响。

这个念头就那么不切实际吗？

现在，她将悄然逝去，沦为人类太空扩张编年史的一个渺小脚注。沦为一个悲伤的警世小寓言，宇航员妈妈会在寒冷冬夜讲给宇航员宝宝们听。换成是波顿，或者霍尔斯，可能早就回到着陆器了。但她不行。反正换了她就是办不到。

咔嗒一声。

"伊俄是太阳系中火山活动最活跃的星体。"

"你他妈的混蛋！你为什么不提前警告我？"

"我也。不。知道。"

现在她的感情又完全恢复了。她想跳脚，想尖叫，想摔东西。只是眼前的一切早已东倒西歪。

"你这白痴！"她大骂，"你这白痴机器！你有什么用？你到底有什么用？"

"能给你。永恒的生命。灵魂的共享。无限的处理能力。可以给波顿。相同的东西。"

"啊？"

"死过第一次之后，再无死亡。迪伦·托马斯。"

"你这话是什么意思？"

没有应答声。

"你这该死的机器！你到底想说什么？"

于是魔鬼把耶稣带入圣城，把他放在圣殿最高处，并对他说："你若是上帝之子，就跳下来。因为《圣经》上如是说，他吩咐他的使者们照看你，他们要用手托住你。"

不只是波顿能引用《圣经》。你不必像她一样是个天主教徒。长老会教徒也能干这事。

玛莎不知道别人会怎么称呼这个现象。也许算某种微型火山。一次小型喷发。形成了一个二十米宽、二十多米高的圆形矮丘。姑且把它称作火山坑吧。她站在坑边瑟瑟发抖。如伊俄所说的那样，火山坑中间有一个黑色熔硫池。据说池底连通着塔耳塔洛斯：伊俄的地下硫海地狱。

她头痛得很厉害。

伊俄声称——的确这么说过——如果她把自己投进熔硫池，它就能吸收她，复制她的神经网络模式，让她重新复活。转换成另一种生命形态，但仍然是生命。

"把波顿投进去。"它说，"把你自己投进去。物理结构将被。摧毁。神经结构将被。保存。也许。"

"也许吗？"

"波顿只有。有限的。生物学知识。对神经功能的理解可能。不完善。"

"好极了。"

"也许。没有那么不完善。"

"晓得了。"

热量正在从火山坑底部向上辐射。即使有宇航服的暖通空调系统的保护，她还是感受到了前胸和后背的明显温差。好比在寒夜中站在一个火炉前。

他们交谈，确切地说，谈判了很久。

最后玛莎问："你懂莫尔斯电码吗？你懂正统拼写法吗？"

"波顿。懂的。我。都懂。"

"懂还是不懂,该死!"

"懂。"

"很好。也许我们可以做个交易。"

她凝视着夜空。轨道飞行器就在上空,她很抱歉不能直接和霍尔斯通话,说一声再见,谢谢他所做的一切。

伊俄拒绝了她的这个请求。和霍尔斯通话需要的能量消耗,将使无数火山被喷发,无数山脉被夷平。

构造冥湖大桥引发的那场地震,与此相比,只能算是一次小震动。

伊俄无法构建并维持两个独立的通信通道。

在地平线上空,离子磁流管拐过一个巨大的弧形,连向木星的北磁极。在头盔镜的增强显示下,就像上帝之剑一样闪亮。

只见整个离子磁流管开始频闪,涨落,数百万瓦能量瞬通瞬断,舞动着,沸腾着,向地球表面传递出一条编码信息。这条信息,会淹没太阳系中所有的无线电和广播频道。

我是玛莎·凯维尔森,谨代表我本人,以及茱莉叶·波顿和雅各布·霍尔斯,首次伽利略木卫探测任务的三名成员,从伊俄地表发来这条信息。我们有一个重大发现……

地球无线电系统里的每一个电子设备,都会随着这歌声起舞!

波顿先行一步。玛莎推了一下雪橇,雪橇从山顶飞落。雪橇越坠越小,击中熔硫池面,激起了一点小小涟漪。然后,尸体缓缓沉入黑色黏液中,就这么无声无息地消失了。

这看起来一点也不鼓舞人心。

但……

"行吧,"她说,"总得遵守约定。"

她踮起脚尖,张开双臂。深吸一口气。也许我还是能活下来,她想。波顿可能已经融入了伊俄的思想海洋,正期待与她进行人格融合。也许我能永远活下去。谁知道呢?一切皆有可能。

也许吧。

还有一种可能性更大。这一切很可能只是幻觉。她的大脑短路了,正喷射着无数有害信息素,轰击着她的脑神经突触。她已经疯癫了。这是她临终前最后一场妄梦。玛莎无法判断。

然而,无论真相是什么,都没有别的选择,只有一个办法去找出真相。

她纵身一跳。

飞跃入空中。

阿古　译

迷你僵尸之夜

蒂姆·米勒和杰夫·福勒

所有画面都通过移轴效果呈现，仿佛更高级的物种通过望远镜观看人类闹剧。所有画面都在"真实世界"中拍摄，但是呈现效果使一切看起来迷你可爱，几乎像玩具一样。这也对时间有影响，所有时间的流速也比正常稍快。

外景淡入，历史悠久的墓地——夜晚

一座年久失修的十九世纪教堂坐落在古老墓地的中央，这个场景沐浴在蓝色的月光中。除了微风吹拂墓碑周围的草和附近的树发出沙沙的声音，画面完全静止。我们在此场景停留一会儿，欣赏这略显阴森的一幕呈现出的庄严和肃穆。

沉闷的电子舞曲（倍速提高，音量迷你）开始变得越来越嘈杂。一对头灯照亮了通往教堂的路，外观酷炫的红色进口汽车仿佛醉了酒一样拐进镜头。它歪歪扭扭地停在教堂的土地上。亮得刺目的头灯照进庄严神圣的墓地，照亮了那块区域。

车门猛地打开，我们听见电子乐变得清晰洪亮，引擎熄火，音乐停止，一对年轻情侣（秋秋和史蒂夫）跌跌撞撞地下车——史蒂夫二十四五岁，戴着金链，深V领T恤外套着机车皮夹克，下身穿一条紧身运动裤和花哨的运动鞋；秋秋也是二十四五岁，穿着露下乳的短上衣和紧身破洞牛仔裤，染了头发，但有种廉价感。他们看上去就像没人认识的网红，而且他们……似乎……醉得……厉害。

他们用高速的迷你音讲话，我们分辨不清具体内容，但是能明白他们闲聊的语气：

（秋秋兴奋地叽里咕噜，声音迷你。）

史蒂夫： 必须的。

这对情侣醉醺醺进入墓地，一路跌跌撞撞。侵入墓地的胡闹让史蒂夫感到高兴，他灌了一大口瓶子里的酒，把最后的一点儿给了秋秋，然后抛出酒瓶，把它摔碎在近处的一块墓碑上。

来回互相挑逗了几次之后，二人开始亲热……激情澎湃。史蒂夫把秋秋抱到旁边的另一块墓碑上——墓碑有点下沉，然后在他们的重压下坍塌。他们欢笑着继续往里走。

他们边走边笑着转圈，最后来到教堂前边的一大座天使雕像旁边。他们坐在雕像底座上继续亲热，不过这次慢了下来。似乎亵渎的意味已经散去。也许是因为史蒂夫的曾姨奶埋葬在这里，也许是因为上方的天使雕像不满的凝视……他们深吸一口气，凝望着对方的眼睛……

跳接到秋秋弯腰伏在一块墓碑上，史蒂夫正从后边跟她做爱。两个人的屁股都裸露出来，衣服散落在坟墓之间。他们的性爱蹩脚而又笨拙……但是充满激情。这是世界上最迷你的硬核性爱场面。

跳接到墓地的另一个地方，秋秋骑在史蒂夫身上，向后弓背——看似痛苦……

跳接到史蒂夫把秋秋顶在天使雕像底座上，仿佛做完这次世界末日就要来临。

跳接到史蒂夫在冲动之下，爬到天使雕像顶部，摆出姿势要……跟天使表情不满的脸做爱。他回头看着秋秋，后者正在一边傻笑，一边用手机拍摄。

史蒂夫（用高速的迷你音讲话，几乎难以分辨）：呵呵……瞧啊，宝贝儿……噢……噢……噢……噢……

史蒂夫继续笨拙地对着天使的脸送胯，节奏跟他同秋秋醉醺醺地做爱时一样。每次送胯，整个雕像都会微微偏移。秋秋继续拍摄并为他叫好——这段视频会有无数人点赞。

史蒂夫把胯部顶得越来越狠、越来越快……他可能享受其中。雕像继续前后摇晃，最后跟底座断开，重重倒在教堂上，撞击声很响，史蒂夫被压在大门上。

闪电闪过，音乐加强。

秋秋被惊呆了。史蒂夫受了重伤、精神恍惚，他的手臂被夹在雕像和教堂之间，血流得到处都是，但他看似还活着。

秋秋：宝贝儿！！！

突然教堂的房子开始晃动，从底部受到撞击的地方裂开。教堂尖顶下沉并前倾，尖顶上的十字架偏移后从教堂上突然坠落，像是亵渎神灵的草地飞镖，上下颠倒地戳在天使雕像原来的底座上。一道剧烈耀眼的闪电击中并点燃了颠倒的十字架，燃起一股超然的绿色火焰。此时整个场景都被照亮，音乐变了个样。

秋秋：我的天哪！！！

坟墓周围古老的泥土翻出新鲜的一堆又一堆，地下钻出了活死人，都是肉体腐败的骸骨，而且目的明确。

史蒂夫拼命挣扎，想要从雕像的压迫下摆脱，秋秋魂飞魄散，在包围圈中笨手笨脚地四下逃脱。僵尸逼近情侣，攻击他们两人。我们听见呼噜噜的死亡叫声，然后是沉寂。僵尸转移他们共同的注意力，走向道路。

我们看见情侣血淋淋的身体毫无生气地躺在地上——被绿色火焰和远处的闪电光芒照亮——身体开始抽搐。我们听见了咆哮，秋秋和史蒂夫从死去的状态缓缓站起——邪恶嗜血。闪电闪过，音乐增强。

跳跃剪辑：

蒙太奇——城市的早晨

音乐突然切换——洛杉矶的清晨，城市在新的一天中醒来。我们看见天际线上升起的太阳、交通情况、通勤人群。情况一如既往。

外景，润宁峡谷——早晨

俯瞰城市的山中徒步小径，两位社会名流慢跑进镜头，热衷于展现自己最新购入的休闲运动装备。她们停下来拉伸、喘气。几个僵尸跟跄地从她们身后的山道上出现，她们俩发现时已经来不及逃走。两人中更自私的那位把朋友猛推向走在最前面的僵尸，僵尸一口咬透了她的脖子，把她抛在地上，开始掏开她的身体。死者的朋友震惊到极点，转身就要逃跑，但是被其他的僵尸追上。残忍的袭击让两人丧命。她们抽搐着从染血的土地上站起，也变成僵尸，跟随其他的僵尸一起下山。

外景，市中心的十字路口——早晨

市中心的十字路口周围高楼林立，一群获取灵感改变未来年轻创意专员，过街去一家咖啡店购买每日享用的玛奇朵咖啡和羊角面包，一辆普锐斯在刺耳的噪声中转过街角，经过这个十字路口，把街对面的行人碾轧得像是涂在面包上的果酱。司机跳车逃跑，一群追来的僵尸拥进十字路口，冲到咖啡店的庭院时，旁观者四散奔逃。僵尸跟露天的桌椅发生碰撞，可爱的咖啡店阳伞胡乱地摇晃。

外景，市中心的小巷——跟拍——白天

警报四起，镜头跟随一辆救护车沿着一条小巷加速，司机转向避开一群僵尸，只不过又撞倒了其他几个。汽车开上一段畅通的道路，然后加大油门往前冲。在城市的一片混乱之中，我们看见人行道上的血迹、升腾的缕缕烟雾，以及马路上到处燃烧的火焰。

外景，霍普纪念医院——白天

城市中部霍普纪念医院的一间急诊室，救护车驶进画面，发出刺耳的噪声。车辆跨过马路中线，先是撞上指引路标，然后径直猛冲进急诊室大门，然后发生了一起规模不大但很有冲击力的爆炸。我们看见轮胎和救护车的碎片飞得到处都是。冒着火苗的轮椅从爆炸中溜了出来。

混乱似乎已经结束，车祸现场升腾起烟雾。停顿一下之后……一大群僵尸从医院冲出来，有的穿着无菌服，还有的光着屁股，只罩了件病号的大褂。这群僵尸无穷无尽，开始从窗户拥出，从屋顶跳下，然后从四面八方离开画面。

外景，美式郊区——白天

曾经的田园风格城郊住宅区现已被僵尸的一次袭击摧毁。草坪浸着血，汽车在冒烟，到处都是垃圾。一栋房子前停着一辆蓝色小型面包车，足球装备还绑在车顶。

我们看见一位足球妈妈冲出前门，两个孩子紧随其后。妈妈冲向面包车，手忙脚乱地引导所有人上车。她的丈夫此时已经变成僵尸，撞碎他们家的前窗，冲向面包车。就在足球妈妈关上车门的一瞬间，他的手猛抓住车窗。面包车退出车道，轮胎发出刺耳的摩擦声，僵尸丈夫被拖到马路中间。足球妈妈狠踩油门，向前加速，轧过神志不清的僵尸，亲手终结了他们的幸福婚姻。

快速摇摄：

外景，纽约市——空中的地铁高架线——白天

纽约的一小段高架线路。

我们看见画满涂鸦的地铁车厢脱轨后，摔落在下方公路上，一群僵尸从车厢里拥出，追逐着汽车离开画面。

快速摇摄：

外景，巴黎——埃菲尔铁塔——白天

跨越大西洋来到巴黎。

我们看见一群僵尸在埃菲尔铁塔底部追逐人群。城市里的远处在燃烧，一辆冒火的汽车拖着浓烟闯入画面，它在逃避僵尸群。

快速摇摄：

外景，泰国——白天

跨越地球来到泰国的一座北方小城。

一条小巷被市集占据，挂满了招牌。孤零零的一辆三轮车驶向十字路口，遭遇迫近的僵尸潮。三轮车掉转方向逃走，但是被一群飞奔的僵尸追上、包围、掀翻，如同一枚微小的泰国玩具，一团锡铁做的风滚草。

快速摇摄：

内景，加拿大的冰球场——白天

跨越太平洋返回加拿大的某个地方。

一座冰球场内部，死去的运动员倒在一片血污的冰面上，除了一个变成僵尸复活的裁判蹲伏在客队守门员身上，撕扯他的身体，狼吞虎咽地进食，其他人都一动不动。他们俩一起在光滑的冰面上漂移，留下了一条内脏组成的痕迹。

外景，喜马拉雅山脉——少林寺——白天

（体现呼吸感的配乐）。装饰华丽的古庙坐落在远处山峦的最高峰之上。一群少林寺僧人身穿亮橙色僧袍在正门外以同样的姿势练习冥想。这个场景隐忍大气。

我们看见大批僵尸冲上通往庙宇的陡峭台阶，这时配乐发生了变化。就在僵尸到山顶时，僧侣们一跃而起，几乎像超人一样攻击入侵的僵尸，猛揍得它们摔下山去，展现出飞天遁地的迷你中国功夫的厉害之处。

外景，卡拉马祖——白天

美国中部一座小镇的主街上，警察和特警部队跟袭来的僵尸僵持不下。僵尸群朝警察缓缓推动一辆被掀翻的汽车，它摩擦着地面前进，承受了警察的沉重火力，然后爆炸把着火的僵尸掀飞得到处都是。

外景，梵蒂冈——白天

梵蒂冈的中央广场，我们看见一群红衣主教和另外的牧师用全自动机枪向一大群企图突袭圣彼得大教堂的僵尸开火。在战场的中部，我们看见装备了两挺机枪的教皇专车正在尽一切努力阻挡无穷无尽的僵尸群。

外景，美国墨西哥边境——夜晚

好几辆被掀翻的皮卡和一辆旅行房车背对着美国—墨西哥的边境墙，排成一定的队形，车辆装饰了很多旗帜和含有错别字的抗议标语。一群迷你红脖子一月六日党人[1]，都长着更加迷你的男性器官，在作最后的坚守，他们躲在侧翻的福特F150皮卡后边，无望地朝着接近的大群僵尸射击。

傻瓜甲：呃……朝它们的命根子射击……

傻瓜乙：拉倒吧，伙计……（怯懦的迷你话音，分辨不清）我们得离开这里！

这群人争先恐后地后退，爬上旅行房车，开始攀越边境墙，可是人群的重量拽倒了薄薄的边境墙，墙倒在他们和下边的旅行房车上，弹药和烧烤燃料罐发生了规模不大但威力强大的爆炸，把僵尸和人类一同炸死。无边无际的僵尸群继续前进，丝毫没有停留。

外景，大都会的市中心——白天

大都会市中心的高空，有人在一座房顶上用人血写着巨大的"救命"。一群群生还者在摩天大楼上绝望地挥手。城市陷入一片火海，窗户和下方的街道喷出巨大的烟柱。

（快速缩小画面）受到破坏的范围更大更广泛得多，本地新闻节目的直升机失控旋转，经过整个画面坠落，在空中留下一

---

[1] 美国当地时间2021年1月6日，特朗普的支持者们在首都华盛顿举行了大规模的示威游行活动反对拜登当选。文中以此次事件时间命名的团体与示威者有着相似的政治立场。

条螺旋形的烟迹。

外景，白宫——白天

我们来到美国国会大厦，看见白宫未受影响——可见的范围内没有僵尸，没有损毁。音乐切换到静音状态，我们听见电话铃声……

总统：喂？……僵尸！？！？！

……来不及掩盖事实真相？？？

向上快速摇摄：

外景，北美领空——白天

一个迷你（而且出奇可爱）的战斗机精英中队进入画面，它们以密集编队飞越国土，然后释放了一连串炸弹。

外景，海岸城市——白天

海岸都会城市中僵尸泛滥的航拍镜头。我们看到毁坏的痕迹和生命的迹象，迷你战斗机进入画面，对城市进行地毯式轰炸。爆炸从这个距离听上去和看上去都跟鞭炮一样。

外景，被完全炸毁的城市街道——白天

透过一缕浓烟快速放大至下方的城市街道。我们看见一切都被摧毁，街道呈现出被火与僵尸蹂躏和肆虐的后灾难景象。

文明已经陷落，一队队生还者已经把日常服务车辆和不实用的轿车改造成末日死亡机器跟僵尸战斗。我们五花八门的深度改装车队一起在街道上横冲直撞，轧过一群群僵尸。到处都是武器交火、汽车飞跃、燃料爆炸和死尸飞舞。

进一步向前快速摇摄，我们看见足球妈妈的面包车领导着车队，只不过现在面包车换上了巨型卡车轮胎，升级成威力无穷的僵尸杀器，我能听见迷你妈妈从车里喊……

足球妈妈：受死吧，王八蛋！！！

啊啊啊啊啊……烧死你们！！！！！

小型面包车顶板打开，两支火焰喷射器伸出来，向道路两侧喷射巨大的火焰流，所到之处只剩下烧焦烤脆的僵尸。

外景，旧金山的十字路口——白天

旧金山市受灾后的一个路口。一群僵尸漫无目的地到处晃悠，目力可及之处未见人类。

画面之外传来清脆可爱的铃声。一辆有轨电车向十字路口驶来，它配备装甲，车头还焊着一台排障器。电车经过十字路口时，两侧窗口开火的机枪冒出火光，狠狠打击僵尸群，等它们经过路口之后，枪声平息。叮咚。

外景，莫哈韦谷加油站——夜晚

一座偏僻破败的加油站曾经还销售各式各样的业余色情片，如今已经变成结实的堡垒，用临时打造的路障阻挡僵尸。我们看见两名生还者凑合使用加油泵作为火焰喷射器，轮流漫不经心地烧死路障之外的一群群僵尸。

外景，核电厂——白天

航拍镜头下是严重受损并被抛弃的核电厂，空气里弥漫着有毒的气体、烟雾和僵尸的恶臭。我们看见下方建筑中有闪现的枪口火焰。

快速放大：

外景，核电厂——装载区——白天

快速放大至核电厂内部，我们看见一小群人类生还者在狭窄的小巷里躲避。小巷里布满了工业车辆，有些已经侧翻，有些还载着有毒物质。一辆大型毒物罐车紧靠在一栋建筑上。

一大群僵尸冲进小巷，好些大块的残骸和一个着火的垃圾箱随着拥入的僵尸群被拖进来。大量僵尸形成的压力开始把车辆挤到一起，对死胡同内部形成巨大的压力。垃圾堆的火开始蔓延，被困住的人类绝望地向僵尸射击，车辆挤压堆积在一起，金属扭曲变形，发出咯嘣声，毒气罐车泄漏后被引燃，然后"轰"的一声发生了爆炸。

整个场景炸成一团绿色毒雾，填满了屏幕。

外景，核电厂——外围——白天

浓厚的绿色烟雾退去，我们来到核电厂的另一个地方。我们听见僵尸在咆哮，看见一群迷你僵尸从绿色浓烟中冲出来，发光的眼睛在烟雾中越来越高，一群巨型变种僵尸出现了。有一些很大，少数的更大，都晕晕乎乎地缓缓进入一块空地。最大的变种僵尸从嘴里喷射出绿色发光的有毒呕吐物，把下边的土地都烧成了焦土。变异僵尸群挤出大门，离开了核电厂。

快速摇摄：

外景，城市街道——夜晚

我们从高处看见，逃亡的汽车慌张匆忙地翻越山顶。那群迷你僵尸和更大的变异僵尸也翻过山，在后边紧紧追赶。我们从山后面看见一个巨型变异僵尸的头，就在它刚刚翻越山顶时，它挺直身体，开始用毒物攻入一栋建筑，后者被炸成一个明亮的火球，然后发出剧烈的光。

快速放大到更宽的画面，四个城市街区被大群经过的僵尸踩蹋。这群僵尸迅速沿着街道行进，画面中到处都是损毁的迹象和熊熊燃烧的火焰。

快速摇摄：

外景，白宫——夜晚

快速摇摄回到白宫草坪，那里此刻已经类似战场。数千僵尸组成的集群挤向加固的围墙，黑鹰直升机朝它们倾泻子弹和导弹，总统在白宫的内部通信系统上抓狂……

总统：……噢，不，噢，该死，它们上台阶了……我该怎么……

（停顿）

啊，去他妈的……

然后是猛砸按钮的声音，警报鸣响，红灯闪烁。白宫草坪上的导弹发射井开启，六枚核弹从地下升至战备位置，仓促之中，核弹喷火、冒烟，借助巨大的升力从地面飞起。密集的烟迹划过画面。

外景，俄罗斯圣彼得堡——白天

克里姆林宫被熊熊烈火冒出的黑烟笼罩，警报声急迫，信号灯闪烁，一连串的导弹被发射出去，划破长空，照亮了身后的克里姆林宫。

外景，南极洲——白天

一片洁白的冰川景象，大批企鹅在冰原上挤在一起取暖。目力所及之处未发现僵尸末日的混乱情形……突然，一枚大个儿的导弹把冰原完全炸毁，血肉和企鹅羽毛飞得到处都是。核弹炸向屏幕之外，留下的一道稠密烟柱将会尘封被炸死的动物。

外景，地球——低轨道——白天

在覆盖地球的厚厚的云层之上，一小簇导弹穿透云层，下方闪现亮光，然后出现更多导弹，在穿透同温层飞入太空的过程中，留下的蓬松烟迹逐渐扩散。

外景，地球

镜头切回到导弹飞离行星地球又掉落回去的画面。

外景，我们的太阳系

镜头跳至更远处，从暗淡蓝点飘离，经过太阳……

外景，银河系

镜头跳至更远的美丽深空……我们的太阳此刻是一颗遥远的恒星。

外景，宇宙

盘绕的星系宏伟壮观、光彩绚丽。配乐逐渐增强到歌剧式的高潮……

……发出音调起伏的一声屁响。

在星系边缘似乎有微光闪了一下——一个星际响屁被喷入了完全波澜不惊的寰宇真空之中。

耿辉　译

杀戮小队

贾斯汀·科茨

"真是离谱。"

这是梅西在上山的跋涉途中第二次说这句话了。尼尔森中士恼怒地瞥了一眼他的 MK48 机枪手,这个年轻人正倚靠在一棵阿富汗松树上。

"闭嘴,梅西。"他说,他感到筋疲力尽,而且知道机枪手同样疲惫不堪,但他拒绝表现出来,"等我们回到荒原上,随便你怎么发牢骚。趴下,注意警戒,喝点儿水。"

梅西回头看了看他的队长,毫不掩饰自己的不屑。他点了一支烟,趴到地上,在松树根后面支起机枪的两脚架。尼尔森用靴子头对准梅西的防弹衣侧板狠狠踢了一脚,这才去检查第一小队的其他成员。

埃尔文坐在一块光滑的石灰岩巨石上。这位神枪手透过 MK14 增强型战斗步枪上的瞄准镜看向下方。这支口径为 7.62 毫米的狙击步枪紧紧地抵着他的肩膀,顶在他的携板防弹背心和多地形迷彩作战服之间。

"看到什么有趣的东西了吗?"尼尔森问。

"什么都没有。"埃尔文一边嘟囔着,一边慢慢扫视着下方谷地,"那个奇怪的牧羊人在我们离开梅里凯尔后跟踪过我们,在那之后就没有了。"他把头往旁边一歪,使得语调变高了些,"你看见那个胆小鬼了没?"

"看见了,"尼尔森回答,"那个人是挺奇怪。"

两人小声笑了起来。这个队内笑话,他们与小队其他成员已经互相讲了六个月了。在荒原战斗哨所驻扎并不轻松;正是在最白痴或最粗俗的环境里寻找的幽默感,让第二十五步兵师的人免于互相残杀。这个战斗哨所很小,每天的任务却很艰巨。苍白的幽默感是他们的全部。

"咱们还是要与第二小队准时会面吗?"埃尔文一边问,一边透过他的瞄准镜瞥了一眼。

"是的,如果我们在这里作最后一次休整,应该会赶上的。"尼尔森摆弄着他的水袋背包,用补水系统的软管吸了一大口温水。"有发现就告诉我。"

福伦和库茨在这座小小的山峰另一边,俯瞰着落差超过一百英尺的峭壁。库茨趴在他的 M249 后面,这把自动步枪的粗短枪管探出头来悬在半空。福伦那把装有下挂式 M320 榴弹发射器的 M4 卡宾枪靠在一棵树上,他自己则冲着悬崖下方尿出一股透明的涓涓细流。

"要是你继续这样把整个人都暴露出来,你的鸡巴准得挨一枪。"尼尔森说。

库茨抬头看着他,像个傻瓜一样咧嘴笑了起来。"一鸡——命中。"他一边说,一边吐出一根粗黑的嚼烟丝,"别磨鸡——

了，福伦。"

"我想看看我能尿多远。"福伦说，明显还在努力。

"我是认真的，混蛋。别闹了。"

福伦扣好裤子，来到这支小小队伍的末尾。"我们离目的地还有多远，中士？"

"再往上走五百米，"他说，同时看了一眼手腕上的GPS装置，"只要沿着这道山脊走，应该会没事。第二小队会在那里等我们的。你们都一直在补充水分吧？"

"收到。"两人回答道，他们的头脑回到了那种习惯于在战区巡逻的人所特有的缓慢、自动运转的状态。

回到这个小小的巡逻基地的中心，尼尔森按下了他的对讲机。"1-7，我是1-1，完毕。"

迎接他的是一片寂静。他试着压低声音。"1-7，1-1。我们距离目标不到五百米。是否收到？完毕。"

沉默。死沉沉、冷冰冰、空荡荡的沉默。尽管傍晚十分凉爽，尼尔森却在浑身冒汗。这不是他第一次咒骂自己没有反对他们排长定位敌人武器库的白痴计划。把排里的人分成这样的小队实在愚蠢。这样做违背常识；这样做违背基本的战术。如果不是副排长颟顸无能，并且不愿意顶撞新来的中尉，这一切根本不会发生。

现在已经失去无线电联系将近二十分钟了。真是闻所未闻。唯一能做的就是继续前往下一个目的地，希望能在那里与他们会合。除此之外，尼尔森没有任何头绪，但如果他因为表现出恐惧而影响小队士气，那就太糟糕了。

"好吧，"他过了一会儿说，"我们继续行动。"

他们又向前推进了三百米。每一步都和上一步一样让人精疲力竭，举步维艰。山里的空气很稀薄。尼尔森忍住了命令他们把头盔换成巡逻帽的冲动。夜幕即将降临，在上山途中，就算只走一步，他们也需要用到头盔上的夜视仪。

他们已经在山脊上走了将近四百米，这时，梅西突然用他的MK48开火了。"有敌人。"他说着，跪倒在一小堆岩石后面。机枪发出一阵短暂的雷响，一连打出九发穿甲燃烧弹。"两百五十米。在对面山脊的高处。一个地方的火箭筒小组。"

尼尔森的回答被RPG-7火箭弹巨大的爆炸声掩盖了。这枚火箭推进榴弹击中附近的一棵松树，炸得木头碎片和树汁四处飞溅。

"1-7，这里是1-1，部队正在交火。"他对着那台没用的无线电呼叫道，并且在梅西卧倒的同时也单膝跪地。"开火！"他喊道。与此同时，山脊下方稍远一点的位置，库茨那把更轻的M249开火了。M249和MK48很快就开始倾泻火力，每当一支枪停顿下来重新瞄准或重新装弹时，另一支就会开火。

一枚高爆两用火箭弹从福伦头顶上飞过。一秒钟后尼尔森发射了自己的榴弹发射器。AK-47子弹划过他的头顶，发出啪啪的响声。他重新装填下挂式榴弹发射器，同时注意着敌人RPK轻机枪明亮的枪口焰。

他和福伦的榴弹都准确地落在了敌人的阵地上。一股烟尘从敌人所在的树丛中腾起。"停止射击。"尼尔森立即喊道。他担心机枪弹药的数量。"福伦，再打一发。埃尔文，看见拿枪的就干掉他。"

尼尔森不放心刚才看到有 RPK 的地方,于是又打出一发榴弹。福伦的榴弹紧随其后,两发榴弹都正中目标。

山脊上一时陷入宁静。跟着,埃尔文的增强型战斗步枪打出了一发子弹。"埃尔文?"尼尔森说。

"看到一些动静。只是想确认一下。"

"好的。神枪手伙计报告情况,然后让我们离开这里。"

他来到梅西的位置,快速检查这名士兵有没有受伤。在战斗中,肾上腺素的瞬间飙升会让人意识不到自己受伤。"弹药数量?"尼尔森一边说,一边检查这名士兵的夜视仪保护袋,然后敲了敲装在他步枪上的光学系统。

"五百发子弹,"梅西回答,"应该多打一点儿。这玩意儿很重。"

"是的,好吧,在与第二小队取得联系之前,咱们需要小心行事。"尼尔森拍了拍手下士兵的头盔,并迅速向梅西展示他自己的敏感物品。这位初级步兵快速查看了队长有没有受伤,然后也拍了拍他的头盔。"干得好,梅西。"

其他人也都没有受伤,弹药余量尚可接受。"不打紧。"尼尔森想,"在需要补给之前,我们还可以进行一两场这样的交火。"他从口袋里掏出一根"呼啊!"能量棒,啃着黏糊糊的花生酱。"如果我们到达目的地却没有人在那里,那就需要开始分配食物了。"

一想到这里,他的胃里就因为焦虑而拧成一团。"我他妈的还没准备好。"他嘟囔着,喝了口水,把能量棒冲下肚子里,然后转身对其他队员说:"好吧,继续前进。咱们需要——"

"嘿,中士?"埃尔文一边瞄着瞄准镜,一边说,"你得看看这个。"

尼尔森把步枪抵在肩上,通过他的先进战斗光学瞄准镜瞥了一眼。敌人阵地上的尘土开始散去,但他可以看到被子弹击中的松树还在摇晃。一些页岩从对面的山脊上滚落下来,一起滚落下来的,还有一具具扭曲得几乎无法辨认的尸体。

大团的灰尘中潜伏着一个巨大的东西。尼尔森瞥见了一个宽大的黑色肩膀,上面长满了尖刺。一棵松树被一只巨大的爪子拍倒,它那黄色的爪尖握住树干,把它从地上拉起来。

"那是个什么东西?"梅西问。

"不知道。"尼尔森回答,他的心咚咚直跳。

"我要开枪了。"库茨一边说,一边伸手去拉他的M249的拉机柄。

尼尔森呵斥道:"待命,该死的。你先……待命。"

他们观察了一会儿,那个不知是什么的东西蹒跚着下到了山脊的另一侧。有那么一会儿,他们还能听到它折断树木,并且一边走一边弄得岩石滚落山坡的声音。然后它就消失了,只留下一片寂静。

"好了,就这样吧。"福伦说着,往嘴里放了一撮新的哥本哈根牌嚼烟,"我们都疯了。是时候自相残杀了。"

"哦,谢天谢地,"库茨说,他伸了个懒腰,"我真的不想带着这个愚蠢的东西。"

"我可没批准你们这些混蛋去死,"尼尔森摇了摇头说,"只管去会合地点就好了。我们得加快速度,才能跟第二小队会合。

比安奇能连上战术卫星，我们就能给后方的荒原通话，看看他们能不能看清那个……东西。"

"那是一只蜜獾。"福伦说。库茨嗤笑一声。"蜜獾根本不在乎。"

"不管它是什么，它再次出现时，我可不想和你们这些白痴在一起。"尼尔森转过身去，沿着山脊继续向上走。其他人也各就各位，把怀疑的声音隐藏在他们低声的笑话和咒骂中。

第二小队全都死了。不仅仅是死了，而是被吞噬、被撕碎了，散落在原本作为两队会合地点的高原上，根本无法辨认谁是谁。到处都是七零八落的断肢残躯和废弹壳。

"蜜獾先到了这里。"库茨一边说，一边踢了一个巨大的爪子一脚——那个爪子嵌在一具正在快速变冷的残肢上。"看看这个东西。"他把爪子抽出来，像剑一样举着它，"几乎和我的鸡巴一样大。"

"咱们要谈谈这件事吗？"埃尔文瞥了尼尔森一眼，说，"还是说咱们只管继续假装什么怪事都没有发生？"

"我赞成假装，"福伦说。他从一具失去四肢的尸体上扯下一条沾满鲜血的榴弹弹链，把它挂在肩上。"我知道我现在没法思考这个情况。"

"我也没办法。"库茨补充道。他抓着爪子顶在他的裤裆处，暗示性地杵了几下。"没有给够报酬，压根儿懒得在乎。"

"整个小队都死了。"埃尔文说。他的声音中掺入了一丝恐慌的苗头。"中士，是那个……杀了所有的人。"

"看起来显然是这样,"尼尔森说。他摘下他的欧克利运动眼镜,把手放在埃尔文的肩膀上。"看着我。摘下你的护目镜。"埃尔文照做了,他的目光在尼尔森的脸上到处乱瞟。"谁干的并不重要……"

"是尼斯湖水怪!"库茨说。梅西和福伦笑了起来。

"这不重要,"尼尔森重复道,"我们会渡过这个难关的。我们要找到战术卫星,呼叫后方的荒原,然后离开这个鬼地方。你们要跟着我吗?"

埃尔文盯着他的军士长的肩膀看了一会儿。尼尔森拍了拍他。埃尔文眨眨眼,点了点头。

"是的,"他说,摇了摇头,"是的,我跟着你。"

"好。"尼尔森拥住他,亲吻了他的脸颊,"现在咱们要找到那个该死的无线电台。"

有什么东西在他们南面尖叫起来。他们齐刷刷地转过身来,成射击队型单膝跪地,面对着他们上山时走的那条山脊的方向。高原边缘的树丛消失了,被一只黄色爪子拔光了——而那个爪子和此刻绑在库茨背上的黄色爪子一模一样。

"郑重声明,"梅西一边说,一边把一条新的弹链塞进他的MK48,"很高兴与诸位一起服役。"

"'所有剩余弹药,向我射击!'"伴随着那个东西的吼叫,福伦引述道,"'郑重声明,这是我的决定!'"

"'战争真他妈的可爱!'"[1]一头怪物沿着山脊向他们冲过来,

---

[1] 此处及以上几处引用出自电影《野战排》里的台词。

众人一齐叫了起来。

那不是蜜獾。那是一头熊，或是一匹狼，或是两者的混合体。它四肢着地、脚步沉重地前行，覆盖在肩膀上的尖刺随着每一步而颤动。它狂野的白色眼珠转个不停，一条紫黑色的舌头耷拉在两排獠牙之间，而这些牙齿足有尼尔森的战斗刀那么大。

它的肩部足有七英尺高。当它突然用后腿站起来，张开镰刀般的爪子时，它的高度足以遮住夕阳。

"太近了，不能发射榴弹。"尼尔森一边想，一边把M4的选发钮扳到了三连发模式。"太近了，不可能打偏。"

梅西抢先开火了。他身子后仰，任由MK48的后坐力推着他倒向地面。7.62毫米口径的子弹与库茨较轻的5.56毫米口径子弹一齐划过半空，一连串沉重的钨芯弹丸打在巨兽身上。只过了一秒，福伦和尼尔森便也一齐开火，接着是埃尔文的精确射手步枪匀速发出的啪啪声。

这头野兽四肢着地，不顾迎面射来的火力，冲了过来。它对着库茨一爪横扫过去，爪子撕开了他的陶瓷装甲，将他的M249打飞。库茨倒地一滚，重新站起来，同时把他背上的爪子一把扯下来。他向前冲去，语无伦次地尖叫着砍那东西的鼻子和嘴。尼尔森包抄过去，一边试图获得更好的瞄准视线，一边对着那东西厚实的、长满瘤子的头骨猛轰。

"去你妈的蜜獾！"库茨喊道。那怪兽巨大的头颅猛地向前一探，咬住了他的腰部。他尖叫着，一边口鼻冒血，一边用爪子猛砸它的口鼻。爪子断成了两截，与此同时，这头野兽疯狂地甩着头,把他像扔铅球一样扔了出去。库茨飞了出去,消失在高原的边缘。

埃尔文一个突刺,用他的增强型战斗步枪枪管顶住怪物的胸膛。他扣动扳机,直到把弹匣打光。怪物咆哮着,用它肩上的刺冲撞他。尖刺从他的后脑钻出来,将他身上的防弹衣撕成碎片。它用一只长着尖爪的手抓住埃尔文的身体,把残骸塞进它的巨口中。

尼尔森一边骂,一边紧张地摸索着聚合物弹匣,给步枪重新装弹。那东西转过身,对着他咆哮起来,白色的眼珠子滚回了它的脑袋里。当它冲过来时,他猛地装上另一个弹匣,梅西和福伦的喊叫声被它粗重沙哑的吼声淹没了。

它几乎要压到他的身上了,这时却突然开始胡乱扭动起来。它颤抖着滑出去,直到停了下来,把土块抛撒得到处都是。它用爪子抓着自己的头,咆哮着口吐白沫。

"嘿!这边!"

尼尔森一转身,看到一名士兵从高原另一侧的树丛中冒出来。他浓密的胡须上沾满了血,左臂上有一道严重的伤口,那是一道被爪子抓出来的近六英寸长的抓痕。他的右手紧握着一个碟形装置,由几根灰色的粗电线连接到一个巨大的背包上。

他用这个装置正对着那个咆哮的怪物。空中充斥着尖厉的啸声。怪物的咆哮声变成了巨大的痛苦尖叫。它一转身,以迅雷不及掩耳之势沿着来时的路逃走了。

年轻的中士转身走向陌生人。那人拼命地喘着粗气,装置在他的手里晃动。

"这破玩意儿快没电了,"他说,"你没事吧?"

"很好,"尼尔森回答,"好得很。"

"这人到底是谁?"梅西问道。他和福伦一起来到尼尔森身边站着。

那个士兵将装置扣在腰带上。他从肩上的口袋里掏出一个皱巴巴的烟盒,给尼尔森递上一支。尼尔森盯着他,他一耸肩,给自己点上了。"三级军士长莫里斯,"那个士兵说,"隶属于格里芬特遣部队。驻扎在艾森豪威尔营地,在这里以北一千米处。"

"狗屁,你就是个狗屁,"福伦说,"你驻扎在狗屁营地,你从水袋背包里喝的全都是鬼话。"

"你们不可能知道艾森豪威尔营地的,"莫里斯不理他,继续说道,"那是一个地下设施。中情局早在入侵行动后的二〇〇二年就建造了它。在过去的十年里,我们一直在那里进进出出。"

"让我猜猜,"福伦继续说,"你那营地有各种疯狂恶心的东西,包括那个……东西。"他皱起眉头,注意到莫里斯嘴里叼着的香烟。"等等,给我一根。"

莫里斯递给他一支烟,说:"是的,各种恶心东西,包括你们刚刚遇见的东西,代号:犬魔。"

"对一只蜜獾来说,这真是个愚蠢的名字,"尼尔森说,"一个愚蠢到他妈老家的名字。"

这位特种兵皱起了眉头。"那不是蜜獾。它是一头经过基因改造的灰熊,身上还有一大堆的机械强化设备。小型武器根本奈何不了它:它的皮肤下有足足一英寸的防弹凝胶和人造蛛网。它的大部分器官都有冗余设计,而且就算是脑死亡了,这该死的东西还有一块石墨烯电池作为动力源。"

"你能用这个杀死它吗?"尼尔森指着夹在莫里斯腰间的装置问。

"不能,它应该是一个遥控器,"莫里斯吐了口烟,说,"不过唯一还能工作的设置似乎就是'滚蛋'。我没办法控制它们,但我可以让它们暂时离开。如果咱们能赶回营地,我——"

"停,"福伦打断了他的话,"你说'它们'。请告诉我你是想说'它'。"

"不是的,"莫里斯叹了口气,"还剩下两个,刚才那个是其中之一。"

艾森豪威尔营地的入口是设置在地面上的一个舱口,隐藏在一层伪装的碎石下面。莫里斯走在前头,沿着一道钢梯下到二十英尺下面的一个混凝土走廊里。苍白的顶灯闪烁着,小队的其他成员跟在后面,子弹上膛,分散开来。

"如果我们能到达仿生舱,我就应该能够进入控制系统,"莫里斯说,"我可以在那里把它们召唤回来,然后在它们进来之后使用杀戮开关。"

"或者你可以现在就打开杀戮开关,不用把它们叫到这里。"福伦说,他的眼睛紧紧盯着走廊尽头的门,"那样也能奏效。"

"我们不能放任这些东西到处乱逛,"莫里斯呵斥道,"你认为山姆大叔想让全世界都知道他放任转基因熊到处猎杀敌人?这听起来像是一个赢得人心的策略吗?"他们在门口停了下来。莫里斯迅速在键盘上输入密码。"我们把它们叫回这里,一旦听到它们四处乱窜，就立即打开杀戮开关。然后我会呼叫医疗后送，咱们回家，你们所有人都会得到一枚漂亮的奖章，并且在卡塔尔过一个愉快的周末。"

他们踏入的走廊里到处都是血。尸体的残块随处可见，残缺不全的尸体和黑乎乎、滑腻腻的血液糊满了墙壁。

"一定是指令信号出了问题。"莫里斯说。梅西则厌恶地咒骂着。"这三头犬魔昨晚本应进行一次标准的巡逻。结果它们发狂了。我的小队当时正在巡逻，其中一头伏击了我们。我们设法把它干掉了，可是只有我活了下来。"

"我以为你们特种部队的人有特殊的胡子魔法呢，"尼尔森说道，把步枪紧紧地放在肩上，"你的胡子没能保护你？"

"去你妈的。"莫里斯用手按住伤口上的以色列绷带[1]，一脸痛苦，"在这前面左转。"

杀戮小队走进另一条血迹斑斑的走廊。长长的走廊两边都是房间；有的房间门被砸烂了，有的房间玻璃墙板被打碎了，实验设备散落一地。

莫里斯在一个房间外停了片刻。"真棒。"他一边说，一边钻了进去。尼尔森紧随其后，差点儿被翻倒的武器架绊倒。机枪、半自动步枪和反坦克武器满地都是。

"梅西、福伦，进来，"他一边说，一边迅速打开装满高爆两用榴弹的弹药箱，"把你们能带走的东西都拿上。把防弹板丢掉，反正它也不能帮我们防住那些东西。"

---

[1] 一种急救绷带，带有填充材料，有弹性，且有两个搭扣分别用来施加压力和固定绷带。

"这里。"梅西从一个翻倒的柜子里拿出两具M72轻型反坦克火箭筒。他把一具递给福伦，又拿了一具自己留着。"这里面还有别的东西……"他抽出一根长长的空心管，上面装着一个木制的手枪柄。

"那是古斯塔夫，"莫里斯一边说，一边摆弄着他从少数几个仍然立着的储物柜中翻出来的遥控器，"84毫米无后坐力炮。"

"它能干掉那些东西吗？"尼尔森问。

"如果你打得准，它应该能对犬魔的机械和生物支持系统造成足够的伤害，足以让它彻底失灵，"莫里斯说，"万一没有打准……"

角落里的一个大金属板条箱突然翻倒，发出一声巨响。一台履带式机器人从它藏身的地方开了出来，停在莫里斯身边。这台机器人大约有四英尺高，炮台上装有几挺机枪和一个四管火箭系统。

"这是模块化先进武装机器人系统，"莫里斯一边说，一边亲热地拍了拍机器人，"它的武器是一挺XM806 .50口径机枪、两挺M240L 7.62毫米口径机枪，以及一把M202A1肩射式火焰进攻武器。"

"不错，"梅西说，"它会不会突然翻脸，也想把咱们吃掉？"

回答他的是营地深处某个地方回响起来的吼叫声。莫里斯咒骂了一句，说："好吧，两只小熊中的一只已经回家了，咱们得走了。马上。跟我来！"

他冲出房间，机器人在他身后亦步亦趋。其他人紧随其后，他们一边沿着走廊冲向仿生舱走廊，一边快速发射火箭推进式武器。

"就在前面，"众人绕过一个角落，莫里斯喊道，"哦，该死！"

他们先前遭遇过的犬魔就在他们前方。它流着液压油和沸腾的暗红色血液，在这个狭小的空间里显得越发庞大。它咆哮着，脊柱犁过了天花板。

"蜜獾，十二点方向！"福伦一边喊，一边立刻单膝跪地并且开火。他使用三连发模式，几秒钟内打完了一个三十发弹匣。

犬魔俯下身来，发起冲锋，尼尔森大喊一声："榴弹！"一串高爆两用榴弹破空而出，每一发都轰在野兽的前腿上。尼尔森可以感受到如此近距离爆炸所带来的强烈热量。他和梅西一起开枪，梅西的MK48在他们和怪物之间的空间里填满了穿甲弹。

"用你那个愚蠢的射线枪，莫里斯！"梅西喊道。

"我没电了！"莫里斯回答。他咒骂一句，扔下巨大的电源包。他抓起机器人的控制器，一边不停嘟囔着脏话，一边调整机器人的控制装置。

"随时都可以，莫里斯！别客气！"尼尔森吼道。犬魔马上就要扑过来了，身型一秒比一秒大，毫不在意伤口中涌出的大量血液和黑色的液压油。

"明白！"

机器人发出一阵愉快的滴滴声，突然，它的底盘中部的火箭弹巢活了过来。四枚66毫米口径的燃烧火箭弹呼啸着飞过半空，每一枚都正好落在上一枚的弹着点上。那怪物的前腿被齐根打断。其中一枚火箭弹在犬魔的身体内部引爆，泼了每个人一身的血、内脏和机器零件。这头生物的金属骨架连着冒火花的电线和热气腾腾的器官一起暴露出来。

犬魔无意识地用两条后腿把自己推向他们。杀戮小队保持着他们的射击速度，直到它离众人只有几英尺远。最后，它停了下来，就在福伦面前，一阵机械的嘎吱声表明它的主动力源已经枯竭。福伦低头看着它那巨大而血腥的下巴。他呵呵笑着朝它的眼睛踢了一脚。

犬魔猛地向前一扑，牙齿咬住了福伦的腿。福伦惨叫起来，犬魔则来回甩着头，残暴地扩大伤口。福伦的腿从屁股上撕扯下来，鲜红的动脉血喷向半空。其他人大叫起来，对着怪物的脑袋倾泻子弹，直到它的头骨在破碎的瓷砖上变成一片黑红色的污迹。

尼尔森立即来到福伦的身边。这名士兵紧紧抓住他的军士长的胳膊，抬头看着他，眼神中混着悲伤和恼怒。

"尼尔森，"他低声说，"告诉我妻子……"

中士抓紧他的手。"我会的，福伦。我保证。"

"不……听着。告诉我妻子，我说……"尼尔森俯下身子，直到福伦的嘴唇碰到他的耳朵，"……去他妈的奥巴马。"

"见鬼。"尼尔森说着站起身来，而福伦则被自己的笑话逗得咯咯笑了几声，随即死去。"梅西，你还有多少弹药？"

"都用光了，"梅西说着，毫不客气地把他的MK48甩到地上，"我要拿上福伦的火箭筒，还有他的M4，这样我就可以在这一切结束后给自己来一枪。"

"好主意。"他转身看向莫里斯,又对着堵在走廊里的巨大尸体比了个手势,"我们没有办法绕过它。有没有别的方法可以到仿生舱?"

"有。咱们得往回走一点,不过如果加快脚步,咱们很快就能到那里。跟我来。"

仿生舱和尼尔森见过的一些旅级的指挥中心一样大。巨大的屏幕遍布四壁。好几排办公桌摆开来,在靠近舱室东头的一个单独的房间里还有一个看起来像实验室的东西。这里没有像营地其他地方那样的暴力迹象;一切都很平静,安宁得近乎诡异。

"你最好给我申请一枚英勇铜星勋章。"梅西对莫里斯说着,在一排桌子后面占据了一个防御位置。他准备好他的反坦克火箭筒,拉长发射管,把它轻轻地放在肩上。

"不管他给你申请什么奖章,我都会一律拒绝,"尼尔森一边回应,一边在梅西对面的一排桌子后面跪下,"你的态度太差了。也许你会得到一份成就证书。也许吧。"

"好了,女士们。"莫里斯在一台电脑前一边说,一边疯狂打字,"我一分钟前发出了返回命令。现在我们唯一要做的就是等待。"

话音刚落,他们进来时经过的坚固钢制大门就连同大部分墙壁一齐坍塌了。剩下的那头犬魔猛地冲进房间,直奔莫里斯和指挥台。尼尔森咒骂着扣动了无后坐力炮的扳机,与此同时,梅西的火箭筒也开火了。尼尔森的炮弹打偏了,伴随着一声低沉的撞击声,落在仿生实验室里。玻璃四处飞溅,致命的碎玻璃逼得他赶紧俯身寻找掩护。

机器人炮台上的四挺机枪火力全开。7.62毫米口径的子弹打穿了怪物皮下的外壳，发出巨大的乒乓声。.50口径的子弹从犬魔身侧轰下来许多厚块。尽管在梅西精确的火箭弹攻击下，它的左前肢断了一大截，但它还是冲过一排排的桌子，向莫里斯扑去。

一刻不停的枪炮声中响起一声惊恐的尖叫，却转瞬即逝。梅西发射了他从福伦身上捡来的轻型反坦克火箭筒，把这头生物的左肋炸了个稀巴烂。血液和高压润滑剂喷得到处都是，带电的电线相互接触时发出嘶嘶声。

它转过身来面对他们，下巴上挂着莫里斯的大半个尸体。这个特种部队士兵的控制台被打烂了，已经无法修复。犬魔咆哮着，将莫里斯的一大截腿甩到空中。

"去你妈的！"尼尔森大吼一声，扣动了他的M320榴弹发射器的扳机。伴随着一声金属弯曲变形的刺耳声响，40毫米榴弹以迅雷不及掩耳之势击中了它的鼻子。梅西一连丢出两枚手榴弹，都在怪物鼓胀的肚子下爆炸。

武装机器人继续无休止地发射钨芯和铅芯子弹。在如此强大的火力下，犬魔的外皮被炸成了碎片，直到它变成了一具喘着粗气的骨架。它朝机器人迂回过去，把它掀翻在地，用巨大的爪子狠狠地击打它。

"机器人，不！"梅西大喊，"赶快自救，机器人朋友！"机器人发出无力的滴滴声作为回应，然后炸成一团尖锐的金属碎片。

犬魔向梅西绕了过来。这名步兵急忙后退，在它前进的过程中朝它嘴里准确地射击。他被一块掉在地上的电脑屏幕绊倒在地。犬魔号叫着，用两条后腿站起来，准备给出粉碎性的一击。

尼尔森的最后一发84毫米炮弹正中它的肋骨。炮弹爆炸，发出如迫击炮弹一般的雷响，将这个半机械怪物炸开了花。它的上半身被炸上了天花板，躯干把腐臭的血水喷得到处都是。过了一会儿，它的上半身掉到地上，眼珠子滚过地面，怨恨地盯着杀死它的人。

中士一瘸一拐地走到梅西身边，把他扶起来。梅西看着那具被分尸的尸体，然后瞪着尼尔森。

"真是离谱。"

刘壮　译

群

布鲁斯·斯特林

外星人说:"在接下来的旅程中,我会怀念和你的交谈。"

上尉-博士西蒙·阿弗雷尔把双手叠放在胸前,用嘶嘶作响的外星语说:"和你道别,我也很遗憾,少尉,跟你交谈,使我受益良多。感谢你和我无偿分享了这么多知识,我本该付给你酬金的。"他身着绣金背心,双手戴满了珠宝饰物。

"那些只是信息,我们投资者交易的是能源和贵金属。奖励和追求纯粹的知识,是一种不成熟的种族特征。"外星人说着,竖起小耳孔后面那道棱纹褶边。他的明亮眼睛,被遮蔽在厚厚的瞬膜后面。

"毫无疑问,你是对的。但是对其他种族来说,我们人类还是孩子,所以保有某种不成熟的特质,也挺自然。"阿弗雷尔嘴上说得堂皇,心中却暗生鄙意。他摘下太阳镜,抹了一下鼻梁。这艘星际飞船内蓝光炽亮,紫外线很强烈。这是投资者最偏爱的光照环境,他们可不会为了区区一个人类乘客,做出什么调整。

"你们人类还不赖,"外星人宽宏大量地说,"我们挺喜欢和你们这样的种族打交道：年轻，有活力，有可塑性，喜欢尝试各种各样的商品和体验。我们应该早点和你们接触，但你们的技术还是太弱了，无法给我们带来利润。"

阿弗雷尔说："现在情况不同了。我们能让你们挣大钱。"

"的确，"投资者说着，细鳞脑袋后面的那道褶边飞快地震颤起来，看来他心情很是愉快，"在两百年内，你们将变得非常富有，足以从我们手中购买星际飞行的核心技术。或者人类中的机械派，将通过自行研究，发现这个秘密。"

阿弗雷尔有点不耐烦，作为变形派的一员，他可不喜欢外星人夸赞敌对的机械派。他说："不要太相信纯粹的技术知识。我们变形者有很强的语言天赋。我们这个阵营，是你们更好的贸易伙伴。要知道，在机械派看来，所有的投资者都长得差不多。"

外星人迟疑了一下。阿弗雷尔微微一笑。看来他最后一句话已经触动了这个外星人的个人野心，外星人已经明白了他的暗示。机械派总是在这一点上一错再错。他们试图一视同仁地对待所有投资者，每次都启用相同的接待程序。他们太缺乏想象力了。

阿弗雷尔认为，必须对机械派采取措施。在小行星带，在冰块丰富的土星环，双方的飞船有时会狭路相逢，发生小型对抗，互有伤亡，但这远远不够，两派都在不停谋划，贿赂对方最优秀的人才，伏击，暗杀，派遣工业间谍，想给对方一个永久性致命打击。

上尉-博士西蒙·阿弗雷尔是一个精通格斗和渗透的间谍大

师。这就是为什么变形派会向投资者支付数百万千瓦能源，为他安排了这次搭乘。阿弗雷尔拥有生物化学和外星语言学双博士学位，并拥有磁武器工程硕士学位。他三十八岁，已按照自己的喜好和当时的时尚，对身体进行了变形重塑。他的激素水平进行过微调，可抵消长时间处于失重状态下引发的不良副作用。

他没有阑尾；心脏结构被重新设计，以提高供血效率；大肠也被改造过，能自行分泌通常由肠道细菌合成的维生素。遗传工程，加上童年的严格训练，使他的智商高达一百八十。他并不是环带中最聪明的人，但他是精神最稳定、最值得信赖的人之一。

"这简直是一种耻辱，"外星人说，"像你这样的人才，居然要在这个毫无利润可赚的糟糕前哨站里空耗两年。"

阿弗雷尔说："这两年不会被白费。"

"但你为什么要去研究群呢？它们不会说话，教不了你任何知识。它们没有工具和技术，不愿开展贸易。它们是唯一一种能够进行太空航行的非智慧种族。"

"仅此一点，就说明它们值得学习。"

"那么，你们是想模仿它们吗？你们会把自己也变成怪物的。"少尉停顿了一下，"也许你们能办到。但是，这可不利于开展贸易。"

飞船扬声器里传出一阵奇怪的外星音乐，然后是一段刺耳的投资者话音片段。绝大部分音都太尖锐，阿弗雷尔的耳朵根本听不到。

外星人站起身来，镶满珠宝的裙摆扫了一下像鸟爪一样的脚尖。他说:"群的共生生物已经到了。"

阿弗雷尔说:"谢谢。"少尉一打开舱门,阿弗雷尔就闻到了群的使节散发的气味:这个生物浑身发出一股温热的酵母味,迅速弥漫进飞船内部的循环空气。

阿弗雷尔掏出一面口袋镜,迅速检查了一下自己的堂堂仪表。他往脸上补了点粉妆,把戴在齐肩红金长发上的天鹅绒圆帽扶正。他的耳垂上闪耀着一颗开采自小行星带、拇指指节般硕大的璀璨红宝石。他的齐膝大衣和背心都是由金色锦缎裁剪而成;衬衫上则用红金细线绣出繁密豪华的纹理。他的着装给投资者留下了深刻印象,投资者就喜欢和奢华豪富的客户打交道。怎么才能给这个新来的外星人留下深刻印象呢?也许可以用味道。于是,他又喷了一点香水。

在星际飞船的第二道气闸旁,那个群的共生生物正在和飞船指挥官喳喳交谈。这位指挥官年龄较老,举止困惫,体形是大部分船员的两倍。她的巨大脑袋上,戴着一顶镶着珠宝的头盔。一双迷离的眼睛正像照相机一样频频闪光。

共生生物以六条后肢着地,用四条前肢缓缓比画着。这艘飞船的人工引力只有地球重力的三分之一,却似乎让它倍感困扰。它头上耸起两个眼柄,顶端悬着一对退化的眼睛,牢牢紧闭,躲避着飞船内的强光。阿弗雷尔暗想,它肯定习惯生活在黑暗中。

指挥官正用共生生物语言与它酬答。阿弗雷尔面露苦色,他曾经希望这个生物能说投资者语。现在看来,他不得不学习另一种语言,一种为没有舌头的生物设计的语言。

又一阵激烈交谈之后,指挥官转向阿弗雷尔,用投资者语对阿弗雷尔说:"共生生物对你的到来并不满意,显然,最近有一些人类给它们制造了麻烦。但经过我的斡旋,它已经允许你进入它们的巢穴。本次事件已被记录在案。当我返回你的母星系时,将向你的派系索取此次外交服务的酬金。"

"谢谢你,长官,"阿弗雷尔说,"请向共生生物转达我个人最诚挚的愿望,在下绝无恶意——"突然,共生生物冲了过来,在他左小腿上狠狠咬了一口,打断了他的侃侃而谈。沉重的人工重力并没有妨碍阿弗雷尔的速度,他猛地向后一跳,摆出一个防守姿势。这时,只见共生生物安静地蹲伏在地,口衔着一长条被撕下的裤腿,正起劲地咀嚼着。

指挥官说:"它会把你的气味和化学成分传达给巢穴同伴,这是必要措施。否则你会被视为入侵者,被群的战士当场杀死。"

阿弗雷尔迅速放松下来,伸手压住伤口,止住流血。他只希望自己刚才的动作没有引起投资者们的注意,一个普通研究人员,似乎不应该有这么敏捷的身手。

"我们很快就会重新打开气闸。"指挥官说着,用粗壮的爬虫类尾巴抵住地面,身体向后一倚。共生生物继续咀嚼着碎布。阿弗雷尔仔细观察着这个生物的脑袋,没有脖子,有口和鼻孔;眼柄上有两个球根状萎缩眼睛;两侧各有一排铰链板条,可能是无线电接收器;顶部有三个甲壳质圆盘,从中凸起两排密密麻麻的细小触角,正在不停扭动,结构非常古怪,完全猜不透到底有什么功能。

气闸门打开,一股浓重的烟味涌进了对接室。这味道似乎让在场的六位投资者感到不适，他们很快就离开了。"按照协议，我们将在人类时间六十天内返回。"指挥官说。

"谢谢你，长官。"阿弗雷尔说。

"祝你好运。"指挥官用英语回了一句。阿弗雷尔脸上露出了微笑。

共生生物扭动着多体节的身体，爬进了气闸。阿弗雷尔跟着它。气闸门在他们身后关上了。这个共生生物一言不发，继续大声咀嚼着。第二道门开了，共生生物往里一跳，跳进了一条宽阔的圆形石质隧洞，立刻消失在了黑暗中。

阿弗雷尔摘下太阳眼镜，放进上衣口袋，又拿出一副红外眼镜绑在头上，走出了气闸。人工引力消失了，取而代之的是一种几乎无法察觉的微弱重力，这是由群的小行星巢穴造成的。阿弗雷尔笑了，这是几周以来他第一次感到舒心。成年后的大部分时间，他都生活在土星环的变形者殖民地上，在失重状态中度过。

在隧洞旁的一个暗洞里，蹲伏着一个体形如大象的毛茸茸的动物，脑袋呈圆碟形。它浑身散发着热量，在红外眼镜中清晰可见。阿弗雷尔可以听到它的呼吸声。它耐心等待着，直到阿弗雷尔飘过它身旁，更深地进入隧洞，它才挪到隧洞尽头，拼命吸入空气，直到膨胀的头部牢牢堵住出口。它伸展开许多条腿，深深地陷进墙上的插孔里。

投资者飞船已经离开。猎户星座参宿四是一颗红超巨星，四周盘绕着数百万颗小行星，小行星旋盘的总质量大约是木星的五倍。阿弗雷尔进入的，正是其中一颗小行星的内部。作为一处潜力无限的矿藏资源,参宿四旋盘使整个太阳系相形见绌。这个行星系的主宰者,应该是群。至少,在投资者的记忆中,没有任何种族能挑战群的地位。

阿弗雷尔凝视着隧洞。隧洞里似乎空无一物,没有其他生物投射的红外热源,他无法看得很远。他踢了一下墙,犹犹豫豫地向隧洞深处飘去。

这时,他听到一个人类大喊:"阿弗雷尔博士!"

他赶紧回道:"米尔尼博士!我在这儿!"

他先是看到一对年轻的共生生物轻盈飘来,爪子几乎很少在洞壁上借力。在它们身后,跟着一个戴护目镜的女人。她很年轻,很有魅力,身体经过基因重塑,身材苗条,曲线玲珑。

她用共生生物语言尖叫了几声,它们停了下来,等待着。她向前冲来,阿弗雷尔也迎了上去,抓住她的胳膊,熟练地抵消了她的速度。

"你没带什么行李吧?"她焦急地问。

他摇了摇头。"在我被派出之前,我们及时收到了你的警告。所以,我只穿了这一身衣服,只在口袋里带了一些小东西。"

她挑剔地看着他。"环带居民现在就流行这种衣服?看来时尚变化得比我想象中还要快。"

阿弗雷尔瞥了一眼身上的锦缎大衣,大笑起来。"这是出于外交考虑。投资者更喜欢和一个盛装打扮、看上去财大气粗的人类谈交易。现在,所有变形者使节都得穿这样的花哨衣服。我们赶超了机械派一大步,他们还在穿那些连体工作服。"

他犹豫了一下,不敢贸然提问,怕无意间冒犯她。伽利娜·米尔尼的智商将近两百。智力超群的人，有时会情绪不稳、反复无常，遇到挫折时，很容易退缩回自己的幻想世界中，或者陷入一种奇怪的矛盾心理，在密谋狙击和容忍退让之间不停打转，令人难以捉摸。为了争夺人类社会的文化主导地位，变形派选择了高智商作为一种发展策略，尽管偶尔会发生一些事故，他们还是不得不坚持下去。他们曾尝试过培育智商超过两百的超智人，但很多超智人叛离了变形者殖民地，这个特殊培育项目已被叫停。

"你一定在纳闷我这身衣服是哪儿来的。"米尔尼说。

阿弗雷尔微笑道："你的衣服真的非常新奇。"

"这是用茧丝编织的，"她说，"我原来的衣服在去年的一次麻烦中被一名拾荒者吃掉了。我平时都是赤身裸体，我穿着衣服来见你，是不想显得太过亲密，让你尴尬。"

阿弗雷尔耸耸肩。"我自己也经常裸体，衣服并没有什么用，口袋倒是挺有用。我会随身携带一些工具，但大多数工具都不重要。我们是变形者，我们的工具在这儿。"他轻轻拍了一下自己的脑袋，"你能不能给我找一个安全的地方，来存放衣服……"

她摇了摇头。她戴着护目镜，他无法看到她的眼睛，无法辨认她脸上的表情。"博士，你已经犯了第一个错误。这里并不存在什么我们自己的地方。机械派特工犯过同样的错误，这个错误也差点让我丧命。这里没有隐私或财产的概念。这里是巢穴。如果你占据巢穴的任何一处空间，用来储存设备，用来睡觉，你就会成为入侵者，成为敌人。两个机械派特工——一男一女——占了一个空腔室，建立起电脑实验室，战士们打破门，闯进去把他们吃掉了。拾荒者吃光了他们的设备：玻璃，金属，所有一切。"

阿弗雷尔冷冷一笑。"把这些物料托运到这里来，一定花了他们一大笔钱。"

米尔尼耸耸肩。"他们比我们更富有。他们有大型机器，能大量采矿。我猜想，他们计划悄悄杀了我，尽量避免暴力场面，以免激怒那些战士。他们有一台电脑，学起弹尾语来比我快多了。"

阿弗雷尔说道："但你活了下来，你的录像带和报告——尤其在早期，当大部分设备还在时，你录制并发送的情报——都非常珍贵。管理局一直非常支持你的行动。在你离开的这段时间，你已经成了环带名人。"

"是啊，如我所愿。"她说。

阿弗雷尔有点困惑。"这两只共生生物是不是有什么缺陷？"他小心翼翼地说，"我的研究领域，正好是外星人语言学。"他匆匆指了一下陪她前来的两只共生生物。"看来你和共生生物的交流已经取得了很大进步，要知道，这些共生生物似乎都听命于群。"

她用一种难以捉摸的表情看着他，耸了耸肩。"这里至少有十五种不同的共生生物。这两只跟着我的，叫做'弹尾'。所有的共生生物，都只听命于自己。博士，它们是野蛮生物，之所以引起投资者关注，仅仅是因为它们还能说话。它们曾经能在太空中远航，但现在已经遗忘了星际航行技术。它们发现了巢穴，被巢穴吸收，变成了寄生虫。"她在一只弹尾的头上敲了一下。"我驯服了这两只，因为论起偷窃和乞食的本领，我可比它们强多了。它们现在和我在一起，保护我不受那些更大型共生生物的侵害。共生生物嫉妒心很强，会相互攻击。要知道，这些共生生物已经在巢穴中生存了大约一万年，依然没能彻底融入群生态链。它们仍然能思考，有时也会纳闷。过了一万年浑噩的寄居生活，共生生物仍然能做简单思考。"

"它们的确是野蛮人，"阿弗雷尔说，"我完全同意。在飞船上时，其中一只就咬了我。这样的生物似乎不太适合充当外交使节。"

"是的，我提醒过它，你会来巢穴找我。"米尔尼说，"它不太喜欢你的到来，但我用食物贿赂了它。希望它没有弄伤你。"

"只是擦伤，"阿弗雷尔说，"应该不会感染。"

"当然不会，除非你身上本来就有细菌。"

"绝无可能，"阿弗雷尔有点生气了，"我身上没有细菌。我绝不会随随便便把微生物带进一个外星生态圈。"

米尔尼把头扭向一旁。"你身上可能会有一些经过特殊基因变异的细菌……我们现在可以走了。在前面的大洞室里，弹尾会通过口部触碰，把你的气味传播出去。几个小时内，就会传遍整个巢穴。一旦气味抵达女王那里，传播速度就会迅速加快。"

她蜷起双腿，在一只年轻弹尾的硬壳上猛地一踹，借着反弹力，向隧洞深处飘去。阿弗雷尔赶紧跟上她。巢穴中空气温暖，他身披厚重华服，身体开始不停冒汗，幸好他的汗水有抗菌功能，不会散发异味。

他们来到一个巨大的洞室，横截面大致呈圆形，直径约二十米，蜿蜒了八十米。里面挤满了巢穴生物。

有成百上千只。大多数是劳役者，它们有八条腿，毛茸茸的，像大丹狗那么大。四处散布着一些战士，它们是毛茸茸的怪物，体形和一匹马差不多，口中伸出巨大的獠牙，整个脑袋像极了一把鼓起来的椅子。

在几米之外，两只劳役者背着一个传感者，这个传感者有一个巨大扁平的脑袋，连接在一个萎缩的躯体上，躯体大部分都是肺。传感者长着板状巨眼，体表伸出许多由手状甲壳素构成的弯曲长天线，随着劳役者们的移动，弯曲天线也一颤一颤的。劳役者们伸出长着钩子和吸盘的脚，紧紧地贴在洞室墙壁上。壁石中的碳素已被汲取完，布满了疏松的小洞。

突然，一个怪物穿过臭气熏天的温暖空气，从他们头顶划过。它的末肢膨大，犹如两列桨片；头上无毛、没有五官；整个口部就是一个镶嵌钝甲的酸液喷口，还向外突出许多可怕的尖牙。米尔尼说："这是一个掘隧者，它能带我们更深入巢穴内部，快跟上。"她向它飘去，攀上了它多节的毛茸茸的后背。阿弗雷尔和两个尚未长大的弹尾，也跟着攀了上去，弹尾用前肢紧抓住掘隧者的臀部。掘隧者的茂密体毛又油腻又潮湿，散发出一股暖烘烘的恶臭，让阿弗雷尔浑身一颤。掘隧者继续在空中飞行，八只脚像阔叫桨板，如翅膀般扇动着空气。

"肯定有成千上万只巢穴生物。"阿弗雷尔说。

"在上一份报告中，我说有十万只，但那时我还没有探索遍整个巢穴。即使到现在，还有很多我没见过的长岔洞。巢穴生物的数量肯定接近二十五万。这颗小行星的体积，和机械派最大的基地谷神星差不多。内部仍然含有丰富的碳质材料，远远没有开采完毕。"

阿弗雷尔闭上了双眼。要是没有红外眼镜，他只能用手摸索着穿过这成千上万只不停拥挤、抽搐、扭动的怪物。"这么说，数量还在增长？"

"当然，"她说，"事实上，这个群很快就会发射一个交配子群。在女王房附近的一个腔室里，正在培育三打有翼型繁殖个体，雌雄都有。一旦被发射出去，它们就会交配并构造新的巢穴。到时候，我会带你去现场看发射盛况。"她停顿了一下，"我们马上就要进入一个真菌花园。"

一只年轻弹尾悄悄往前挪动几步，用前肢抓紧掘隧者的皮毛，伸嘴向前，啃咬起阿弗雷尔的裤腿边来。阿弗雷尔扭过头狠狠踹了它一脚，它缩了回去，眼柄晃个不停。

等他回过头来，他们已经进入了第二个洞室，比第一个大得多。洞室的每一寸洞壁，都覆盖着大量真菌。最常见的是这几种：臃肿桶身顶着一个圆盖；一丛密密麻麻的枝丫；一团弯曲缠绕的线条，在腥臭的微风中轻轻摇曳。一些桶状真菌旁，还弥漫着一团孢子迷雾。

米尔尼问："看到真菌下面那一堆堆生长介质了吗？"

"看到了。"

"我不确定这是一种植物形态，还是某种复杂的生化淤泥。关键是，如果移到小行星外部，照射到阳光，它就会生长，这是一个能在真空中生长的食物源！想象一下，如果能带回环带，这东西将会产生什么样的价值。"

阿弗雷尔说："价值惊人，完全无法用语言描述。"

她说："这东西本身不能吃，我试着吃过一小块，像在嚼塑料。"

"你在这里平时吃得好吗？"

"挺好。人类和群，有着相似的生物化学结构。这些真菌完全可以食用，但经过反刍之后，会更有营养。在劳役者的后肠内发酵一番，能增加不少营养价值。"

阿弗雷尔目瞪口呆。"你会习惯的，"米尔尼说，"以后我会教你如何从劳役者那里获得食物。只需有节奏地轻轻拍打某个部位——和它们大多数行为一样，只是一种简单的反射性反应，不受信息素控制。"她抹了一下脸，把一长绺脏头发拨到脑后。"希望我寄回的信息素样品，对得起那么高昂的运输成本。"阿弗雷尔答道："哦，绝对值得。信息素的化学结构很奇妙。我们成功合成了绝大多数化合物。我本人就是研究团队的一员。"他犹豫了。他能信任她到何种程度？到现在为止，他还没有向米尔尼透露他和上级制订的那个实验计划。她只知道，他和她一样，只是一个普通的科考研究人员。变形者科学界对从事军事工作和间谍活动的少数人心存戒备。

投资者向人类透露，在银河系中还生存着其他十九个外星种族。作为对未来的投资，变形派决定租用投资者的飞船，向外星种族居住的星球派遣研究人员。这种大规模的外派，让变形派耗费了数十亿瓦特的宝贵能源和大量稀有金属和同位素。大多数派遣团有两到三名研究人员；有七个派遣团只有一名研究人员。伽利娜·米尔尼被选中，前往群进行考察。她平静地接受了使命，相信凭借高超智慧和坚忍性格，她应该能保住性命和理智。那些做决策的上级官员，也无法确定她是否能取得某种有用或重要的发现。他们只知道，只要有可能获得某种具有压倒性优势的技术或发现，即使孤身一人，即使装备不足，也必须赶在其他派系行动之前把她派遣出去。米尔尼确实取得了重大发现，引起了环带安全局的重视。于是，阿弗雷尔来到了这里。

"你们合成了那些化合物？"她说，"为什么？"

阿弗雷尔平静地笑了。"也许只是为了证明我们能办到。"

她摇了摇头。"请别糊弄我，阿弗雷尔博士。我跑这么远，部分原因就是为了躲避这类政治把戏。请告诉我真相。"

阿弗雷尔盯着她，可惜有护目镜遮挡，他看不到她的眼睛。"好吧，"他说，"告诉你也无妨，环带管理局命令我来这里进行一项实验，这个实验可能会危及我们两人的生命。"

米尔尼沉默了一会儿。"这么说你是安全局特工？"

"我的军衔是上尉。"

"我懂了……那两个机械派特工出现时，我就已经明白了。他们那么彬彬有礼，那么多疑，要不是还指望能通过贿赂或酷刑从我口中套出点秘密，他们一见面就会宰了我。他们把我吓得半死，阿弗雷尔上尉，你也吓到我了。"

"我们生活在一个可怕的世界，博士。这件事关系着派系安全。"

她说："在你们这些家伙眼里，所有事情都关系着派系安全。我不应该再带你往前走了，也不应该再给你看任何东西了。这个巢穴，这些生物，它们没有智能，上尉。它们不能思考，不能学习。它们天真无邪，混沌未开。它们不会分辨善恶。它们对任何事情都一无所知。发生在几百光年外的人类社会的权力斗争，和它们毫不相干，你绝对不应该利用它们。"

这时，掘隧者已经出了真菌室，在温暖的黑暗隧洞中缓缓划动。一群古怪的生物，像一群扁平的灰色篮球，从反方向飘浮过来。其中一个伸出细长的鞭形触角，勾住阿弗雷尔的衣袖。阿弗雷尔轻轻一掸，脆弱的触角就断裂了，喷出一细串腥臭的红色液滴。

"我在原则上自然同意你的观点，博士，"阿弗雷尔说，"但请想想那些机械派。他们中的一些极端派系，已经把大部分身体置换成了机器。你难道还指望他们能遵从人道主义准则？他们冷酷、冷漠，是没有灵魂的生物，他们可以把一个活生生的人切成碎肉，他们永远不会感受到受害者的痛苦。绝大多数其他派系都恨我们。他们说我们是种族主义超人。你难道愿意让这些异端分子在科技研发上赶超我们，用新式武器对付我们吗？"

"这是空话。"她扭头看向别处。在他们周围，到处都是满载着真菌的劳役者，嘴里塞得满满的，肚子也塞得鼓鼓的。它们正在向巢穴各处扩散，有的匆匆爬过他们身旁，更多的则消失在通向各个方向的分支隧洞里。阿弗雷尔抬起头，发现在头顶上面的洞壁上，有一只生物很像劳役者，但只有六条腿，正匆匆忙忙向他们后方窜去。这肯定是一种寄生模仿体。他有点纳闷，要花多长时间才能进化成这样？

"难怪环带会有这么多背叛者，"她悲伤地说，"如果人类真像你描述的那么愚蠢，只会陷入极端思维，那最好还是与人类社会断绝任何关系，独自生活，别去助长疯狂的蔓延。"

阿弗雷尔说："这种谈话只会让我们丧命。派系制造了我们，我们必须效忠派系。"

"告诉我，上尉，"她说，"难道你从来没有想过，抛下所有这些人和事，抛下所有的责任和约束，逃到一个遥远的地方，去反思一下这个世界，反思一下你扮演的角色吗？从孩提时代起，我们就接受了那么艰苦的训练，接受了那么多不容置辩的命令。难道你不觉得，他们这样做，就是为了让我们迷失真正的自我吗？"

阿弗雷尔断然说道："我们生活在太空中，太空是一种不自然的生存环境，需要超越自然的人，经过非自然的努力，才能获得成功。我们的思想是我们的工具，哲学必须退居其次。我当然体验过你提到的这些冲动。这些冲动只是另一种需要提防的威胁。我坚信，人类必须构建和维护一个有序社会。科技会释放巨大的破坏力量，使社会分崩离析。必须有某个派系从斗争中胜出，整合整个人类社会。我们变形者有智慧，有克制力，能以人道态度去推进全人类的整合。这就是为什么我会加入安全局。"他停顿了一下，"我不指望能活着看到胜利那一天。我希望能在一场残酷的战斗中战死，或者被暗杀。能够为这个事业壮烈牺牲，对我来说就足够了。"

她大喝道："你太傲慢自大了，上尉！你的生命非常渺小，你的牺牲也很琐碎！如果你真想实现你的人道主义，实现完美的秩序，看看眼前这个群吧。这里就是你的理想天堂！这里总是这么温暖、黑暗、气味芬芳，食物唾手可得，一切物质都在无穷无尽地循环，被完美地重复利用。唯一丢失的资源，只是交配子群的个体，还有一点点空气。像这样的巢穴，可能会在数十万年，甚至上百万年里，保持不变。我问你，再过一千年，还有谁，还有什么东西，会记得我们，记得我们这个愚蠢的派系？"

阿弗雷尔摇了摇头。"这是一种无效对比。我们并不需要这么长远的远见。再过一千年，我们要么成为机器，要么成为神。"他摸了摸头，大鹅绒帽子不见了。毫无疑问，有个东西此刻正在吃它。

掘隧者载着他们，继续深入小行星内部的蜂窝状失重迷宫中。他们路过培育幼体蛹的腔室，无数苍白的幼虫裹在丝茧中，轻轻蠕动；一连串宽阔的真菌花园；许多处墓坑，在墓坑里，尸体腐败分解，散发出阵阵恶臭，一群有翼型劳役者悬浮在空中，不断拍打着翅膀，扇动着腐臭的空气。尸体被腐蚀性黑菌分解成粗糙的黑色粉末，再由浑身被熏黑的劳役者运走，那些劳役者的躯体，有四分之三也已中毒僵死。

之后，他们脱离了掘隧者，继续飘行。米尔尼早已习惯了巢穴生活，她飘行得灵巧娴熟；阿弗雷尔跟在她身后，则不时和劳役者们磕磕碰碰。隧洞中有成千上万只劳役者，攀附在天花板、墙壁和地板上，不停地四处聚集，到处爬动。

他们还参观了培育有翼型繁殖个体的腔室，这是一个高耸的圆拱室，有翼型繁殖个体长达四十米，蜷着腿，被吊在半空。它们的金属质身体分成多个体节，胸节上本该长翅膀的地方，分布着许多有机火箭喷嘴。光滑后背上叠放着一排雷达天线。

它们看起来根本不是生物体，更像是正在建造中的星际探测器。劳役者不断给它们喂食。它们的螺旋形腹部膨胀得鼓鼓囊囊，储满了压缩氧气。

米尔尼向一只路过的劳役者讨到了一大块真菌，她巧妙地拍打其触角，激起了它的反射性动作。她把大部分真菌给了两只弹尾，它们一边贪婪地吞吃，一边眼巴巴地看着她。

阿弗雷尔盘起双腿，鼓起勇气，把真菌放进嘴里。口感很柔韧，但味道却很好，很像熏肉——这种美味他只尝过一次。在殖民地，烟雾的味道意味着灾祸临头。

米尔尼已经沉默了好一阵。

阿弗雷尔讪讪问道："食物没问题，我们睡哪里？"

她耸耸肩。"随便睡哪里……到处都是空荡荡的壁洞和隧洞。接下来，你应该很想去看看女王房吧。"

"求之不得。"

"我得多准备一些真菌。那里有战士守卫，必须用食物来收买它们。"

她从另一只劳役者那里收集了一堆真菌，然后他们继续向前飘行。阿弗雷尔早已没了方向感，无数腔室和隧洞构成了一座庞大的迷宫，让他眼花缭乱。最后，他们进入一个巨大的黑暗洞穴，女王的巨大身躯散发着明亮的红外光。这里就是巢穴的中央工厂。尽管女王是由温暖柔软的肉体构成，其本质却是一台大型工业制造机。大量经过预消化的真菌营养糊，源源不断地涌入女王光滑的盲口。圆滚滚的柔软肉体不停地蠕动、吮吸、起伏，消化着，转化着，发出有节奏的噗噗声、汩汩声。

在女王的尾端，像传送带一样，源源不断地产出一粒粒卵，每一粒卵上都包裹着一层厚重黏稠的激素润滑液。劳役者们贪婪地把润滑液舔干净，然后把卵送往养育所。每一粒卵都有人类躯干那么大。

这个过程持续不断地进行着。在这颗小行星的中心，暗无天日，不分昼夜，这些巢穴生物的基因中，早已不存在任何昼夜节律的编码。生产流程源源不断，简直就是一个不停运作的自动化矿井。

"这就是我来这里的原因，"阿弗雷尔敬畏地说，"瞧瞧这个，博士。机械派拥有的电控式采矿机械比我们先进好几代。但是，在这儿，在这个无名小世界的肠道里，存在着一种神奇的基因技术，这个体系能自我喂养，自我维持，能有效地、无意识地不停运转。这是一种完美的有机机械。一个派系，如果能利用这些不知疲倦的劳役者，就能使自己成为工业巨头。我们变形者的生物化学知识，在人类社会遥遥领先。我们将完成这个壮举。"

米尔尼发出了质疑："你打算怎么做呢？你必须把一个受精的女王搬运到太阳系。即使投资者同意放行，愿意承运，我们也承担不起运费。而且，他们根本不会同意我们这么做。"

阿弗雷尔耐心地解释说："我并不需要一个完整的巢穴，只需要一个受精卵中的一点遗传信息，环带实验室就能克隆出无数的劳役者。"

"可如果没有巢穴信息素，劳役者们就没有任何用处。它们需要化学线索，来触发不同的行为模式。"

阿弗雷尔说:"完全正确,的确是这样,但我恰好拥有浓缩的合成信息素。我现在要做的,就是对合成信息素进行测试。我必须证明,我可以用合成信息素控制劳役者们的行为模式。一旦证明可行,我将获得授权,把必要的遗传信息偷运回环带。当然,投资者不会批准。这牵涉到道德问题,但投资者的基因技术并不发达,他们不会察觉。等创造出了丰厚利润,我们可以收买投资者,获取他们的事后认可。最重要的是,我们可以后来居上,在采矿竞争中击败机械派。"

"你把信息素带到了这里?"米尔尼追问,"投资者发现信息素的时候,难道没有起疑?"

阿弗雷尔平静地说:"现在,轮到你犯错误了。你真以为投资者无所不能?你错了。缺乏好奇心的人,将永远无法穷尽每一种可能性,而好奇心正是我们变形者的强项。"阿弗雷尔拉起裤腿,露出右小腿。"瞧瞧我小腿上的静脉曲张。这种血液循环问题,在长时间处于失重状态的人身上很常见。但是,这段静脉被人为阻断,并减少了渗透作用。在静脉里,存放着十种不同的细菌群落,经过特殊基因改造,每一种细菌,都能生产一种特殊的群信息素。"

他笑了。"投资者搜查得很彻底,动用了射线。但在射线下,我的静脉是正常的,而被存放在静脉隔间里的细菌,是无法侦测的。我随身携带了一个小医疗包,里面有一个注射器。我们可以用注射器提取信息素来进行测试。当测试完成后——我确信测试一定会成功,事实上我把自己的事业全都押在了这次行动上——我们会清空血管中的所有隔间。细菌一接触空气就会死亡。我们可以提取一个发育胚胎中的卵黄物质，填充进那段血管。这些细胞可能在旅途中存活下来，但即使死了，因为无法接触到任何降解媒介，也不会在我体内降解。回到环带之后，我们可以模拟自然选择过程，激活和抑制不同的基因表达，来产生不同等级的群生物。我们将拥有数百万劳役者，如果需要，我们也将拥有大量战士，甚至对有翼型个体进行改造，生产出有机火箭飞船。如果我成功了，你认为谁会记住我？谁会记住这个傲慢自大的我，记住我的渺小生命和琐碎牺牲？"

她愣愣地盯着他，即使笨重的护目镜也无法掩饰她的敬畏。"这么说，你真打算这么干？"

"我牺牲了大把的时间和精力，当然期望获得结果，博士。"

"但这是绑架。你计划培育奴隶种族。"

阿弗雷尔耸了耸肩，不屑一顾。"你这是在玩弄辞藻，博士。我绝对不会损害这个群。当它们遵守我的化学命令时，我可能会偷走其中一些劳役者的劳动时间，我并不否认犯下了这一丁点盗窃罪。我承认我谋杀了一个卵，但这个罪过，只相当于人类的一次堕胎。盗窃一种遗传物质，算得上'绑架'吗？我认为算不上。至于培育一个奴隶种族的可耻想法，我完全否认。这些生物本来就是基因机器人。如果它们算奴隶，那激光钻和货船也得算是奴隶了。在最坏的情况下，它们也只能算作人类的家畜。"

米尔尼只稍稍考虑了一会儿。"没错。一个普通劳役者不会仰望星空，渴望自由。它们只是没有智能的无性动物。"

"没错，博士。"

"它们只会工作。不管是为我们工作，还是为群工作，对它们来说没什么两样。"

"我发现你已经抓住了这个创意的美妙之处。"

"如果成功了，"米尔尼说，"如果成功了，我们的派系将获得数不尽的利润。"

阿弗雷尔脸上露出了微笑，他并未意识到，自己接下来这一番真诚话语包含着极其冷冽的自我讽刺。"还有个人利益，博士……第一个测试这项技术的人，将获得珍贵的专业知识。"他的声音柔和下来，"你看过泰坦星上的氮雪吗？我想在那里建造一个只属于我的居住地，比历史上的任何城市都要大。一座真正的城市，伽利娜，在那里，一个人可以彻底抛下所有的规则和纪律，那些塑造了他……"

"现在谈论背叛的可是你，上尉。"

阿弗雷尔沉默片刻，努力挤出一点笑容，说道："你摧毁了我的完美梦想，说实话，我所描述的，只是一个有钱人闲适的退休生活，并不是一个叛逃者自我陶醉的隐居生活。两者存在明显的差别。"他停顿了一下，"我斗胆问一句，你是否有意愿，参与到我这个项目中来？"

她呵呵一笑，伸手碰了碰他的胳膊。她的低笑声透着一丝诡异，但立刻就被淹没在女王巨肠中传出的有机轰鸣声里。"你难道希望在今后两年里，我一直和你争论不休吗？我还不如现在就让步，免得和你起摩擦。"

"好极了。"

"毕竟你不会对巢穴造成任何伤害。它们永远不会知道发生了什么事。如果人类能在环带成功培育它们的基因序列，就没有理由再来打扰它们了。"

"没错。"阿弗雷尔说，然而，他的脑海里立刻闪过了蕴藏在参宿四小行星旋盘中的巨大财富。终有一天，人类将会满怀激情地向星际空间大规模移民，这一天终将到来。仔细打探每一个可能成为对手的外星种族，绝对是必要的。

"我会尽我所能地帮助你，"说完她沉默了片刻，又问："你看够这个地方了吗？"

"是的。"他们离开了女王房。

"我起初不太喜欢你，"她坦率地说，"现在倒有点喜欢你了。你似乎有一种幽默感，绝大多数安全人员都缺乏这种幽默感。"

"这不是一种幽默感，"阿弗雷尔悲伤地说，"这是一种伪装成幽默感的讽刺。"

巢穴中一团漆黑，时间无尽流逝，不分时日。只有定期涌起的困倦会暂时打断这延绵的时间，起先他们还会定时睡眠，之后，就不时在失重状态下搂抱在一起，陷入无序的昏沉长眠。身体相拥，皮肤紧贴，那种发自本能的性吸引力，成了他们保持人性的唯一维系。远离人类社会六百四十光年，他们身上的人性渐渐分裂、磨灭，已经不再有任何意义。此时此刻，生存在这个挤满怪异生物的温暖隧洞里，他们就像悬浮在血管中的两个细菌，随着脉搏涨落不住飘移。几个小时漫长得像几个月，时间本身也变得毫无意义。

信息素测试非常复杂，但并非不可能完成。十种信息素的第一种，是一种简单的聚集指令，通过触角传播之后，能聚拢起一大群劳役者。劳役者们聚集之后，会等待进一步指令；如果长时间没有进一步指令，它们就会分散。为了达成控制效果，必须把不同信息素混合或串联使用，就像计算机指令。例如，第一种聚集指令信息素，结合第三种转移指令信息素，能驱使一群劳役者清空任何给定的腔室，并将其中的物品转移到另一个腔室。第九种信息素进行工业化应用的可能性最佳；这是一种建筑指令，能命令劳役者们聚集起一批掘隧者和清道者，并遣送它们去挖掘隧洞。其他的信息素就有点恼人了。第十种信息素会触发清洁行为，劳役者们一哄而上，用毛茸茸的触角把阿弗雷尔身上剩余的衣物剥扯个精光。第八种信息素会命令劳役者们去采集小行星表面的物质，劳役者们急切地想要完成指令，蜂拥而出，差点把两位人类探索者也裹挟进太空。

他们不再害怕战士。第六种信息素会命令劳役者们赶去照料卵，也能命令战士们急忙奔去保护那些卵。米尔尼和阿弗雷尔充分利用信息素的威力，命令一群被化学劫持的劳役者挖了一个腔室，并命令一个被劫持的气闸守卫堵住洞口，建立起了自己的秘密腔室。他们种植了自己的真菌花园来循环腔室空气，并储备了最喜欢吃的真菌，有一只劳役者被关起来专门发酵真菌。由于不断进食和缺乏锻炼，这只劳役者的身体肿胀不堪，挂在墙上，像一颗巨大的葡萄。

阿弗雷尔很累。最近，他已经很久没睡过觉了，究竟有多久，他也不清楚。他的身体节律并没有像米尔尼那样经过微调，他很容易抑郁和愤怒，不得不努力抑制自己的情绪。他突然冒了一句："投资者很快就会返回这里。"

米尔尼无动于衷。"那些投资者。"她刚说了个开头，又用弹尾语嘟哝了半句，他没能听懂。尽管阿弗雷尔受过外星语言学训练，但一直达不到她对弹尾语的那种熟练程度。他的专业训练几乎成了一种负担；弹尾语已严重退化，零碎、晦涩，简直就是一种混杂语，没有语法规则，没有固定搭配。他现在的水平，只能给它们下一些简单命令，还好他能用信息素遣走战士，获得了一定威信，让两只弹尾挺怕他。有了足够的食物，米尔尼驯服的这两只幼兽已经长得非常壮硕，现在，轮到它们作威作福，去欺凌那些欺负过它们俩的年长同类了。阿弗雷尔太忙了，手头有太多实际问题要解决，没有认真研究过弹尾或其他共生生物。

"要是他们来得太早，我可能无法完成手头的研究。"她用英语说。

阿弗雷尔摘下了红外护目镜，紧紧地箍在脖子上。"伽利娜，你的记忆力是有限度的，"他说着，打了个哈欠，"没有设备辅助，你只能记住这么多数据。我们只能先返回，等下一次再来。希望投资者看到我时，不会太过震惊。我那一身衣服，可花了一大笔钱。"

"自从交配子群发射之后，巢穴里就没发生过什么新鲜事。要不是有翼型培育房又有了动静，我可要无聊死了。"她伸出双手，把油腻的头发梳向脑后，"你想睡觉吗？"

"想，要是能睡着的话。"

"你不和我一起去看看吗？我一直对你说，这次培育很重要。我认为是一个新种，绝对不是普通的有翼型。它的眼睛像有翼型,但却紧紧地依附在墙上。""可能根本就不是巢穴成员,"他话音疲惫、半开玩笑地说,"很可能是一种寄生虫,一种有翼型模仿体。你想看就去吧。我在这里等你。"他听着她离去。摘了红外眼镜,眼前也并不是完全漆黑,腔室里热气腾腾,长势茁壮的真菌会发出一种非常微弱的光芒。那只用来储存食物的劳役者在墙上微微晃动,发出阵阵沙沙声和咯咯声。过了一会儿,他就睡着了。

当他醒来时,米尔尼还没有回来。他并不担心。首先,他去那条气闸隧洞转了转,投资者就是在那里把他卸下的。他有点过虑了,投资者一向忠实履行合同。但他还是担心,如果投资者突然抵达,看不到他人影,也许会不耐烦,撇下他径直离开。其实,即使一时看不到他,投资者也会耐心等待。到时候,米尔尼会拖住他们一段时间,他会趁机快速赶赴养育室,从一个受精卵中抽取一点活细胞。采集的卵细胞越鲜活越好。

之后,他开始进食。他正在秘密腔室外咀嚼真菌,那两只驯服弹尾突然冒了出来。"你们想要什么?"他用弹尾语问道。

"喂食者不妙,"更大的那只尖叫着,兴奋地胡乱挥舞着前腿,"不工作,不睡觉。"

"不动弹,"第二只补充道,又满怀希望地追问一声,"能吃它吗?"

阿弗雷尔分给它们一些真菌。它们懒洋洋地嚼着,显然没什么食欲,这让他感到不安。他命令道:"带我去找她。"

两只弹尾立刻向外跑去;他很轻松地跟上它们,熟练地穿行过一群群劳役者。它们带着他在隧洞网络里穿行了几英里，来到有翼型培育腔室前。两只弹尾很是困惑。"不见了。"大的那只说。

培育腔室里空无一物。阿弗雷尔从没见过这么空荡荡的培育腔室，群从来不会浪费这么大的空间，这很不寻常。他担心起来，赶紧命令道："寻找喂食者。追踪气味。"

弹尾知道他没有食物，没有及时的奖励，它们就不太愿意做任何事情。最后，它们还是嗅起了气味，也许只是在假装。它们爬上培育腔室的天花板，钻进了一个新的隧洞入口。

空腔室里没有足够的红外光，阿弗雷尔只觉得眼前漆黑一片，他赶紧纵身一跳，向弹尾追去。

突然，他听到一声战士的大吼，接着是一声弹尾的尖叫。只见一只弹尾从隧洞口飞了出来，一股浓稠的液体从破裂的头部喷射而出。它不停翻滚着，撞上了远处的墙壁，发出一声闷响。它已经死了。

第二只弹尾立刻尖叫着逃走了，叫声里夹杂着悲伤和恐惧。阿弗雷尔降落在隧洞口，轻轻往下蹲伏，止住了身形。他能闻到愤怒战士发出的刺鼻气味，这是一种非常浓烈的信息素，就连人类都能闻到。几分钟甚至几秒内，就会有几十只战士赶到这里。他听到在愤怒战士的身后，一群劳役者和掘隧者正在忙碌地挖掘和砌固岩石。

他也许能控制一只愤怒的战士，但别提二十只，就算是两只，也已超出他的能力范围。他在洞壁上一蹬脚，向远处飘去。

他开始搜寻另一只弹尾，他觉得自己肯定能认出它，因为它的体形比其他弹尾大得多——但他找不到。弹尾嗅觉敏锐，只要它愿意，就能轻易躲开他。

米尔尼没有回来。又不知过了多少个小时。他又睡着了。他返回有翼型腔室，那里有战士守卫，它们对食物不感兴趣。当他走近时，它们挥舞着巨大的锯齿状尖牙，似乎要把他撕碎；散发着微弱臭气的侵略信息素，像薄雾一样笼罩着这个地方。在这些战士身上，他没有发现任何一种共生生物。有一种共生生物，体形像一只巨大的蜱虫，只依附在战士身上，但现在，就连这种蜱虫也不见了。

他钻进自己的秘密腔室，等待着，思索着。米尔尼的尸体并不在墓坑里。当然，也可能是被什么东西吃了。要不要从静脉隔间中提取剩余的信息素，再闯一回有翼型腔室？他怀疑，米尔尼或者她的残尸，仍然在那只弹尾遇害的隧洞里。他从未探索过那条隧洞。这种未知隧洞，还有成千上万条。

他犹豫着，恐惧着，一动不动地悬浮在黑暗中。就这样什么都不做，安静待着吧，反正投资者随时可能会抵达。只要他带回了遗传基因，即使环带管理局追问米尔尼的死因，随便他怎么解释，都没有人会吹毛求疵。他并不爱她；他尊重她，但这种敬意，还不足以让他放弃自己的生活抱负，不足以让他忽视派系付出的巨额投资。很久以来，他早已把环带管理局抛到了脑后，刚刚这一番思索，让他清醒了不少。回去之后，他必须向上级解释，他为什么会……

正当他胡思乱想个不停，只听呼咻一声响，他的气闸卫士突然泄了气，挪到一旁，三只战士闯了进来。它们并没有怒气冲冲、横冲直撞，而是小心翼翼地缓缓逼近。他明白最好还是不要反抗。其中一只战士张开巨齿，咬住他，抬起他就走。

它把他带到有翼型腔室，进入那条守卫森严的新隧洞。在隧洞尽头，又挖出了一个新的大腔室，几乎填满了一种布满黑斑的白色肉块。在柔软黑斑物体的中央，长着一张嘴巴，耸起两只湿漉漉的、闪闪发光的长柄眼。许多长长的卷须像管道一样从眼睛上方的一道隆起处悬挂下来，不停扭动着。卷须末端是一个粉色肉块塞。

其中一条卷须扎进了米尔尼的头骨。她的身体悬在半空中，像蜡人一样柔软。她的眼睛睁开着，却没有一点生气。

另一条卷须扎进了一只变异劳役者的大脑。这名劳役者的体表依然是幼虫般的苍白色，它体形萎缩，肢体畸形，口部皱巴巴的，隐隐呈现出人类嘴巴的外形。它嘴巴里还有一截东西，像是人的舌头；两道白色隆起，像是人的牙齿。它没有眼睛。

这个变异体用米尔尼的声音说道："上尉-博士阿弗雷尔……"

"伽利娜……"

"我不叫这个名字。你可以称呼我为群。"

阿弗雷尔呕吐了起来。腔室中央那团东西是一个巨大的脑袋。它的大脑几乎充满了整个腔室。

它礼貌地等待着，直到阿弗雷尔吐完。

"我发现自己又醒了，"群的话音有点迷离，"我很高兴看到并没有什么重大紧急事件需要关注。相反，只是一种例行的常见威胁。"它故意停顿了一下。米尔尼的身体在半空中微微颤抖，她的呼吸节律匀称得不正常。眼睛忽而睁开，忽又闭上。"又遭遇了一个新兴物种。"

"你到底是什么东西？"

"我就是群。也就是说，我是群的一种个体。我是一种工具，一种对新环境的适应能力；我的专长是智慧。群很少需要我。再次被需要，感觉可真好。"

"你一直都在巢穴里吗？你为什么不和我们会面？我们应该早点和你交涉。我们并没有恶意。"

卷须末端的变异体张开湿乎乎的嘴巴，爆发出一声大笑。"和你一样，我也喜欢讽刺，你会发现自己掉进了一个巧妙的陷阱，上尉-博士。你想让群为你和你的种族而工作。你想培育我们，研究我们，利用我们。这是一个绝妙的计划，但早在你们的种族进化成形之前，我们就已经挫败过这样的妙计了。"

在恐慌的刺激下，阿弗雷尔疯狂地思索着。"你是一个有智慧的存在，"他说，"没理由会伤害我们，让我们好好协商，我们人类可以帮助你。"

"没错，"群表示同意，"你们会很有帮助。你同伴的记忆告诉我，现在，银河系遍布着智慧文明，正处于一个动荡时期。智能是一个很大的麻烦，给我们带来了各种各样的困扰。"

"你到底想说什么？"

"你们是一个新兴种族，非常依仗自己的聪明，"群说，"像其他种族一样，你们不明白，智能其实是一种不利于生存的特质。"

阿弗雷尔抹了抹脸上的汗，说道："我们发展得很好，我们带着和平的意愿来到这里。你却没有派遣使节去拜访我们。"

"我指的就是这一点,"群说,"正是这种扩张、探索、发展的欲望,将使你们灭绝。你们天真地以为,可以无限制地满足自己的好奇心。在你们之前,早已有无数种族因此灭绝。在一千年之内,也许更长一点,你们这个种族就会消失。"

"这么说,你是打算毁灭我们?我警告你,这可没那么容易。"

"你又误解我了。知识就是力量!你以为,就凭你们那脆弱瘦小的身躯、原始的腿脚、可笑的手臂和手掌、几乎没什么沟回的小型原始脑,就能容纳所有力量?当然不能!在知识细分、专业分工的冲击下,你的种族早已分崩离析。人类的原初身体形态正被废弃。你自己的基因就被改良过,上尉-博士,但你仍然只是一个粗糙的实验体。一百年后,你将成为一具遗骸。一千年后,你将被遗忘。你的种族,将和成千上万其他种族一样,走上不归路。"

"什么不归路?"

"我不知道。"变异体发出咯咯一笑,"他们已经超越了我的理解范围。他们都曾经获得过一些发现,学到过一些知识,这使他们超越了我的理解,甚至超越了这个宇宙。总之,我不再能感觉到他们的存在。他们悄无声息,已经销声匿迹;无论从何种意义上来说,他们似乎都死了,消失了。他们可能变成了神灵,可能变成了幽灵。无论是神灵还是幽灵,我都不希望成为他们的一员。"

"难道弃绝知识,就能让你获得——"

"智能是一把双刃剑,上尉-博士。一定程度的智能,能提升种族的生存能力。过剩的智能,则会妨碍种族的存续。生存和智能无法完美融合。两者并不像你想象的那样，是紧密关联的。"

"但是你，你却是一个理性的存在——"

"如我所说，我只是一个工具。"卷须末端的变异体发出一声叹息，"当你开始进行信息素实验时，女王马上就察觉到这种化学物质扰动现象。这触发了她体内的某些遗传模式，使我获得了重生。化学破坏问题可以通过智能来解决。你看，我就是一个充满智慧的巨脑，经过特别设计，比任何一个新兴种族都要聪明得多。三天之内，我就完全觉醒了。不到五天，我就破解了身体上的这些标记。这些标记是遗传编码，储存着本种族的全部历史。在五天零两小时内，我意识到了目前的问题，并找到了解决方案。现在，在我重生的第六天，我已经开始处理问题。"

"你打算做什么？"

"你们这个种族非常有活力。我预计，你们将在五百年内抵达这个行星系，与我们展开竞争。也许更早。因此，有必要对这样的对手进行彻底研究。我打算邀请你永久加入我们的社群。"

"什么意思？"

"我邀请你成为一个共生生物。一个男性，一个女性，基因经过改良，没有任何缺陷。你们两位就是一对完美的繁殖组合。我不必再去克隆，可以省去很多麻烦。"

"你以为我会背叛自己的种族，把一个奴隶物种交到你手里吗？"

"你的选择很简单，上尉-博士。继续作为一个聪慧的、活着的生物而存在，或者变成一个没有思维的傀儡，就像你的搭档一样。我已经接管了她神经系统的所有功能，我也可以这样对付你。"

"我可以自杀。"

"这样可能会有点麻烦，这将迫使我开发一种克隆技术。尽管我有能力开发这样的技术，但对我来说，技术开发是一个痛苦的过程。我自己就是一个基因工程的产物，在我的思维方式里面，内置了一些故障防护开关，防止我为了自己的私欲而接管整个巢穴。这样做是为了防止群和其他智能种族一样，落入同样的灭绝陷阱。出于同样的原因，我的生命周期也很有限。我只能活一千年，那时，你的种族爆发出的短暂能量应该已经衰退，和平已经恢复。"

"只有一千年吗？"阿弗雷尔面露苦笑，"到时候会怎样？我猜想，既然已经没有利用价值，你会杀光我的后代。"

"不会。我们曾经对其他十五个种族进行过防御性研究，但并没有灭绝任何一个种族。没有必要这么做，上尉－博士，请仔细看，在你的脑袋上方，飘浮着一个小小的拾荒者，正在吞吃你的呕吐物。五亿年前，它的祖先曾经威震整个银河系。当它们攻击我们时，我们派遣它们的同类发起反攻，当然，我们改良了基因，让它们变得更聪明、更厉害，当然，也对我们更忠诚。我们的巢穴，是它们所知道的唯一世界，它们奋勇战斗，展现出一种我们永远无法匹敌的勇气和创造力。如果你的种族要来剥削我们，我们当然也会这样对付你们。"

"我们人类不一样。"

"当然。"

"这一千年不会改变我们。你将会死去，我们的后代将会接管这个巢穴。无论你的智能多么高超，几代之后，我们就能主宰这个巢穴。黑暗不会有任何影响。"

"当然不会。在这里你不需要眼睛。你并不需要任何东西。"

"你会让我活下去吗？允许我教会他们任何我想教的知识吗？"

"当然会，上尉-博士。事实上，我们是在帮你一个忙。一千年后，你的后代，将是唯一残存的人类。我们会慷慨地与你们分享我们的永生；我们会尽心尽责，保障你们的生存。"

"你错了，群。你并不理解什么是智能，你其实什么都不懂。也许其他种族会变成寄生生物，但我们人类不一样。"

"当然。这么说，你同意了？"

"是的。我接受你的挑战。我将击败你。"

"棒极了。等投资者返回这里时，弹尾们会对他们说，它们已经杀了你，并告诫他们永远不要再来。他们不会再来。下一批抵达这里的，应该是人类。"

"如果我不能击败你，他们会的。"

"也许。"它又叹了口气，"真高兴我不用吸收你。我肯定会怀念和你的这一番交谈。"

阿古　译

梅森的老鼠

尼尔·亚瑟

装有环保钛金属弹丸的子弹咔嚓一声被严丝合缝地塞进霰弹枪,梅森用力扣上枪管,撇着嘴观看眼前自家的农场宅院。从哪儿开始呢?那只杀手流浪猫会藏在哪儿?他把霰弹枪端在腋下,走向巨大的封闭谷仓,他可以听见谷物处理机还在工作。那里有地方隐藏,不过他知道自己得小心瞄准开火的位置。他错把史密斯的一个捕鼠器当做兔子来射击,那时才知道微电路挺结实,但也没那么结实。它尖叫着逃回家,像拉小黑尼尼蛋一样掉落芯片。回想的过程中,他自己笑了笑,然后他突然停下来,笑容褪去。或许那就是原因,或许史密斯给他的一个捕鼠器重新编程,为了报复他而把猫当做猎杀对象。

将军不见时,梅森才起了疑心,另外两只猫的消失被归结于其他原因,它们可能找到另一个食物供应更充足的人家。虽然可以减税,但是梅森不赞成为它们提供所需的一切。他把这称为激励,毕竟它们是来工作的猫。猫消失的另一种可能也在他的脑海里闪过,联合收割机经过时它们可能闪躲不及,那样的话他在打包秸秆时会发现它们的尸体残骸。但是这种事不会发生在将军身上，那只豁耳朵猫已经来这里六年了，了解周围的危险，还靠着稳定的老鼠餐长胖了一些。别人也许会觉得是狐狸杀死了猫，可是狐狸不攻击猫，毕竟猫的武艺天生就比狐狸强。不会是狐狸，最厉害的弑猫者也是猫。梅森摇摇头，继续前往谷仓。

G1谷仓的门滑开一半的时候卡住了，梅森并不感到意外，他已经两年没用过了。不过照明还正常，他可以轻松看见尘土覆盖的内部。面前是堆积如山的阿尔法小麦，他伸手抓起一把，满意地盯着豌豆粒大小的谷粒，然后在处理机从他身旁呼呼经过时，把谷粒抛在了地上。他一边看着这台笨重的设备，一边皱眉。在工作流程中，谷物处理机是低效的一环，谷物从联合收割机来到谷仓，然后通过处理机，从谷仓沿着斜坡被输送到更高的筒仓。梅森想要一台新型联合收割机，它的风扇可直接把谷物通过五十英尺的导管吹进筒仓。然而他没有五千万欧元的闲钱。酸楚的表情还没有消散，他再次抬头凝视谷堆的顶部，这时他看见了灰色的身影蹲伏在上面，正用贪婪闪亮的眼睛打量着他。

梅森举起霰弹枪，他瞬间判断，这就是要找的流浪猫。这只动物转身逃走，梅森发现它根本不是猫，而是一只大老鼠，便犹豫了一下。老鼠从谷堆另一侧逃窜下去时，梅森压低枪口，出了满身大汗。难怪将军不见了，他掏出手帕擦了擦脸，然后小心谨慎地往里走。他绝对不愿突然遭遇那么大一只老鼠。

谷堆的另一侧没有老鼠，前方五十码处是G2谷仓的门。他跑到门前，按下开门按钮。门向两侧滑开，一道光投进黑暗，老鼠就被罩在灯光里，一动不动。梅森举枪要开火，却看见老鼠腰部缠着东西，看似一条工具带。霰弹枪开火时剧烈跳动，老鼠尖叫着被打飞，血液喷溅出来，然后它抽搐着落在地上。梅森走到旁边，打开所有的灯，扫视周围谷堆之间逃跑的大老鼠，不过他没有朝它们射击。当时枪里只剩一发子弹，兜里还有几发，他觉得不是很安全，于是就走向死老鼠。

这只动物居然把一条帆布织带缠在了自己身上，至少一开始梅森是这样告诉自己的，可是最后站在死老鼠旁边时，他觉得这种解释不够合理。这只老鼠系了一条工具腰带，上面挂着用骨头、木头和旧钉子打造的工具。

梅森伸手捏着尾巴拉起这只大老鼠，然后因为又听到一些动静而四下扫视。他拖着死老鼠，举着枪退出G2谷仓，等他来到门口时，他觉察到有动静，便抬头观看。另一只老鼠蹲在一座谷堆上。随着啪的一声，有东西撞上门梁，又摔到地上。梅森低头看见一支十字弓射出的小箭，大骂一声便赶紧逃出了谷仓。

"那么梅森先生，没必要烦心。捕鼠科技公司可以解决你的小麻烦。"

高高在上的讨厌鬼，梅森一边想，一边低头盯着扔在桌子上的老鼠冻尸。梅森并不喜欢史密斯推荐的这个人，头一样令他讨厌的就是对方的西装。梅森反感所有穿西装的家伙。他估计这个家伙在他公司汽车的后备厢里肯定有一双绿色的水靴。梅森抬起头来。

"烦心？小麻烦？我的谷仓里有武装起来的老鼠，你说这是个小麻烦？"

"是的，先生。也许我称它为小麻烦是不对，但这是我们捕鼠科技公司惯常解决的问题。"

梅森无法相信自己在讨论这种事儿。他最近一次听说动物界使用工具的能力是在一个关于猿猴的节目中，它们设法用石头砸开坚果。

"再说一遍，它们是从哪里来的？"

"我刚刚讲到，人类已经进化成最强物种。我们正在倒逼动物界提升智力，也就是——"

梅森没等捕鼠科技公司代表火力全开地进入胡扯模式，便伸手打断："行了，你有什么我能用的产品？"

西装男笑得像条鲨鱼，他从公文包里拿出一本厚厚的目录。梅森感到心里一沉——装着信用卡账单的棕色小信封通常会给他这样的感觉。西装男打开了桌上的目录，旁边就是正在解冻的老鼠尸体。他给梅森看了一张类似安保摄像头产品的照片。

"这是TT6，我们去年才推出的产品。它是一种带有热源和运动双重传感器的导引脉冲激光器。在你的两座谷仓里各放四台这种产品，应该就能解决你的问题。史密斯对它们最满意了。"

"多少钱？"梅森厌烦地问完，又对回答皱起了眉头。新型收割机得在更远的未来才能买上了。

捕鼠科技公司一天就装好了TT6。梅森注意到，他们戴着头盔和面罩，穿着缝有微型网眼锁甲的工作服，其中一人拿着泵动式霰弹枪警戒。不过，老鼠都躲藏了起来。这些人把一条铠装电缆从TT6拉到他的房子里，连接到农场的计算机上。当所有工作都完成后，西装男来到这里，演示系统操作。

"这是控制软件，"西服男载入两张光盘并将电缆插入计算机的空闲安保电路后说，"现在你可以调用每个TT6的诊断程序，查看是否击中老鼠，甚至可以通过每个单元查看。"

电脑屏幕点亮，显示出文字：G1谷仓3号TT6击中目标。

"啊，太棒了。"西装男说着开始演示如何调取该单元的视图。屏幕切换，显示出G1内部偏绿的红外线视图。尸体上激光射穿的地方飘出烟雾，梅森仅剩的那只猫倒在一座谷堆前。

"呀……最好别让其他动物进入谷仓。传感器被设置为消灭一定体形参数范围内的动物。很明显，它们会避开人类，但是——"

"我希望这种情况能减少一些费用。"梅森咬牙切齿地打断了他。

第一天，诊断程序报告了一个故障，梅森无法通过该特定单元获得任何图像。他毫不意外，于是在腋下端着霰弹枪去了G1谷仓。一只老鼠倒在TT6前方的地面上冒烟，但TT6也在冒烟，两支箭射穿了它。夜里又有两台TT6报废，梅森早上叫来了西装男。

"呀，"西服男一来就检查了箭，"有时会发生这种情况。你现在最好来一套移动防御系统。"他打开了让人揪心的目录，指出一台一英尺长的设备，样子看似金属铬打造的蝎子，"这就是TT15。"

"那些TT6还在质保期内。"

"我可以给你一个非常合理的置换价格，附带服务合同和延期付款。虽然很昂贵，但你只需要一台TT15。"

第二天，TT15就到货了。光是把它从箱子里取出来就令梅森感到毛骨悚然。关掉TT6后，他把TT15送到谷仓并启动运行，它立即冲到暗处。梅森发现它比老鼠更让自己害怕，于是他迅速离开了。他把TT15的引导信标放在堆肥旁边。半小时后，TT15用双颚夹着一只死老鼠出来，把它扔在了信标旁。在梅森要驾驶的拖拉机旁边，他打了个寒战，然后转身开始工作。后来，他坐在拖拉机的一个轮胎上卷烟抽时，看到三只老鼠从G1跑出来，铬蝎子在后面追逐着。

他发觉自己居然希望这些老鼠能够逃脱，但是，没等它们逃到聚乙烯塑料包裹的秸秆包，TT15就追上其中最慢的一只，把它抓起来捏碎，然后像一只可怕的猎犬那样把它送回堆肥旁。梅森判断，不管这东西看起来有多吓人，它的效率可真高。

第二天，捕鼠科技公司的人过来拆除了TT6。完工后，他们的工头来找梅森。

"听说你装了八台TT6，伙计。"

"没错。不过，老鼠毁坏了其中四台。"

"这我们知道。我们已经拆下了坏的，只是有个好的不见了。我必须上报，伙计。"

这一天接下来的时间里，梅森在麦田里捆绑秸秆，他百思不得其解，想知道失踪的TT6会在哪里。到了晚上，他想明白了，而且莫名地感到高兴。他一回到院里，便拿起霰弹枪，来到谷仓。

G1谷仓发生过一场惨烈的战斗。老鼠们用几个旧轴承和一个万向节将TT6安装在一个谷物处理机上，可以朝各个方向旋转，并由处理机的电池供电。梅森颇感意外，但他意识到老鼠们没有考虑TT15的反射表面。它们显然多次发射激光，足以耗光处理机的电池，但TT15虽然受损，却没有抛锚。一场使用十字弓箭和手持武器的战斗随后开始。地上到处都是被大卸八块的死老鼠、武器，以及TT15的银色碎片。最后，老鼠们设法关闭G2谷仓的门来夹住它，让它不能移动。它就被困在那里，马达时不时地发出呜呜声。

梅森走到门口，他打开门，点亮G2谷仓的灯。TT15飞快地冲进谷仓，立即锁定了地板远端的动静。梅森观察对面，看到一群老鼠，它们中的许多都受了伤。许多正在包扎伤口、捆绑夹板。它们都抬头看着梅森，眼睛闪闪发光。他举起霰弹枪，看到老鼠们的脸上呈现出一种死到临头的表情。他射出霰弹枪的两发子弹，把TT15轰成了碎片。

很快梅森转身离开谷仓，前去取消他寄给捕鼠科技公司的支票，路上他为自己感到非常高兴，其实这是他几天来最高兴的时刻。梅森真正讨厌的那种老鼠身上都穿着西装，而且给梅森带来的损失比几把阿尔法小麦多得多。

耿辉　译

被埋葬的穹顶大厅

艾伦·巴克斯特

高高的、昏暗的洞穴一直延伸进一片漆黑。

库尔萨德中士停顿了一下,摇了摇他那沉重的、布满灰丝的头。"我们马上就要断掉通信了。你绘制一路上的地图了吗?"他问迪尔曼。

"是的,中士。"

库尔萨德回头看了看他们来时的路,那里仍然有阳光透进来,熹微地照着小队成员。"用无线电联系,斯宾塞。看看他们怎么说。"

"好的,中士。"斯宾塞下士卸下背包,架起一根天线,对着后方的洞口。"基地,这里是 E 小队。基地,E 小队。"

无线电台发出一阵噼啪声和嘶嘶声,然后:"请讲,E 小队。"

"我们跟随叛乱分子穿过开阔地,到达坎大哈东北偏北方向约八十千米处的山脚,来到一个山洞系统,在……等一下。"斯宾塞拿出一张地图,大声念出一组坐标,"他们已经躲起来了,比我们领先八十分钟。如果我们再往里走就会中断通信。有何命令?"

"待命。"

无线电台再次发出噼啪声。

"他们会命令咱们进去的。"库尔萨德中士说。

保罗·布朗准下士在一旁看着,脖子后面的神经一阵发痒。他们一直在按部就班地工作,但这里怎么看都像个陷阱,非常适合伏击。天马上就要黑了,而且已经变冷了。天气只会变得更冷。尽管也许往里多走一点,温度会变得很稳定。

他上前一步,说:"中士,也许我们应该在这里扎营,等到天亮。"

"山洞里永远都是他妈的黑夜,布朗。"库尔萨德看都没看他,说道。

"你累了吗,呆子?"二等兵山姆·格拉德斯通讯笑道。新来的博蒙特咧嘴笑了。

"你怎么老是这么讨人厌?"布朗说。

"都给我闭嘴!"库尔萨德叫道,"等待命令。"

"我只是觉得大家都很累。"布朗说。他侧过肩膀,露出他背包侧面的红十字。"毕竟,你们的健康就是我的工作。"

"知道了。"库尔萨德说。

六个人一齐陷入了沉默。他们已经跟踪这群极端分子三天了,有六十次发现他们的踪迹但又把他们跟丢了。他太累了,尽管其他人都硬撑着不肯承认这一点。年轻的博蒙特就像一只小狗,第一次出任务,急着要打仗,但其他人应该有更深的了解。他们都多少见识过行动。库尔萨德见得比大多数人都要多;是那种仿佛一出生就处在交火之中,并且生来就带着武器的家伙。

279

"E小队,这里是基地。你确定这就是叛乱分子逃窜的地方吗?"

"确定。迪尔曼用步枪瞄准镜发现了他们。想把我们甩掉,我猜,他们正在设法躲起来。"

"收到。你们自己行动吧。可以的话就拿下他们。他们手上沾有我们很多人的血。你能确认他们的人数吗?"

"一共八个人,基地。"

"收到了。好运。"

斯宾塞向队员们挤了下眼睛。"收到了,基地。通话结束。"他取下天线,挂在他的背包上。

"那好吧。"迪尔曼说。他换了只手拿步枪,在他的携行具中一通翻找,找到了一个夜视仪,把它装好。

布朗叹了口气。迪尔曼的射击水平无人能比,即便是在他疲惫和身处黑暗之中时也是如此。但这并没有给人多少安慰。"我们不打算等了,是吗?"他说。

库尔萨德没有理会他。"继续出发了,孩子们。这里没有脚印,"他踢了踢坚硬的岩石地面,"所以我们的行动要慢,要安静。斯宾塞,你来绘制地图。我在沿途都做好标记。"

"好的,中士。"

"我们出发。博蒙特,你干得不错。"

"是,中士!"

"既要慢又要稳,博蒙特。还有,把武器放低。在我说开火之前不能开火,除非你先被射中了。"

"是,中士。"

这孩子听起来有点泄气，布朗很高兴。年轻人需要被人放放气。他们排成队，出发了。斯宾塞放置了一个电子标记，点了点随身携带的平板电脑。电脑开始标出一个位置，来帮助他们找到回来的路。

周围变得更冷了，并且变得近乎一片漆黑。从外面漏进来的光线无法到达这里，黑色就像一个过度热情的恋人一样紧紧拥抱着他们。

"夜视仪在这里没用，"库尔萨德说，"我们只能冒险使用手电筒了。队首开一个手电筒。迪尔曼，用红外线模式。"

"早就准备好了。"迪尔曼说着，敲了敲他的夜视镜。他走上前去，与博蒙特差不多并肩站着。

年轻的二等兵按下他的头盔灯，环顾四周时，灯光随之扫过这片空间。这条通道的宽度约为五米，和他们过去几天看到的其他地方一样干燥和寒冷。尘埃在头盔灯的光束中飞舞，他们的靴子在狭窄的空间里发出奇怪的摩擦声和嘎吱声。

"从这里开始，所有人都保持安静。"库尔萨德说罢，向博蒙特挥手示意前进。所有人采取一致的行动步调，坚定而谨慎。

"我在前面就是个明晃晃的靶子。"博蒙特紧张地低声说。

"这就是让新来的年轻人打灯的原因。"库尔萨德说。一阵傻笑的涟漪传遍了整个小队，然后中士让他们保持安静。

迪尔曼拍了拍博蒙特的肩膀。"我在你身后呢，驴子。"博蒙特一回头，头盔灯灯光又射向人堆里。

"不要这样叫我！"

笑声再次荡漾开来。布朗咧嘴笑了。可怜的笨蛋。博蒙特在坎大哈被人看见抚摸一头驴子,他只是一个远离家乡的孤独的孩子,靠着拥抱这个软乎乎、毛茸茸的动物的脖子来获得一点安慰。当然,他被人逮着了,拍了照片,等他回到军营,这个故事已经被说成他的蛋蛋深深插进那头可怜的动物里面了。

"够了!"库尔萨德呵斥道,"我们他妈的到底是不是专业的?"众人的欢笑声止住了,他们再次向前摸索。地面变成了下坡,斯宾塞每走五十码左右就停下来放置一个标记。大约三百码后,通道豁然开朗,进入一个更宽敞的洞室。

对面铺着个皱巴巴的东西,肯定是人造的。

所有枪口立刻瞄准了它,博蒙特小心翼翼地向前走去。"假警报。"过了一会儿,他回话道,声音轻快,像是松了一口气。"有人来过这里,有毯子,有生火的痕迹,还有一个空水壶。不过看起来至少有几个月了。"

博蒙特的头盔灯画过一个大大的弧线,照亮山洞,小队稍微放松了些。除了粗糙、弯曲的岩石,什么都没有。一边的石壁上有几道细小的裂缝,还有几道通往未知岩洞的黑色缝隙,但所有裂隙都还不足以让一个小孩子钻过去。在地面上,一道大一些的缝隙在黑暗中大张着嘴,一条隧道向下通往远方。几块大石头散落在洞口周围。

库尔萨德点头示意小队前进。

"看起来这些东西最近被人动过了。"格拉德斯通说。

布朗凑近一些,好看得更清楚。"看来这条通道以前被堵住过,那几个混蛋把路给清了出来。"

迪尔曼踢了几块破碎的石头。"我猜他们不是很想在这里伏击我们,而是在寻找更好的出路。"

布朗摇了摇头。"这条通道为什么会被堵住?又是被谁堵住的?"

"他们知道的紧急螺栓孔?"库尔萨德喃喃自语,"继续前进。"洞室外面的隧道宽度约为三米,又是一段下坡路。博蒙特的头盔灯是唯一的光源,不过除此之外这里一片漆黑,所以它倒也把隧道照得挺亮。阴影在不规则的隧道表面上忽大忽小。

博蒙特把头盔灯从他的头盔上取下来,拿着它朝身子一侧伸直胳膊。"如果他们真的埋伏咱们,并且对着灯光射击……"

走了几百米之后,走在最后的布朗停下来,回头张望。"等等。"他轻声说。

库尔萨德回头瞥了一眼。"怎么了,医生?"

"关灯,博蒙特。"

"乐意之至!"

咔嗒一声轻响,隧道沉入黑暗。没过几秒钟,他们的眼睛开始适应黑暗以外的东西了。在通道的墙壁和天花板的缝隙中,甚至在这里和那里的地面上,都散发着柔和的蓝色辉光。几乎无法察觉,用他们的边缘视野更容易看到,这是一种暗淡的冷光。不对,布朗想,是磷光。他蹲下身子,仔细观察一条裂缝。他掏出一把小刀,弹开刀刃,在缝隙里面挖了起来。刀刃拔出来时,上面沾着一个病恹恹的蓝色污点。

"某种地衣,"他说,"我听说过这种东西,不过一直以为它是绿色的。"

格拉德斯通把他的夜视镜拉下来，轻按调整按钮。"不管它是什么颜色，它的光亮足够夜视镜使用了。"

"我们真走运，"库尔萨德说，"戴上夜视镜，各位。把灯关掉，博蒙特。"

"太谢谢你啦，中士。"

布朗把自己的夜视镜拉下来，看着小队在单调的绿色视野中前进。他很高兴他们再也不需要刺眼的头盔灯了，但那些发光的蓝色地衣让他感到毛骨悚然。他站起来，赶在他们走远之前跟了上去，一边走一边调整他那沉重的医疗包。

他们默默地又走了几分钟，斯宾塞不时地放下标记。在一个岔路口，他们试着走左边的路，但很快就遇到了一个死胡同。他们回到主通道继续前行，发现一侧有一个小山洞，太矮了，无法站直。而且没有通道。

"看起来这条隧道会一直向下延伸。"博蒙特说。他的声音里已经失去了兴奋。

库尔萨德举起拳头，让大家停下来。"走多远了？"

斯宾塞查看平板电脑。尽管平板电脑的亮度已经调到最低，但在他们夜视仪的视野中还是十分明亮。"七百八十三米。"

"四分之三千米了，真的？"迪尔曼低声说。

他的语气和布朗一样紧张。奇怪的地衣仍然存在，随机散布在裂缝和裂纹中。偶尔有一块较大的地方亮得像一盏明灯，但大多数地方只是柔和的条纹，像岩石中的纹路。

"继续前进。"库尔萨德说。

又过了几分钟，斯宾塞低声说："一千米了。"

大家还没有对这一事实做任何点评，博蒙特就倒抽一口气，骂了起来。"中士，这里有东西。"

小队立刻进入战斗状态，并悄悄散开以覆盖隧道的整个宽度。

"是骨头，"博蒙特说，"只是一副骨架。"

库尔萨德转过身。"医生，去看看。"

布朗走到博蒙特身边，低头看了看躺在隧道弧形石壁旁的骨头。蓝色地衣的条纹包裹着骨架的一些地方，就像蜗牛的足迹。他蹲下身来仔细观察。"男性，成年。乍看之下，没有明显的创伤痕迹。"

他从口袋里拿出一个笔式手电筒，抬起夜视镜。"小心你们的眼睛。"

他点亮手电筒仔细观察，小队的人则全都别过头去。骨头七零八落，既没有肉也没有连接组织将它们连在一起。"有某种残留物，"布朗轻声说，"像凝胶之类的东西。"他从口袋里拿出一支笔，用笔尖划过一根大腿骨。笔尖上积聚了一小团透明而黏稠的脓液。没有臭味。

他又用一根食指按在那块骨头上，轻轻碰触那个东西。似乎毫无生气。他把那团黏液凑到眼前仔细观察，随即皱起眉头，然后又用手指按在骨头上。"这东西是热的。"

他身后的小队一下子紧张起来。"那是什么？"库尔萨德问道。

布朗咽了口唾沫，心里怦怦直跳。他看着自己的指尖，又握住了骨头，感受着手掌中的热量。"这具骨架是热的。而且太干净了，不可能是烂在这里的。"

"到底是怎么回事？"博蒙特问道，他的声音颤抖着。

"你诳我们呢？"格拉德斯通问道。他的声音比博蒙特的气更足，但带着明显的恐惧。

布朗把一个手掌放在骨架上方，与它保持着一英寸左右的距离，他来回移动手掌。"它整个都是热的。"他有气无力地说道。他的大脑试图处理这些信息，却百思不得其解。他膝盖下的冰冷岩石像是在嘲笑他。

"热的？"库尔萨德问道。

布朗发现那具只剩骨头的尸体下面有什么东西，他的心再次狂跳起来。"嘿，迪尔曼。"

"什么？"

"你用瞄准镜观察我们跟踪的那些混蛋时，有没有看到什么你觉得有趣的东西？"

一时间，整个空间里弥漫着紧张的沉默。迪尔曼说："有一个人脖子上挂着一根链子，上面有一个巨大的金色美元符号。他假装自己是个说唱歌手或什么狗屁呢。"

布朗用他的小刀挑起一根链子——它原本耷拉在惨白的胸廓里。随着一阵磕碰牙齿的咔嗒声，链子一节一节地被提了起来。最后，一个金属的美元符号从两根肋骨之间冒了出来，它的表面不再是金色，而是变成了一块黯淡、发黑的合金。

"这到底是怎么回事？"博蒙特尖声问道。他左右摇晃着身子，发疯似的看着四周。

"这些骨头太干净也太白了，不可能是腐烂到这种程度的。"布朗说。他用手电筒照着这堆骨头，看见夹杂其间的硬币、一个打火机、一部手机融化掉一半的残骸，还有几个皮带扣。两把自动手枪，上面都有那种凝胶状黏液的痕迹，卡在骨盆下。库尔萨德走上前去，俯身端详着这具尸体，仿佛这是对他本人的侮辱。"你想告诉我，这是我们追捕目标中的一员。"

布朗一耸肩，提起笔来，晃动着那个美元符号。"活见鬼，"斯宾塞说，"到底是什么东西能把一个人变成这样？"

布朗摇了摇头。"谁知道呢？"他四处晃动着手电筒，把光打在隧道的墙壁和天花板上。

"那它去了哪里？"格拉德斯通胆怯地问。

"去哪儿了？"库尔萨德问。

"我觉得这很清楚，有什么人或者什么东西把他变成了这个样子，并且已经不在这里了，对吗？"格拉德斯通说。

"某种武器？"博蒙特问道，他的情绪仍未平复。

"哪种武器能有这种效果？"布朗反问道。

库尔萨德站直了身子。"别吵了，所有人都闭嘴。我们有任务，我们要执行下去。我们会在路上找到答案的。"

"它还有热气，"布朗提醒他，"事情刚发生没多久，我想。"

"那我们就更他妈的要谨慎行动。"库尔萨德说。

一阵枪声和远处的叫喊声在隧道里回荡。E小队全都停下动作，聆听起来。一声尖叫，又是一阵枪声，然后是一声深沉的剧烈的轰响。

"手榴弹？"迪尔曼轻声问道。沉默再次降临。

"关灯，闭嘴，"库尔萨德说，"布朗，你和我在前面开路，以防我们再遇到任何尸体。博蒙特殿后。出发。"

布朗点点头,把刀装进口袋。他并不想走在前头,但中士这样安排是一个明智之举。博蒙特听起来像是被这场遭遇吓坏了,倒也可以理解。他的紧张情绪就像电流一样传遍了整个小队。他最好到后面去,让他有机会冷静下来。队员们不情不愿地各就各位。布朗又瞥了一眼隧道地面上的骷髅,当他们悄无声息地离开时,他打了个寒战。

他们在沉默中又走了十分钟,然后斯宾塞低声说:"两千米了。"

远处响起一阵尖叫声,又一下子掐断了。几串枪响。他们停止动作,听了一会儿,却再也没有听到什么。

"继续前进。"库尔萨德严厉地说。

"你确定吗,中士?"布朗问,但中士只是在他背上推了一把作为回答。

几分钟后,斯宾塞说:"三千米。"

布朗指了指,库尔萨德点点头。又有两具骷髅躺在隧道的地面上。布朗蹲下身子,感受着从他们身上升起的暖意,与周围冰冷的岩石形成鲜明的对比。两支 AK47 步枪和各种金属物品散落一地。

"这他妈是怎么了,伙计?"博蒙特说,他的声音仍然尖厉而紧绷。"什么东西能干出这种事?"

"我们应该回去吗?"布朗问道。

"他们还有五个人,在前面某个地方,"库尔萨德说,"而且不管是什么东西干的,它也同样在前面。我们再往前走走看。"

"我们该撤了,中士!"博蒙特说,"说真的,我们怎么能打得赢这种鬼东西……"

"振作起来，士兵！"库尔萨德喝道，"稳住情绪。我们再往前走一会儿，看看情况。这条隧道一定会在某个地方发生变化，出现分岔或者变得开阔起来之类的。我想看看会发生什么。如果五千米内都没有进展，我们就掉头。"

"五千米？"博蒙特的声音像个孩子，"见鬼，五千米？"

"出发。"库尔萨德轻声说，他的声音和举止都表现出十足的冷静。

布朗想知道这位中士的真实感受是不是像他表现出来的一样冷静。似乎博蒙特才是对这一切有着更理智反应的人。布朗咬紧牙关，强忍着哆嗦，继续向前走。

这条路仍然有奇怪的地衣条纹照着亮，隧道也仍然是一条直径三米左右的喉管，一直延伸到远方的山脉脚下。有好几分钟，他们都没有再听到任何声音。

"保持警惕，"库尔萨德说，"你感觉怎样，驴子？好些了吗？"

博蒙特没有回答。

中士轻轻地笑了笑。"对不起，乔希，我只是在逗你呢。说真的，你感觉还好吗？你刚才有点儿紧张。"

没有回答。

山姆·格拉德斯通说："我身后没有人，中士。"

"什么？"

"他刚才还在殿后，可这会儿不见了。"

库尔萨德咒骂了一句。"博蒙特！"他压低声音，恶狠狠地叫道，"他妈的，他肯定不是吓破胆跑回去了。"

"我会听不见吗,中士?"格拉德斯通问道。

"我不知道。你会吗? 斯宾塞,把你的平板电脑留在这里,沿着隧道快速追上去。如果你在几百码内都没有追上他,我们就只好随他去了,等我们一回去,我就给他好看。"

"好的,中士。"

斯宾塞放下他的装备,小跑着离开了。众人在沉默中难受地站了几分钟。

"紧张的小孩子,"终于,布朗说,"第一次参加行动。"

"少给他找借口,"库尔萨德说,"妈的,他是个军人。"

斯宾塞回来了,他递来一个东西。"我们需要赶紧离开这里。"他说。他的手指上挂着一条链子,上面有两块狗牌。

"这他妈——?"迪尔曼低声说。

"博蒙特的?"库尔萨德用一种紧张的声音问道。

"他成了一具操蛋的骷髅,就跟我们发现的那些叛乱分子一样。除了扣子、武器和狗屎,什么都没剩下。他只剩下一堆他妈的骨头,中士!"

迪尔曼小声嘀咕起来,并用他的头盔灯疯狂地照向各个方向。小队的情绪开始崩溃。

库尔萨德一巴掌关掉迪尔曼的头盔灯。"给我冷静点! 大家保持冷静。"

"冷静,中士?"格拉德斯通问道,"说真的,我们在这里有大麻烦了。"

"冷——静。斯宾塞,你把博蒙特的武器拿回来了吗?"

斯宾塞摇了摇头。"把它留在那里了。枪带没了,不好拿。

但我拿走了他的弹匣。"

"很好。现在,我们需要重新评估我们在这里做什么。"

"我想我们应该撤离,中士。"布朗说。他努力让自己的声音保持平静,却还是听到并感觉到了声音里的颤抖。

"没那么简单。"

"就是这么简单,"迪尔曼说,"别管那些家伙了,如果他们在下面还活着的话。不管是什么害死了博蒙特,它也一样能弄死他们。我们就在山洞外面等着,只要有人出来,就把他干掉。"

库尔萨德举起一只手,在他们的夜视镜中形成一道黯淡的绿色波纹。"冷静点,各位。这件事并不光是离开这么简单。我和你们是一道的。换作别的时候,我绝对会下令中止行动。但是那个杀死博蒙特的东西,是从后面杀死了他。"

"这意味着它在我们身后,"布朗说,意识到这一点就像一道冰冷的波浪滚过他的肚子,"或者不止一个,前面后面都有。"

"正是这样。"

"这是不是说我们就应该继续走下去?"格拉德斯通问,"也许这样只会变得更糟。"

"也许吧。也可能有别的出路。"库尔萨德拿起斯宾塞的平板电脑,查看屏幕,"我们还有一堆传感器,是吗?"

斯宾塞把博蒙特的狗牌放进一个口袋。"是的,很多。"

"好吧。我们再继续走一千米,看看隧道前方有没有什么岔路。如果有,我们也许可以绕过这里的东西。如果没有,我们就掉头,硬着头皮碰碰运气。斯宾塞,虽然不太可能,但我们在这下面有信号吗?"

下士掏出他的装备，花了点儿时间尝试得到基地的回应。然后他调整到宽带模式，寻找一切传输信号，结果却一无所获，也没有人回应公开呼叫。"没有，中士。"

"这我可没料到。好吧，布朗，你待在中间。我和斯宾塞在前面开路。我想让格拉德斯通和迪尔曼负责后方警戒，但你们两个要倒着走。我们慢慢前进，你们的眼睛不准离开我们后方的隧道。出发。"

他们再次慢慢前行。布朗在队伍中间感觉自己毫无用处，但他知道库尔萨德在做什么。保护这个最有可能救助伤员的人。只是看起来洞穴里的东西并不会留下任何伤员。他听到格拉德斯通倒抽了一口气，于是转身看去。

"看到了吗？"格拉德斯通对迪尔曼小声说。

"是的。在那里！"

布朗也看到它了。他抬起夜视镜，想亲眼看看。一个不断运动的东西，更像是一团在黑暗中变动不拘的光，就像一圈淡蓝色荧光的涟漪。他瞥见一个光滑的、玻璃一样的球体的一部分，一个一闪而过的球状东西，但它钻进墙里，消失了。

其他人也都停下来观看。五个人全都使劲盯着，但隧道里像死亡一样，黑黢黢、静悄悄的。

"继续前进。"库尔萨德说。

布朗也倒着走，眼睛努力扫过他们身后隧道的每一寸地方。

"那里！"格拉德斯通厉声说道。

他也看到了。大约三十米外，天花板上的一个玻璃一样的东西在不停变动。比刚才更近了。几乎就像一个巨大的水滴，已然开始变大，垂挂下来，却又很快被吸了回去。

"它在跟踪我们。"迪尔曼咬牙切齿地说，并再次揿下头盔灯。

"可它到底是什么？"斯宾塞问道，"它是活的吗，医生？"

听到自己被直接点名，布朗一下子跳了起来。"我可不是这方面的专家。"他说，"无论它是什么……"

他的话被格拉德斯通的尖叫声和迪尔曼的惊叫声淹没了——手电筒的灯光照在他们头顶天花板上的一团正在滑动的巨大物质上又反射回来。它像一条上下颠倒的河流，在岩石上流淌和起伏，然后膨大变长，垂了下来，像一道透明的果冻瀑布一样从隧道顶上流下来。这一团巨大的、凝胶一样的东西伸展开来，然后掉落了。

迪尔曼跳到一边，震耳欲聋的叫声和他武器的枪口焰充满了整个隧道，与此同时，格拉德斯通急忙倒退几步，却滑倒了。他把布朗撞得向后一屁股坐在地上，而布朗则惊慌失措地爬开，手忙脚乱地去抓自己的武器。与此同时，库尔萨德和斯宾塞用枪对准他的头顶上方，全力开火。

那东西掉下来，穿过格拉德斯通的双腿，他的惨叫声让人毛骨悚然。布朗透过枪口火光努力看过去，却只看到一连串一顿一顿的图像，就像用频闪灯照着一样。格拉德斯通的双腿连衣服带肉都在一瞬间融化进那一摊透明东西里，只剩下几块骨头。他试图用手把那东西掸掉，却又惊恐地举起没了肉的惨白指骨，而这些骨头又掉下来，散落在他的大腿上。很快，他的手臂上一直到胳膊肘的肉都不见了。那个球形物体伸出几根触手一样的附肢向前一甩，当它的庞大身躯填满隧道时，又像一只疯狂的海葵一样缩了回去。迪尔曼、斯宾塞和库尔萨德疯狂倾泻的子弹射中了这个东西，却没有丝毫作用。它似乎在子弹面前有些退缩和躲闪，随后却又无情地向前奔涌。只有迪尔曼的手电筒光束似乎真的挡住了它。它蔓延到了格拉德斯通的躯干，格拉德斯通的惨叫声突然断了。这时布朗起身就跑。他沿着隧道夺路而逃，并意识到其他人也在和他一起跑。

至少，斯宾塞和库尔萨德是这样。他们一边跑，一边喘着粗气，只想拉开自己和那个腐臭而恐怖的东西之间的距离。他不敢回头看，怕那东西在他们身后一路膨胀，怕看到格拉德斯通被杀死或者迪尔曼被抓住。隧道的地面变成了碎石，一面墙壁塌了一半，几乎挡住了去路，他脚下一个趔趄，差点儿摔倒在地。这是他们先前听到的手榴弹爆炸的结果。他无意中踢到了另一具骷髅，骷髅的骨头散了一地。

一道更亮一些的光芒开始冲刺前方隧道，他竭力奔向那片光亮，与后面的必死之局相比，他们面前的任何危险都不值一提。

他们冲出隧道，进入一个令人眩晕的巨大洞穴，又在伸进半空、距离洞底数百米的壁架边刹住脚步。洞顶消失在高处盘旋的薄雾之中，却有一道柔和的蓝色光亮透了下来。这个巨大空间的洞壁上布满了奇怪地衣组成的条纹，整个地方都沉浸在一种不真实的光芒中，就像是苍白的天光漏进热带的海水里，与这个深入地下几千米的世界格格不入。从洞底拔地而起、高耸进缕缕薄雾中的，是一个显然由智慧生物设计建造的结构——

一个巨大的螺旋形高塔,高达数百米,底座至少有一千米宽。弯曲的扶壁连接着小一些的塔楼,围绕高塔形成一个圆圈。这个如纪念碑般的、有着有机外观的结构似乎是直接在岩体上历尽艰辛雕凿出来的。一道巨大的楼梯从他们所在的壁架这里一直通向建筑的最下层和洞穴的地面。每一级台阶大约有两米高,宽度相似;数百级巨大的台阶通向下方的迷雾。空气越发寒冷和潮湿,弥漫着陈旧的金属味道。眼前的一切都散发着超越任何历史跨度的时代气息。地质时代。

"我的天。"斯宾塞抬起他的夜视镜。他的声音里带着疯狂的味道。

身后传来步履蹒跚、气喘吁吁的声音,三人跳了起来,转过身去。迪尔曼踉踉跄跄地走出隧道口,痛苦地呻吟着。他的左臂只耷拉着一根毫无用处的骨头,他的手不见了。他的半张脸也没了,牙齿连着头骨一起暴露在外,而一边冒泡、一边流血的头皮仍然在不断退缩。

"中士……"他含混地说着,伸出那只好手,单膝跪倒在地。

斯宾塞踉跄着退后几步,随即他转过身去,大声地呕吐起来。布朗急忙上前,他接受的医学训练起了作用,暂时把震惊和恐惧抛到了一边。可他不敢碰这个可怜的家伙。他仔细观察,想要确定损伤在哪里结束。迪尔曼的肩膀被吃掉了,并且还在融化。在布朗的注视下,把整个关节连在一起的软骨崩解了,迪尔曼的臂骨哗啦啦地掉到岩石上。他脖子上的肉变成了液体,血液从暴露的颈动脉喷涌而出。

迪尔曼的一只手胡乱抓着布朗,而医生瞠目结舌,眼看着蔓延的崩解逐渐停下来，却始终无能为力。但损伤已然不可逆转，迪尔曼的血流干了。库尔萨德的枪管进入布朗的视野，枪口顶在迪尔曼的额头上，响了一声。这个可怜的家伙向后飞去，他的后脑爆开，喷溅在整个洞壁上。

斯宾塞继续清空肚子里的东西，布朗则跪在地上浑身发抖，脑子里一片空白。库尔萨德走到他们出来的隧道口，注视着黑暗。他打开头盔灯，光束穿透黑暗。他让灯光扫过墙壁和天花板。

斯宾塞终于停止了呕吐，急促而颤抖地喘着气。库尔萨德说："似乎并没有跟踪我们。也许它只是在守卫隧道。"

"卫兵？"布朗设法说道。

库尔萨德向这个难以置信的地下建筑比了个手势。"我觉着应该不会有人发现这个，你说呢？"

"但这是什么？"布朗问，"什么样的生物……？"

"最好不要试图去弄清楚，"库尔萨德说，"我们只是士兵。这种问题是为科学家准备的。"

"真不敢相信，它没有把我们所有人都干掉。"斯宾塞说。

"也许是疏于训练了，"布朗猜想，"它没有那么快，虽然十分致命。我们也只看见四具叛乱分子的尸体。所以还有四个人从它身边溜走了。它不喜欢我们的灯光，尽管这仅仅是减缓了它的速度。"

"手电筒比开枪更有用。"斯宾塞说。

"也许是这里太亮了。"库尔萨德凝望着洞中柔和的蓝光说。

"看。"

库尔萨德和布朗转身看向斯宾塞所指的地方。有几道造型和前面那个一样的巨型楼梯，从洞穴地面一直向上连接围绕洞壁的各种壁架。他们所在的壁架长一百米，另一头还有一道楼梯通向下方。在那道楼梯上，四个小小的身影正坚定地向下爬去。看动作，他们像是筋疲力尽了，每次都要坐在高高的台阶边缘，然后滑到下一级台阶上。其中一个人还要靠其他人的帮助，显然是受伤了。

"那几个混蛋。"库尔萨德说。他走到迪尔曼的尸体前，解下死者的狙击步枪，装上了一个瞄准镜。他走到他们自己的最上面一级台阶的边缘，趴在地上，展开步枪枪管下面的两脚架，瞄准对面。

"你是认真的吗，中士？"布朗难以置信地问道。

"我们还有工作要做，先生们。至少我要把这件事做好。"

他扣动扳机，一名叛乱分子的脑袋开花，爆出一团血雾，他们从远处就算用肉眼都能看到。其他叛乱分子像受惊的蚂蚁一样乱作一团。库尔萨德又开了一枪，第二个人胸口爆裂，倒下了。又是一枪，那个受伤的叛乱分子肩膀被击中，他身子一旋，跌倒在地，爬到一个巨大的台阶背面，看不见了。他们终于明白了火力的来源，最后一人也慌忙躲进了掩体。

"这群混蛋。"库尔萨德再次说道。他的眼睛一直盯着瞄准镜里的视野，一动不动地趴着，轻声呼吸。

斯宾塞靠着岩石壁架后面的洞壁，瘫在地上，蜷缩起来。他用胳膊抱着头，轻轻地摇晃着。

"斯宾塞崩溃了。"布朗对库尔萨德低声说。

"我知道，"中士说，他的眼睛并没有从瞄准镜上移开，"给他一些时间，看看他能不能恢复状态。"

"我们有多少时间？"

"谁知道呢？现在，那该死的东西没有从隧道里出来，我当然也不会再进去了。下面有两个叛乱分子，一个全须全尾，还有一个肩膀上不知道伤成什么样。目前来看，我打算等他们自己出来，也给斯宾塞一个机会，让他振作起来。我建议你先休息一下。"

他的语气不容争辩。布朗走到离隧道口很远的地方，靠着石壁坐下。他的背上很冷。显然，库尔萨德也崩溃了，只是他是以典型的老派军人的方式来处理他的情绪。这位身材高大、肌肉发达的中士参与过的行动比小队其他人加起来都要多，他让受过的全部训练接管了心智。也许这是个好策略。如果这个人能够把自己从情感中剥离出来，让他的经验把他变成一台机器人，也许这真的能让他活着离开这里。

时间一分一秒地过去。布朗越来越开始担心一些琐碎问题，比如他们可以在哪里睡觉，他们还剩下多少水和口粮，除了进来时的路，还有没有其他出路。显然他也不愿意再回到隧道里去。

库尔萨德的枪响了，布朗跳了起来。

"我就知道我可以等到他出来。"中士的声音里带着笑意。

"你干掉他了？"

"是的，他觉得我不会一直用瞄准镜瞄着他。我一直坐了十多分钟，你这个杀人不眨眼的混蛋叛乱分子。你是个该死的外行，你应该先偷看一眼。现在变成个死外行了。"他站起来，把步枪甩到肩上，"除了那个肩膀受伤的，其他人都死了，如果不出意外，我估计他会因失血而死。我们去看看吧。"

布朗站在那儿，困惑地皱着眉头。"去看看？"

"是的，不然还要做什么？"

布朗苦思冥想，却毫无头绪。中士说得有道理。如果他们不打算回到隧道，那至少需要四处看看，所以他们不妨一边搜索，一边完成任务。这是把实用主义发挥到极致的做法，冷酷，却有意义。

库尔萨德走过去，在斯宾塞身边蹲下来。"你还好吗，士兵？"

"不好，中士。"

"我也是。可是我们该行动了，好吗？"

斯宾塞抬起头来，在他剃成平头的棕色头发下面，他精瘦的脸白得像骨头。"我家里有一个儿子，中士。他下个月就两岁了。我应该回家给他过生日。他的第一个生日我就错过了。"

库尔萨德拍了拍斯宾塞的肩膀。"我们会出去，让你一到该回家的时候就出发。"

"我们不会的，中士。我们谁都出不去了。"他指着遍布洞穴的尖顶和高塔，"那都是些什么，中士？我们会死在这里的。"他的语气听起来非常平静。

"我们要出去。"库尔萨德坚定地说。

"我的妻子总是担心我回家时腿已经被路边炸弹炸没了。'你不会死的，'有天晚上我们喝酒的时候，她说，'我有预感。'她一直这样，她说她能通灵。以为她是个鬼扯的灵媒，你知道吗？不过这也无伤大雅。'你不会死，'她说，'但我有一种可怕的感觉，你会被地雷炸成残废。'真他妈是个了不起的预言，不是吗，中士？就算用尽她全部的通灵本事，她肯定也没有预见到这种狗屎局面！"

库尔萨德笑了。"我看不会有人能预见到这种狗屎局面。"

"我本来再过两周就该回家了，中士。"斯宾塞的眼睛里充满了泪水。

布朗吃惊地看见库尔萨德做了一件让他绝对想不到的事情。中士把斯宾塞紧紧搂在怀里，让他贴在自己胸前。

"哭出来吧，士兵。"库尔萨德说，斯宾塞抽泣起来。

当斯宾塞号啕大哭时，布朗手足无措地在一边足足站了一分钟。军医不知道自己为何感觉如此平静，内心如此冰冷，并意识到自己把恐惧、惊慌统统锁在了心里。他的真实自我和其中所蕴藏的所有情绪都被装进他心里的一个密封盒子里，到了某个时刻他将不得不打开这个盒子。当他释放这一切时会发生什么，想到这儿他感到害怕，可是眼下，这个盒子让他不至于被撕成碎片。这样做会让他成为比斯宾塞更好的士兵吗？还是成为一个更坏的人？比起他所见识过的所有暴行，所有他早已习惯的身体和精神上的创伤，这一天的经历显然应该让他崩溃。他没有妻儿，不像斯宾塞一样渴望见到他们。但中士有，而且他也在坚持。也许斯宾塞只是暂时无法控制他那个上着锁的盒子。

库尔萨德把斯宾塞推开。"好了。现在站起来吧，孩子。感觉好多了。"

"对不起,中士,我只是……"

"不要对不起,斯宾塞,都搞定了。你准备好出发了吗?"

"是的,中士。"斯宾塞的声音仍然颤抖,但找回了一些自信。

"布朗?"

军医一愣,点了点头。"是的,中士。"他想,他至少已经尽力做好准备了。

库尔萨德抽了下鼻子,背上背包。"好吧,我肯定不会顺着来时的路回去。隧道里的那个东西,不管它是什么,似乎都只想待在那里,所以我们不去管它。一定还有别的出路。这么大的规模,"他指着如纪念碑一般统治着整个洞穴的巨大构造,"不可能只有一条小小的隧道通进来。我们走吧。"

"中士。"布朗说,他终于做好准备,要说出一个从他们来到这个岩石壁架上之后,一直让他后脑勺发麻的担心。

"什么?"

"隧道里的那个东西并没有跟着我们出来。也许你说得对,这里太亮了。"

"是的。然后呢?"

"好吧,如果它是为了守护这个地方,却没有跟着我们出来,那一定意味着什么。"

中士眯起了眼睛。"比方说,也许这里还有别的东西做同样的工作,而那个东西只需要担心它自己的隧道?"

"差不多。"

"你说得有道理。最好随时准备好武器。我们走吧。"

他们沿着壁架移动,向叛乱分子走过的巨大楼梯走去。他们走到一块嵌进墙里的巨大铜板旁边,布朗轻轻吹了声口哨,这块铜板有十米高,五米宽,上面刻着弯弯曲曲的奇怪符号和图案,看得他头晕目眩。他尝试理解这些符号,他的视线却总是滑向一旁,胃里开始感到一阵恶心。

"在那里,"斯宾塞说,"还有那里。"

他们顺着斯宾塞手指的方向看去,看到洞穴周围的其他壁架上也装有铜板。与此相伴的还有四处散布的小隧道口,就和他们进来时穿过的那个一样。

"这些隧道,每一个里都可能有攻击我们的那种怪物。"布朗说。

"我们必须假设每一个都有,"库尔萨德说,"我们必须继续寻找别的出路。继续前进。"

沿着壁架又走了二十米,他们来到一个不错的位置,隔着这个纪念碑一般的构造,所有人一下子看到了它——在这个巨大洞穴的对面,在另一道比他们目前所站的位置更高的巨大楼梯顶端,有一个巨大的隧道口。

"那个口子肯定有五十米宽,"库尔萨德说,"在那样的空间里,我们也许还有一战的机会。"

"那几个叛乱分子大概也想去那里,"布朗说,"虽然这意味着要穿过这个结构。"

"或者到地面上绕过去。"

一声尖叫划过半空。声音尖厉而恐惧,是一个人直面恐怖死亡时的声音。然后它突然中断了。

"从下面传来的。"斯宾塞指着近在眼前的楼梯口,叛乱分子在那里已经死在库尔萨德的枪口之下了。

"看来肩膀受伤的老伙计到底活了下来。"中士说。

"直到刚才。"布朗感到他心中那个盒子上的锁松动了。

"好了。安静。"库尔萨德端起枪,向楼梯走去,"我们别无选择,只能闯过去。那就杀出一条血路吧。"

他走到第一级台阶前,跳了下去。楼梯的竖板比他头顶还要高几英寸,不过他继续前进,然后跳下了下一级台阶。布朗和斯宾塞紧随其后。

每跳下去一级台阶,布朗的膝盖都会猛地一震,他不知道他们能坚持多久。在这种强度的体力消耗之下,他们三个能坚持多久?叛乱分子下去了大约三分之二的路程,看样子就已经筋疲力尽了,每一级台阶都是溜下来的,步子踉跄。

假设他们成功下到地面,他们还将不得不爬上更多的楼梯,才能到达他们看到的那个宽阔隧道。而在这段时间里,他们还要与引出那声惨叫的东西战斗。不论是基础训练还是高级战斗技巧,都不曾教过士兵如何为此做好准备。做好一切准备?从没有人把这个地方列在"一切准备"这个章节里。

他心里的锁又松动了一点,于是布朗停止思考,继续前进。

下了五十级台阶,他不再数下去了,不过,又下去几级之后,库尔萨德停了下来,并举起一只拳头。所有人停下动作,蹲下来做好战斗准备。库尔萨德敲了敲自己的耳朵。布朗努力聆听,听到了一阵抓挠和攀爬的声音。这声音很远,但正在快速接近。库尔萨德蹑手蹑脚地来到这一级台阶的边缘看下去,随即采取行动。他用突击步枪左右扫射，短点射的枪声击碎了宁静，又从远处四周的墙壁反弹回来。布朗和斯宾塞也来到台阶边缘。斯宾塞立刻和库尔萨德一齐开火，布朗却一时间愣住了。

一群生物像翻腾的黑水一样顺着台阶对着他们涌上来。就在他们下方二十几级台阶处，并且还在快速靠近。它们用很多条腿攀爬，黑色的身体像蝎子一样，但在挥舞着的尾巴末端，本该长刺的地方却是一张淫荡的脸，像极了人类，但不知为何被扭曲成一种古怪得令人生厌的东西，眼睛太宽，嘴巴太深。随着这些生物在石头的边缘叽叽咕咕，那些嘴要么无声地张着，要么像鱼一样开开合合。每个生物都有一米多长，一边前进，胸节前方两个凶恶的大颚一边咔咔地咬合着。

布朗举起武器，同样扫射起来。他们的子弹撕裂了这些东西，打碎坚硬的外壳，喷溅出大团发亮的蓝色血液。每有一个生物倒下，它的同伴都会蜂拥而上。有的因为太多条腿中弹，踉踉跄跄地从楼梯两侧跌落下去。布朗意识到这些东西在尖叫，他不知道是因为恐惧、痛苦还是胜利，但它们不会出声，只是从那些伸出来的可怕的脸上发出嘶嘶的气流声。它们一边跑，那些脸一边在分节的尾巴上晃个不停。

布朗和他的战友们不可能抢在这些恐怖的东西前面爬上楼梯，所以只能在这里站稳脚跟。库尔萨德从他的腰带上摘下一枚手榴弹，把它丢向第一拨怪物。手榴弹在一团亮黑色躯壳和大块岩石之间爆炸。斯宾塞打光了弹匣，又熟练地换上了一个新的，在布朗更换弹匣时继续射击。库尔萨德又扔出两枚手榴弹，然后更换弹匣继续射击。布朗也扔了一枚手榴弹，然后换上了他的最后一个弹匣。他们的自动射击时而短促，时而狂啸，完全得益于平日的训练。

这些怪物离他们只剩五级台阶了，然后是四级，而弹药很快就要耗尽。布朗、斯宾塞和库尔萨德语无伦次地呼喊着抵抗的口号，向前方倾泻火力。斯宾塞投出一枚手榴弹，然后这些东西就离他们近到无法使用炸药了。

三级台阶，怪物的数量终于开始变得稀疏了。两级台阶，几乎近到触手可及。

最后几个怪物冲上他们的台阶，试图扑向他们，沉重而锋利的下颚飞快地剪向他们的双腿。突然，三人踉跄着左右分开，用短点射开火。斯宾塞尖叫起来——有一个怪物向他靠近，他的武器却发出一声大得离谱的空响。布朗打出一个三点短射，然后再也没有怪物冲上来了。库尔萨德把他脚边的那两个崩掉，又转身赶在最后一个跳到斯宾塞身上之前杀死了它。

一切都突然静止了；他们的耳朵嗡嗡作响。

戴夫·斯宾塞抬头看着他的军士长，露出了如释重负的笑容，就在这时，布朗举起一只手，大喊一声："站住！"

但斯宾塞已经迈出了离开脚边尸体的那一步，他的脚在楼梯边缘消失了。他刚因为惊骇而张开嘴，整个人就从视线中消失了。

布朗和库尔萨德冲向台阶边缘，斯宾塞却消失在了阴影中。过了一秒钟，他才终于能发出声音，他的号叫声飘了上来，又随着一声湿漉漉的"砰"戛然而止。寂静沉重地笼罩着巨大的洞穴。

布朗四肢着地,开始不受控制地颤抖起来。"他那个通灵的老婆不用再担心了。"他喃喃自语道。

库尔萨德在他身边,和布朗一样,疲惫地喘着粗气,但中士的神情中还夹杂着愤怒。"他把该死的无线电也带走了。"最后,库尔萨德说道。

他站起身来,一边喊叫,一边踢着遍布周围的这些可怕的蝎子怪的尸体。布朗转身坐起来看着他,在某种程度上很高兴这个人终于发泄了一些情绪。就像一个压力锅,他肯定早就濒临爆炸了。

最终,中士颓然地靠着上一级台阶,瘫坐下来。"所以我们只剩随身携带的东西,没有通信设备。"

布朗点点头。"我这里剩下的,"他掂了掂武器,"就这些了。你呢?"

"一样。"

"我还有两枚手榴弹。"

"我没了。但我们俩都还有手枪。"库尔萨德说。

"不妨留着自己用。"布朗轻声说,他是认真的。在某些时候,把 .45 手枪的枪管顶在太阳穴上扣动扳机,似乎是一个不错的选择。他看了看满地的几丁质尸体。"你认为我们把它们都干掉了?"

"希望如此。这些上古混蛋根本不是现代战争工具的对手。"

"但工具很快就要用完了。"

库尔萨德盯着自己两脚之间的地面,点了点头。最终,他下定决心，抽了抽鼻子，站了起来。"好了，我们走吧。"

布朗抬头看着他，在朦胧的雾气和地衣的微弱蓝光的衬托下，显得十分突兀。"是的。好的。"

他们又开始顺着台阶往下走，在破碎的尸体、蓝色的血液和战斗中产生的碎石之间寻找落脚点。有些地方，他们的手榴弹把台阶炸成了碎石斜坡，他们小心翼翼地坐在地上滑下去。一些生物仍然在三三两两地抽搐，但他们避开了它们，以节省弹药。下了十几级台阶后，尸体就没了。又下去几级台阶，他们看见石头上有些红色污迹，还有一些肉块和破烂的衣服。

"好多血，"布朗点评道，"那些东西显然不仅喜欢死人，也喜欢活人。我真希望我们已经把它们都杀光了。"

库尔萨德点点头，继续默默地往下走。最终，他们来到洞底，站在了迷雾的旋涡中，喘着粗气，双腿抖得像果冻一样，脚上伤痕累累。

一声低沉的呻吟传来，震动着周围的空气。石头地板在颤动。然后，那声音逐渐消失了。布朗和库尔萨德两人面面相觑，这时，那声音再次响起，变得更大，更有力度。然后又响起来。再响一次。每一次，它都有着更深沉的震颤，听起来更紧张和绝望，并且伴随着沉重的金属撞击声。然后寂静降临，长时间地压在他们身上。

最终布朗说："这是怎么回事？"

库尔萨德看向洞穴中心的高大构造。它在两人面前拔地而起，直插天际，被丝丝缕缕的蓝光雾气所缠绕。布朗盯着它，开始感到头晕目眩。围绕着底座的小塔，用弯曲的扶壁彼此相连，每一座都有三十米高。每座小塔的底部都有一个镂空的圆形空间，里面坐着一尊雕像。通过他能看到的这几尊雕像，布朗意识到每尊雕像都面对着中心高塔。它们的形态与人类相差无几，盘腿而坐，但每尊雕像都有四条手臂，每条手臂都连接着长着八根手指的手，它们伸向身体两侧，好像在等待拥抱。雕像大腹便便，脸盘很宽，两上两下地长着四只眼睛。布朗走到离他最近的雕像面前仔细观察，其细节程度让人惊叹而困惑。与其说是雕刻而成，倒不如说是真正的活物瞬间变成了石头。他不知道事实会不会真是这样。每尊雕像的高度和宽度都至少有三米。

库尔萨德的目光仍然定格在主塔上。布朗来到他身边站着，意识到他在看一个门洞，岩壁上的一个几米高、几十米宽的黑暗开口。"呻吟声从那里面传来，你不觉得吗？"中士问。

"谁在乎呢？"布朗震惊地说。

"我必须要弄明白。"库尔萨德朝那个门洞走去。

"中士？说真的，我们还是走吧。要是又冒出来那种……"随着库尔萨德一步步靠近那个开口，布朗的声音渐渐消失了。

随着中士的靠近，开口里面柔和的蓝光搏动起来。呻吟声再次响起，让一切都震颤起来。深沉的呻吟声第二次响起，让布朗的心不由得一颤，于是他用一只手按住胸口。当他看着库尔萨德迈步走进高高的入口，自己的脚却杵在原地动弹不得。

中士一进去就停了下来，他的目光慢慢地向上看去。搏动越来越快的蓝光给他镶上一层光边。呻吟声变成了哀号，库尔萨德的武器从松弛的手指上掉下来，挂在肩带上。"锁链，"库尔萨德结结巴巴地说。他左右看看，又上下看看，视线探索着一片广阔的区域。"巨大的链子正在穿过它的肉体。穿过所有这些眼睛！"他跪倒在地，头向后仰，看着远方的高处，"这是一座监狱。一座永恒的监狱！"他开始大笑，那是一种源自崩溃心智的高亢而破碎的声音。

呻吟声激荡成一个深沉的、环绕一切的声音，在洞穴里回荡。"放开我！"

链条哗哗作响，被猛地绷紧，又放松下来。那沉睡的、不知名的古怪之物充斥着高塔，让库尔萨德濒临崩溃。它抽打起来，呻吟声再次响起。"放开我！"

"中士！"布朗大叫，他的胃里因恐惧而纠结。"我们必须得走了！"

他想把中士拖走，却又不想冒险去看这个人看到了什么。"中士！"他喊道。

库尔萨德的脸微微向他一歪，布朗看见他下垂的脸颊、流着口水的嘴、狂乱的玻璃般的眼睛，知道库尔萨德已经迷失了。那具躯壳里已然没有了人性。布朗呜咽一声，跑开了。

他拔足狂奔，绕过高塔，跳上对面楼梯的第一级台阶。他把自己拉了上去，与此同时那个声音一遍又一遍地响起："放开我！放开我！放开我！"

布朗奋力爬上一级又一级台阶，粗糙的台阶表面磨破了他的双手。他抽泣着，喘息着，他的肩膀和背部肌肉火辣辣的，但他还是不停地爬上一级又一级台阶。他无法摆脱脑海中那些蝎子怪物蜂拥而至的途径，想象着它们在他身后穷追不舍，却不敢去看。囚禁在下面的莫名之物的声音一次又一次地响起。

爬上去五十多级台阶之后，布朗一下子瘫倒了。他感到精疲力竭，眼前发黑。他猜想自己快要死了，于是放弃了挣扎。

他毫发无损地再次醒来，不知道已经过去了多少时间。巨大的洞穴里一片寂静。

布朗强撑着站起来，再次开始了攀登，一级又一级台阶。时间变得模糊，他的脑海里是一片空荡荡的黑暗，直到他让自己翻上一级台阶，看到一片平坦的岩石在他面前延伸开来。在对面大约一百米远的地方，大张着嘴的隧道矗立着，威胁着将他吸进去。

布朗近乎癫狂地大笑起来。他站起身来，跌跌撞撞地朝着那片黑暗前进。他并不关心那里可能有什么，他只想把那座可怕的纪念碑和它的囚犯留在身后。

更多散发着柔和光芒的地衣在墙壁上形成条纹，他把夜视镜戴好。眼前所见让他停下脚步，麻木而困惑。一个栅栏，某种网格结构。他上下打量着，渐渐明白了。一扇巨大的、形似吊闸城门的大门封住了隧道，有三十米高，五十米宽，深深地嵌在岩石里。他走到大门前，发现它和他们先前看到的那些巨大的铜板一样，由金属铸成，纵横交错的铜条至少有二十厘米粗。格子上的每一个方孔宽度都有大约半米或更多一点。如果脱掉装备，他也许能挤过去。也很可能钻到一半时被卡住。

可是这并不要紧。在大门之外，在他身后洞穴的微弱光芒之外，数不清的透明球状物体在四处蠕动，触角轻轻地探出又缩回，饥饿地等待着。数量足有几百个。

布朗一屁股坐在地上，轻笑起来。他检查自己的口粮和水壶，尝试估算自己还能活多久，可是他的大脑拒绝合作，于是他放弃了。他回头看着整条隧道，它们就是从那里出来的。与等在门外的成群光球相比，对付隧道里面这一两个似乎胜算大得多——假设只有一两个。还要假设他还有力气回到下面，然后再爬上来。假设洞里没有其他卫兵在等着他。假设被囚禁在下面的东西没有在愤怒中挣脱束缚。

保罗·布朗准下士，经验丰富的军医，战功卓著的士兵，躺下来蜷着身子，抱着膝盖。他的大脑想不出来该怎么做，所以也许他只需要睡一觉，恢复精神，也许到那时就能决定哪种自杀式的逃脱方案最值得尝试了。

特别通报

交送： 亚当·莱昂纳德上校——不明原因事件部门主任。

仅限本人阅读

主题——E小队失踪事件，坎大哈北部，追踪敌方叛乱分子进入地下藏身处后。

幸存者——1：保罗·布朗准下士，军医。

报告： 在E小队最后一次联络后的三十六小时内没有回应，另外一支小队被派去进行调查。他们发现E小队的保罗·布朗准下士在E小队最后的已知方位以南七千米处的山脚下踉跄前行。布朗除了头盔和破旧的内衣外什么也没穿，语言混乱。他的左臂在肘部以下只有骨头，没有手，肉大概是被酸或类似药剂腐蚀脱落。他的身体上布满各种伤痕，有些与他手臂上的伤痕相似（虽然没有那么严重），有些则明显由撞击、跌倒、刮伤等造成。他没有携带任何装备，只有一个手电筒，他坚持不肯交出来。他几乎失去了表达能力，只是一再重复一句话："永远不要让它出来！永远不要让它出来！"目前心理学家的评估认为，布朗可能永远无法恢复正常，不过治疗已经开始了。他的大量创伤正在接受治疗，而且治疗效果令人满意。

我们仍在努力确定进一步的事实，但正在准备一支探索小队，前往 E 小队最后的已知方位。由于您一直要求了解一切不寻常的事件，所以我发出了这份电报。我们的小队将于明天，十四日，上午八点，进入 E 小队最后的已知地点附近的洞穴，如果你打算和他们一路的话。

请知悉。

刘壮 译

希巴罗

阿尔贝托·米尔戈

外景，森林——下午

　　一队骑马的武士经过森林，几位身穿黑袍、胸前挂着银十字架的牧师引领着他们，同时也在用拉丁文吟诵。桦树又高又粗，他们的路径在绿色的树冠下蜿蜒曲折，生锈的铁十字架和苔藓覆盖的古老废弃的圣坛，标示出他们行进的方向。一行人在一座小小的绿色湖泊旁扎营。湖水宁静，深不见底，波澜不惊，但是周边的植被似乎有点诡异——葱郁，但颜色苍白。鸟儿在湖上翱翔，会接近湖水表面，但是从不潜入。

　　希巴罗，身材高大的聋哑武士，拥有一种近乎来自古代的冷酷外表。他已经离开营地沿湖岸行走，注视着湖边的浅滩。这段时间，我们通过他的耳朵去"听"，通过他的眼睛去看。

　　没有声音。

　　希巴罗跪地汲水，荡漾开的水面之下，一束金属的光芒吸引了他的目光。他伸手抓住那个物体，起初物体没动，但是希巴罗用力一拉，它便松脱下来。这个闪亮的物体在希巴罗手中映射出炫目光。他摇摇头，眯起眼睛，勉强分辨出掌中是一枚金色的鳞片。他四下观望了一圈，确认周围没有别人，便把鳞片塞进自己的兜里。希巴罗沿着湖岸继续行走，寻找更多的金鳞。

一名牧师为跪在地上的武士们祈祷，但是突然停住，他一边听，一边抬手让大家安静。空中飘来一个声音，甜美清澈，接着——又安静下来。所有人都转身凝望湖泊，他们看见湖面上有什么在发光。

在湖中央，一个金色的女人从水中升起，她的皮肤上覆盖着数千枚金色的鳞片，躯体柔软、脖子和头部佩戴着时代久远的精美珠宝。她神秘的黑眼睛点缀着金绿两色，目不转睛地看着那群男人。她张嘴再次发声，是一首歌吗？

营地所有人都被她的歌声惊呆了。然后，仿佛致命的病毒渗入他们的感官，他们开始朝着湖泊行走，进而奔跑，痛苦癫狂地大声尖叫。希巴罗听不见美妙的歌声，还在湖岸上继续仔细搜寻金鳞，对于喧嚣全然不知，直到第一位来到湖边的武士撞到他的身侧，差点让他摔倒。更多武士从他身边猛冲过去，疯狂地跑进水里。他此时警觉起来，不安地瞥向各处，想看清这恐怖的一幕是怎么回事。

男人们撕扯自己的身体，折断或咬掉自己的手指，受惊的马匹在骑乘者的驾驭下冲进水里。希巴罗想要阻止人群，但是他们把他推到一旁，不顾一切地接近那个女人，疯狂残暴地屠戮任何妨碍他们的人。

金色女人还在"唱歌"，在水面上方诱惑地摇摆。她向后退去，吸引陷入狂迷的男人走进湖泊更深处。由骨头和覆盖鳞片的皮膜组成的金色褶边从她的脖子上张开，充满情欲地开始荡漾。湖水变成杀戮的激烈旋涡，希巴罗却只能无助地观望。

水面之下，血跟绿色的湖水混合在一起，像浓稠的油一样打着旋。沉入湖底的过程中，武士抽搐，马匹蹬踏，都已经被逼疯到忘了怎么游泳。牧师们在溺水时拼命挣扎，长袍在身周鼓起，像漂亮的黑色和紫色水母，最后他们的血泡冒出来，把湖水染成了艳丽的紫红色。

随着最后一个人被淹死，金色的女人发现只有一个人还活着，他就是希巴罗，手握着剑站在湖岸上。女人疑惑地更大声歌唱，只为他一人，然而希巴罗根本不受影响。

惊异于希巴罗莫名的抵抗力，女人只好退下，很快沉入湖面之下。过了一会儿，希巴罗似乎从一场噩梦中醒来。他环顾四周，发现所有人都不见了，营地空空如也，篝火已经熄灭，只有没能赶到湖边就被自己人砍倒的几具尸体散落在各处。

金色女人的头冲破已然平静的湖面，眼睛刚好高出水面，她像鳄鱼一样注视着希巴罗。她的脸上写满困惑，这个男人是如何抗拒歌声的？此前她充满信心、无所不能，可现在看起来失魂落魄，不过希巴罗只能看见她锐利的目光从远处投向自己。恐慌之下，希巴罗抓起鞍囊和装备，跌跌撞撞地走向仅存的一匹马，它因被拴在树上而幸存。希巴罗飞身上马，策马冲进森林。

金色女人用渴望的目光送他离去，然后潜入了水下。

外景，森林——接上一场景

希巴罗在湖水旁的树木间飞驰，很快来到注入湖泊的河流，并沿着它逆流而上。湍急的河水撞击岩石，星星点点地闪耀。

转瞬之间，希巴罗瞥见浑浊的河水中游弋着什么，闪现出金色但很快又消失其中。他担惊受怕，驾马猛地左转，不顾一切地慌忙逃离，强逼胯下的坐骑踏足崎岖的地形。

希巴罗骑马一路狂奔，来到一座陡峭的山顶——马匹以壮丽的姿态跃过顶峰，落地时却因为山坡陡峭而没法站稳。这匹坐骑维持不住平衡，骤然跌落。希巴罗和马沿着树木间的峭壁摔下，一切都发生得太快，他来不及反应，后背重重地撞到一棵树上，昏了过去。

他在树下迷迷糊糊地醒来，眼睛缓缓聚焦。他小心翼翼地走过森林，往下还有一片更陡峭的山坡，上面散布着经年累月变脆倒塌的树木残桩，颇为尖利。他在那里发现了自己的马，枝干刺透了它的内脏。

外景，森林——日落时分

希巴罗抓起马衣，披在自己身上，手持长剑，肩背鞍囊，在林中行走。夜色开始降临，天气也在变冷。希巴罗看遍每个方向，试图找到另一条出路或灌木丛中的空地，森林本身似乎充满威胁，他只是再次注意到在山间蜿蜒的那条河流。

希巴罗垂头丧气地坐在河边，身上裹着马衣，因为寒冷而浑身发抖。他抗拒着睡意，高度警惕地审视周围的环境，可是过了一会儿，他屈服于疲惫的身体，闭上了自己的眼睛。

外景，森林——第一晚

一个身影透过树枝观察希巴罗，是来自湖中的金色女人。

她经过一束月光，躺在希巴罗身边时，她的身体也闪着光。她像一只动物，闻希巴罗身上的气味，谨慎地抚摸他的头发、舔他的脸和盔甲，每舔一下都会退缩。女人抚摸他的头部，呼吸沉重地蠕动着凑近，紧靠在他身上，性感地用自己的身体摩擦他。她的呼吸开始加速。

外景，森林——第二天一大早

女人在睡梦中温柔地抱着希巴罗的后背，武士的铠甲映照出她金色的面庞。希巴罗醒来，发现自己躺在一摊浅水中。他舒展了一下，仍然睡意沉沉。突然间，他看见女人的金色手臂抱在自己胸前，他便呆住了！他飞快地体会眼前是怎么回事。覆盖着鳞片、手环和各种珠宝的金色手臂的确是最漂亮的。他轻手轻脚地缓缓转向女人，看见女人闭着眼睛睡觉的脸庞。他试着完全转过身面对女人，想要看得更清楚，可是在那个瞬间，女人突然睁开异于常人的眼睛，在恐惧中逃走了。

希巴罗抓住她的手臂，试图拉她回来，可是她的手腕在希巴罗的指间划过，覆盖的锋利鳞片和珠宝割破了他的手掌。希巴罗疼得一下子缩回手臂。女人逃向河流，进入水中，希巴罗还跪在地上，在疼痛中张开攥紧的拳头。他看到手掌中有好几枚闪亮的金色鳞片嵌进被割破的皮肤里。他从伤口里一个一个地取出鳞片，并发觉它们跟自己前一天在湖边找到的一样。他咬了一下鳞片来确认——是金质的，然后若有所思地看那个女人，她正在河里的一块石头后边胆怯地看着希巴罗。希巴罗把鳞片以及地上散落的一对手链和手环放进兜里。

外景，森林——稍后

希巴罗藏在一棵大树后，观察河里的女人。他偷偷摸摸地沿着河水跟踪女人，经过如同世外桃源一般的别致美景。他手里拿着剑，仿佛是一只提防鳄鱼的美洲豹。然而希巴罗失聪的耳朵无法听见，他的技艺不怎么精湛。每走一步都会踩断树枝，发出炸裂的声音；或有石头翻滚着溅入水中。最重要的——铠甲持续不断的尖锐摩擦声逗笑了在石头之间捉弄希巴罗的女人。她时不时地出现，又很快消失。

跟踪她的时候，希巴罗绊在树根上，他跌跌撞撞地转身避免摔倒，可是剑摔在了地上。他维持住平衡，不过再次站稳时已经从藏匿的树木中暴露出来。他抬头看见女人正面对着他——他彻底没有了遮挡。女人被此逗笑，开始模仿希巴罗，以一种优美的姿态转动身体，她奇怪的动作始终像是一种舞蹈。她对希巴罗顽皮地笑着，然而希巴罗却不苟言笑地从地上捡起剑。女人模仿他，再次美妙地呈现他笨拙阳刚的动作。然后希巴罗像白痴一样，费劲地挤出一个笑容。

他的牙齿一塌糊涂：形状颜色不一，一点都不整洁和美观，还有几颗金牙分布其间。但是他的笑容温柔，女人激动得再次旋转身体，希巴罗笑了。女人转啊转，舞姿溅起水花，像个玩耍的孩子一样踩在水里又出来。希巴罗看着女人舞蹈，被她弯曲扭动、泛着亮光的美丽躯体唤起了欲望。希巴罗决然地把剑插进泥地，小心翼翼地走进水里，脚下笨拙地打着滑，所以走得很慢。水流很急，希巴罗不得不谨慎地避免被河水冲走。

但是女人再次退却隐藏，像一只蜥蜴趴在岩石后边看他。

希巴罗害怕水流,每一步都得仔细权衡——直到水深及腰,为了重新建立交流,希巴罗夸张地张开双臂、转动身体,每迈一步都会打滑,但是居然奇迹般地没有倒下。这次他勉为其难地笑起来,女人也对他微笑,走出了藏身之地。她靠过来,一边转身一边缓缓迂回,从一块石头走到下一块石头,最后来到了希巴罗身边。她移动起来轻松自如,在水流的作用下看似不太真实。

希巴罗停下动作,双手放在水中,身体放松,注视着女人接近自己。女人环绕希巴罗,像动物一样闻他身上的气味,反复张开收拢类似蜥蜴的独特颈部褶边,仿佛在进行某种交配仪式。在舞蹈过程中,希巴罗伸手摸她的皮肤,捏起肋骨处的一枚鳞片,女人没有反对。希巴罗拔下了鳞片,女人张开嘴,欣喜地咬住覆盖着鳞片的嘴唇。鳞片完全被拔下以后,一小股血液歪歪斜斜地流下来,最终消失在她的双腿之间。女人充满欲火地抱住希巴罗,展现出一种绝对的渴求,她的映象融进了对方银色的盔甲上。

她再次沉入水中,嬉戏着环游。希巴罗兴奋地试图跟随,但是走在苔藓覆盖的河床上时跌跌撞撞。女人在岩石间穿梭,把自己的舞蹈推向高潮。她和希巴罗来到一个面对面的位置,都一动不动地仔细看着对方。希巴罗探身吻她,她却害羞地退却。被点燃欲望的希巴罗把她拉进怀里亲吻,可又突然痛苦地捂着嘴退缩,血液从手指间涌出。他把手挪开时,我们看见他的嘴唇被女人的鳞片割破。但是女人没有受此影响,而是用力地抓住希巴罗,热情地亲吻。

女人结结实实地按住希巴罗的后脖颈，他的脑袋都没法躲开。他们蠕动嘴唇互相亲吻，与此同时，一道道血液顺着下巴冒出来。希巴罗尖叫着想要脱身，撕裂了自己的舌头，最后女人抱住希巴罗，在焚身的欲火中要获得满足，两人双双倒在一块平坦的岩石上。女人性欲高涨，激烈地用身体摩擦希巴罗的盔甲，发出尖锐刺耳的杂声。希巴罗爱抚着女人，刺激得她更加兴奋，然后猛烈地跟她一起翻滚，把女人压在身下。女人喜欢这种感觉，希巴罗的手在她身上缓缓游走，紧贴着竖立起来割破手掌的锐利鳞片。希巴罗把手伸进类似蜥蜴的颈部褶边之下，最后紧贴着下巴停在脖子上。他用力握紧，女人兴奋地扭动身体，仿佛一只发情的动物，同时向自己的情人回报以微笑，伸出舌头缓缓扫过嘴唇，颈部的褶边淫荡地大张大合。希巴罗把她的脖子越掐越紧……女人的表情从愉悦变成恐惧，她的身体痉挛，在希巴罗身下激烈地踢腿，但是被希巴罗死死按住。

外景，森林——下午
希巴罗蹲在地上搜查女人的尸体，剥下所有的金鳞和珠宝。这不是一件易事，所以他用一把刀漫不经心地在尸体上乱砍，每从皮肤上撬下一枚鳞片或一件珠宝，血液就会喷涌出来，场面如同屠宰场。

蒙太奇：
一天中的不同时间，希巴罗把女人的尸体像人偶一样挪动，寻找最后可能存在的鳞片。他一连处理了好几个小时，午夜早已过去，他最后浑身沾满女人的血，精疲力竭地躺在女人身边睡着了。

外景，森林——一大早

希巴罗在数百只苍蝇的嗡嗡声中醒来，女人血淋淋的尸体正以骇人的姿势躺在希巴罗旁边——身下是一层被拔下的鳞片，失去了生气和人形——被几只乌鸦啄食。希巴罗挥手赶走乌鸦，他疲惫不堪，走起路来困难重重。他抓起马衣，弄成一个袋子，把金质的鳞片收入其中，然后又把女人的尸体翻开，收集身下的那些。最后不出所料，女人的尸体滚下河岸，落进水里，被湍流裹走，撞击着岩石，突兀地消失又重现，在长长的下游河道中随波逐流。与此同时，希巴罗把每一枚鳞片堆进临时拼凑的袋子里，装完之后，他沿着路走向河上游。袋子很沉，希巴罗因此会偶尔打晃。

外景，下游森林——湖泊

女人的苍白尸体已经漂了很远，此时终于回到她现身的宁静湖水之中。她的尸体安稳地漂浮，鲜红色的油状血污在风平浪静的淡绿色湖水中旋转、漂散。失去生命的躯体凄惨地沉入湖水边缘，一切都静止了片刻。然后，血泡仿佛从湖底深处涌现出来，四处扩散，最后整座湖都被染成红色。红色的湖水向河流漫延，可是不知为何，流向似乎发生了改变，血液此时逆流而上，把整条河都变成了红色。

外景，上游森林——当天晚些时候

太阳当空，希巴罗已经走了几个小时，袋子很沉，他费劲地背着财宝，如同背着十字架走向受难地的耶稣基督。他不时停下来，靠着从路上发现的树木或岩石喘息，路边就是已经变成血色的河流。希巴罗疲惫脱水，瘫倒在地上，然后拖着身体来到水边。饥渴蒙蔽了他的双眼，他没有注意到河水已经被染成血色，所以喝了个饱。他的下巴此时沾了一层厚厚的红泥，甚至都掉到了胸前。

他满足地深吸一口气，四下观望，突然又感到一股寒意，呼吸也滞涩起来。他闭起眼睛，紧紧握住头颅，有生以来头一次，声音渗透他原本失聪的耳朵。一只鸟的叫声吓得他慌忙转身、不知所措。他恐惧地尖叫着捂住耳朵，感官被自己的声音击溃。河水雷鸣般的喷溅，仿佛在折磨他，希巴罗绝望地逃进森林，害怕得无暇顾及散落一地的财宝。声音从各个方向向他袭来——乌鸦在林中呼号的嘎嘎声，他自己脚踏灌木的咔嚓声，以及惊恐呼吸的沉重呼哧声。他尽力捂住耳朵，奔跑个不停，似乎周围的一切都变得疯狂。他失足跌倒、起身、撞到树木、向前猛冲，仿佛地狱里所有的魔鬼都在后边追他，他一直跑到自己支撑不住。

外景，湖边——午后将尽／日落时分

终于，希巴罗跌跌撞撞地冲出树林，发现自己再次来到湖岸上。他瘫倒在岸边，把脸埋进泥里，歇斯底里地哭泣。渐渐地，他平静下来。湖水和周围的环境充满宁静，就在这个刚刚日落的美妙时刻，自然中的一切似乎都停下来休憩，披上了一层蓝色，希巴罗开始关注周围环境中细微的声音：树叶的沙沙声、苍蝇的嗡嗡声。任何声音对他而言都是奇迹般的发现，他愉悦欢笑——然后突然之间，他被自己的嗓音惊呆。他的笑声又变得歇斯底里，这次是在嘲笑自己。

希巴罗完全沉浸在新发现的听力之中，以至于没有注意到那个女人的身影从红色的湖水中出现，溅起一片血色，紧盯着希巴罗的方向。她张开嘴唱起那首奇怪的曲调，引得希巴罗转向湖泊……他的快乐结束了。女人的歌声开始侵入他的意识，把他变得跟其他那些男人一样。他号叫着在脸上又抓又挠，仿佛彻底发疯。他试图捂住耳朵，但是无法抵抗透着甜美的骇人歌曲。

女人以胜利者的姿态目睹他受尽折磨，然后缓慢婀娜地移向湖心……希巴罗不由自主地跟随着，像狂暴的动物一样尖叫，咬破手指，扯开身体，以这样的方式来阻止自己。可他还是不断深入湖水，最后发出一声疯狂的号叫，沉入了水面之下。

外景，湖水深处

随着希巴罗的尸体缓缓沉入红色的湖水，女人向他游来，用苍白无鳞的手臂抱住他，一起下沉。在他们周围，遍布着来自不同时代、腐败程度各异的数百具尸体——全都是她的受害者。金色鳞片和珠宝饰品仿佛有毒的珊瑚，从他们身上生长出来。

耿　辉　译

图书在版编目（CIP）数据

爱，死亡和机器人 . 2&3 / （英）J. G. 巴拉德
(J. G. Ballard) 等著；耿辉等译 . —南京：译林出
版社，2022.6（2024.7重印）
（译林幻系列）
书名原文：Love, Death and Robots: The Official
Anthology: Volumes 2 & 3
ISBN 978-7-5447-9171-7

Ⅰ.①爱⋯ Ⅱ.①J⋯ ②耿⋯ Ⅲ.①幻想小说 - 小说
集 - 世界 - 现代 Ⅳ.①I14

中国版本图书馆 CIP 数据核字（2022）第 072119 号

Love, Death + Robots: The Official Anthology
Anthology © Cohesion Press 2022
Stories © Individual Authors
Simplified Chinese edition copyright © 2022 by Yilin Press, Ltd
All rights reserved.

著作权合同登记号　图字：10-2022-95 号

爱，死亡和机器人2&3　[英] J.G.巴拉德 等 ／ 著　耿辉 等 ／ 译

责任编辑	吴莹莹
特约编辑	竺文治
装帧设计	韦　枫
校　　对	戴小娥　蒋　燕
责任印制	颜　亮

原文出版	Cohesion Press
出版发行	译林出版社
地　　址	南京市湖南路 1 号 A 楼
邮　　箱	yilin@yilin.com
网　　址	www.yilin.com
市场热线	025-86633278
排　　版	南京展望文化发展有限公司
印　　刷	南京爱德印刷有限公司
开　　本	850 毫米 ×1168 毫米　1/32
印　　张	10.5
插　　页	2
版　　次	2022 年 6 月第 1 版
印　　次	2024 年 7 月第 5 次印刷
书　　号	ISBN 978-7-5447-9171-7
定　　价	69.00 元

版权所有·侵权必究

译林版图书若有印装错误可向出版社调换。质量热线：025-83658316